ヤマケイ文庫

喜作新道

ある北アルプスの哀史

Yamamoto Shigemi
山本茂実

YL
Yamakei Library

目次

カバー制作・本文レイアウト　(有)エルグ　阪本英樹
地図制作　(株)アトリエプラン

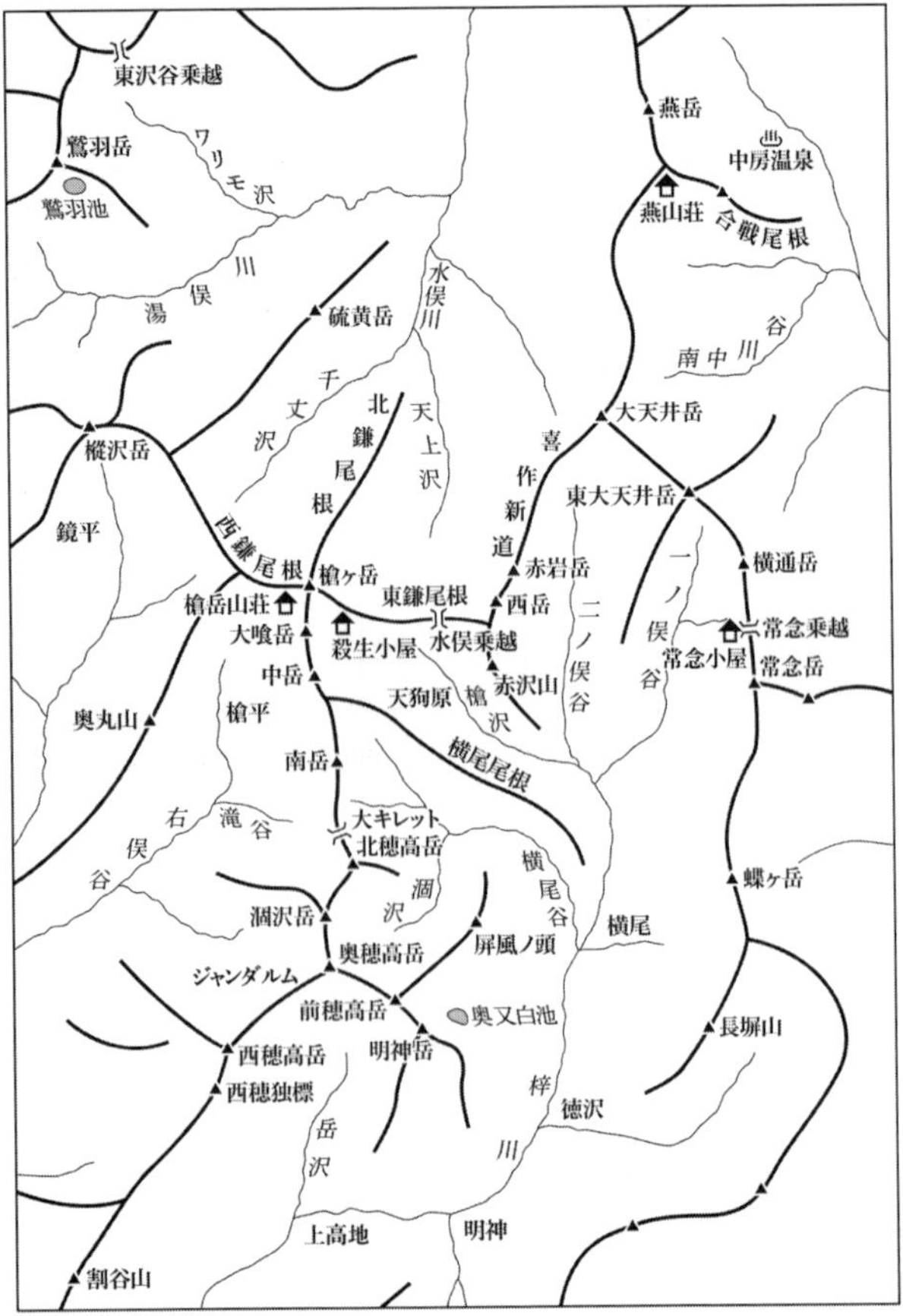

東沢谷乗越
鷲羽岳
鷲羽池
ワリモ沢
湯俣川
硫黄岳
水俣川
千丈沢
北鎌尾根
天上沢
樅沢岳
鏡平
西鎌尾根
槍ヶ岳
槍岳山荘
大喰岳
中岳
殺生小屋
東鎌尾根
水俣乗越
喜作新道
赤岩岳
西岳
赤沢山
天狗原
槍沢
槍平
奥丸山
南岳
横尾尾根
大キレット
北穂高岳
右俣谷
滝谷
涸沢
涸沢岳
横尾谷
横尾
屏風ノ頭
奥穂高岳
ジャンダルム
前穂高岳
奥又白池
明神岳
西穂高岳
西穂独標
岳沢
梓川
徳沢
上高地
明神
割谷山
燕岳
中房温泉
燕山荘
合戦尾根
南中川谷
大天井岳
東大天井岳
横通岳
一ノ俣谷
二ノ俣谷
常念乗越
常念小屋
常念岳
蝶ヶ岳
長塀山

大天井岳近くにある喜作レリーフ

欲の道・喜作新道（第一話）

ガメツイ喜作と無欲な常さ

明治から大正にかけて、いわゆる北アルプス黎明期《れいめいき》といわれたころの山男たちには、なかなか味のある人間がいた。

明治二十四年ウェストンを槍ヶ岳《やり》（三一八〇——数字は海抜。以下同じ）に案内した嘉門次爺《かもんじじい》さ・上高地の常さ・黒部の品右衛門《しなえもん》・喜作新道を開いた牧の喜作《きさく》等々……

あれはいつごろだったか。今では信州の伝説のようなものではっきりしたことはよくわからないが、何でもえらい宮様がはじめて北アルプスに登山した時の話である。一行の車が島々谷《しましまだに》（上高地登山口）から梓川《あずさがわ》の渓谷を進んでいる時、車の前方に突然異様（？）な風態の一団が目に入って来た。それは真夏の太陽が照りつける中を、赤銅色に陽やけした裸に汗を流して働いている荒くれ人夫たちの姿である。

宮様はびっくり仰天して、

「あれ！　あれは何ものだ？」と指した。

しかしお付きの人々は御下問の御趣旨をはかりかねて、ただどぎまぎし、

「――あれでございますか、あれは土方《どかた》と申しまして、崖くずれの道をなおしておるのでございます」

「そのドカタと申すものは人間には危害を加えないか？」

まったくばかばかしくて話にもならない。おそらくこの宮様には数日来の大雨で崖くずれした道を、宮様をお迎えするため徹夜の突貫工事で働いているこの道路工夫が、まるでゴリラか雪男にでも見えたにちがいない、近々わずか半世紀前の話である。

愉快なのはその後、秩父宮《ちちぶのみや》同妃両殿下を北アルプスに案内した上高地の常さんという山男で、こともあろうにその妃殿下を「オカミさん」と呼んでこの時大問題をひきおこした。

びっくりしたお付きの人々――。それもそのはず、当時は現人神《あらひとがみ》といわれた天皇

の弟宮の妃殿下を、まるで長屋のおかみさんなみに呼んだのだからたまらない。

これがどれほど破天荒の大事件であったかは今の人には想像もできないだろう。

「この男は少しバカでございますから……」つまりどうかお見逃し下さいとその場をつくろってみても、それではなぜそんなバカを案内にたてたのだということになり、だいいちこれはつじつまが合わなかった。随行者や県庁の役人、地元の面々が顔色を失ったのもむりはなかった。

しかし当の常さはいっこう平気なもので、叱られた時一回だけ「ヒデーンカ、、、」と言っただけで、いつのまにかまたもとの「オカミさん」に戻っていた。

常さにしてみれば、何もそんな舌を噛《か》みそうな、言いつけない言葉で苦労するくらいなら、本業のイワナでも釣っていたほうがよっぽどましだと思ったにちがいない。

しかし秩父宮は常さを手離さなかった。側近の人々の恐縮をよそに、

「常さんはオカミさんでよろしい!!」の宮様の一声にお付きの人々はハーと平伏して安堵《あんど》の胸をなでおろした。

したがって常さのオカミさんはこれで天下ご免となったわけである。これがたち

まち平地に伝わると、常さは一躍天下の人気者になったが、当の常さはいっこうに無頓着で、あい変わらず人のいいあから顔をにこにこさせて大正池にイワナを釣っていた。

秩父宮がこの常さを熱愛し、北アルプスにくるたびにおみやげの酒を、常さの小屋に届けさせるようになったのはこの時からだという。

おそらく秩父宮といえば生まれおちてからこのかた、どこへ行っても歯の浮くようなおべんちゃらどもにとりまかれて育って来た人、それだけにこの天衣無縫《てんいむほう》の山男にすっかり魅せられたのではあるまいかと、そのころ人々はささやきあった。それから殿下は幾度も北アルプスに足を運んでいる。

黎明期の北アルプスを訪れた人々の多くが、山の美しさとともに、嘉門次や常さたち山男とイワナでくみ交わす一ぱいの酒を楽しみにしていたことは、多くの人々の紀行文に見えている。

上高地の奥にあったこの常さの小屋は、土間を入れてもせいぜい五、六坪で、大きな炉が一つ、もちろん畳もない板の間の上にござが敷いてあるだけのもので、押入れもなく隅にはふとんがいつも裸で積んであった。

ほかにはカモシカを撃つ村田銃《むらたじゅう》とイワナの釣竿《つりざお》と赤犬、それにもう一つひもが切れてつないだ怪しげな竿秤《さおばかり》、これが常さの持ち物のすべてであった。

このみすぼらしい山小屋に学習院や慶応山岳部の学生たちはいつもたむろしていた。炉にはあかあかと火が燃えさかり、その付近にはカラの貧乏徳利がごろごろしていた。

この常さの小屋でのお茶は、酒と同じくらい彼ら登山者たちには有名なものだった。まったく際限もなくすすめるお茶、これは常さばかりでなく信州一般の習慣であるが、そんなに飲めないから残しておくと、「そこへほかっておくれ（捨てろの意）」と土間に冷えた茶を捨てて、また熱い茶をつぐ。酒の場合もそうであるが、飲めない人は初めにはっきりと断わらないといけない。酒を断われば、「それじゃあお茶を」と、まったく芸がないとはいえ、その善人ぶりには参ってしまうと、初見一雄《はつみかずお》が書いていたのを思出す。

商売物のイワナを売る時も、例の怪しげな竿秤で釣って酔眼《すいがん》とろりと、

「さあ、そっちで見ておくれ」

と秤の目を買手に見てもらった。これでは中にはごまかす奴があったに違いない。

こんな常さとはおよそ対照的な牧《まき》の喜作《きさく》が大天井（二九二二）から槍《やり》（三一八〇）へぬける、いわゆる〈喜作新道《きさくしんどう》〉をつくって話題を呼んだのもちょうどその頃である。

常さは無欲でいつも貧しく、雪に閉ざされた冬の上高地にただ一人、赤犬と孤独な暮らしを送っていたが、喜作はそれとは反対に強欲でガメツク、まるで梓川のイワナのようになまぐさかった。つまりどちらかというと、もっと人間くさい男だったようである。

この喜作の話が出るたびに、いつも常さが引き合いに出されるのはそのためである。

北アルプスの登山界に新紀元をかくした喜作新道の開削は、実はこのなまぐさい喜作の独力によってなされたものであった。

金儲けの名案喜作新道

この喜作新道の開通は大正九年の秋である。それまで槍ヶ岳へ登る道は有明《ありあけ》（現国鉄大糸線）から宮城《みやしろ》（現穂高町）まで馬車で行き、それからあとは徒歩で中房谷《なかぶさだに》に沿って十五キロほどさかのぼり、中房温泉に一泊、翌日燕小屋《つばくろごや》か大天井小屋泊まりとなる。さらに東天井（二八一一）を縦走して常念《じょうねん》小屋（常念岳二八五七）に一泊、次の日は一《いち》ノ俣谷《まただに》から槍沢《やりさわ》（槍ヶ岳直下）にいったん下って、三日目か四日目にようやく槍へ登ったものである。足の弱い者だったらもっとかかったかもしれない。これが当時槍ヶ岳縦走の常識であった。

そのため常念小屋をはじめ燕小屋などは、中房温泉とともに当時はなかなかの繁盛をきわめたものである。

ところがこの北アルプスの常識を破った者が牧の喜作であった。だいたい喜作は山案内人というよりは、実はカモシカや熊を追って生活する北アルプスの猟師で、ぜひと頼まれれば山案内をするという程度のものだった。何しろカモシカの毛皮はそのころでも十円から十五、六円はしたし、雷鳥だって剥製標本《はくせいひょうほん》が学校関係にとぶように売れて一羽五円にもなっていたのだから。

「一日一両ばかの山案内なんてバカくさくてせ!!」と喜作がよく人に言ったというのは無理もない。ただ喜作はその案内料も人の三倍も四倍もとっていたという話であるが、またそのくらいの価値は充分ある実力者で、喜作にまさる山案内人は当時北アルプスには一人もいなかった。したがって奥地に入る者は案内料が高くても彼を頼むより仕方がなかったわけである。

面白い話がいくらもある。彼は案内する時でも背中にはいつも愛用の村田銃を竹筒に入れて麻縄でしょっており、獲物をみつけるとたちまち猟師に還り、お客なんかほったらかしてその獲物を追った。そんな時お客はどうしていたか聞いてみると、だれ一人文句もいわず楽しそうにそれを見物して待っていたというから、のんびりしたよき時代だったわけである。

「だいたいクラシシ(カモシカ)や雷鳥、月の輪グマ、エンコ(猿)なんてものは、山にただおいてあるだけのもので、人はズクを出し(精を出し)てこれをとるものだ。問題はただそのズクを出すか出さないかせ」というのが喜作の言い草だったという。いわば彼にとっては、雷鳥でも熊でもカモシカでも、そこらの山にはえているキノコかワラビのようなもので、猟師はそれを山へ行ってとってくるくらいにしか思っていなかったようである。

それで小屋に着くと、獲ったカモシカや雷鳥はすぐその夜のうちに小屋のハリか木の枝につるして、血がつかないように皮をむく。血がつくと毛皮が安くなるからである。またその肉は腰のナタで切って付近の山小屋に売るか、そうでなければ登山者たちにガメツク売りつけたといわれている。

「そこが上高地の常さなんかと違うとこせ、常さだったら『うまいんね、まあ一つ食べてましょ』とか何とか言って一銭にも金になんかならないわね」これは喜作をよく知る穂苅三寿雄の話である。

もっとも売りつけたからといっても、よく聞いてみると、下界で売っている牛肉相場の半分もとっていなかったというから、別にそれによって登山者が被害をこうむったわけでもなし、いっこう非難するにはあたらないが——。

小島烏水《うすい》（後出）が初めて槍ヶ岳に登った時の記録によると、赤沢の岩小屋で二人の猟師から串刺しにした熊の肉をもらって食べたという一節がある。この猟師の一人が喜作だといわれているが、この時喜作たちが金をガメツクとったかどうかはわからない。何でも大変珍しいものを食べたという意味に書いている。

それはそうだろう。新鮮な熊の肉を串刺しにして深山の岩小屋で味わううまさはまた格別で、よほど金を出しても充分価値あるものにきまっている。

いずれにしても常さたちのように、金をとる方法も知らず、また少しばかりとった獲物も来客にただふるまって、また次の日は無一物になってしまうような経済観念ゼロの山男たち、またそれ故に愛された常さたちの中にあっては、喜作のような「自分の働きに対し当然正当な報酬は貰《もら》うべきだ」と信じている合理主義者（？）が、ガメツイ憎ったらしいものに見えたのも無理はなかった。

その〈ガメツイ喜作〉がまた一つ金もうけの名案を考え出したのが、そもそも喜作新道のアイデアだったというから愉快である。

絢爛豪華なアルプス銀座

つまり中房温泉を基点にして四日から五日もかかっていた前記槍への縦走路を、

喜作は自分が猟でよく知っている大天井（二九二二）から分岐して、牛首岳《うしくびだけ》（二五二六）、赤岩岳《あかいわだけ》（二七六九）、西岳《にしだけ》を水俣乗越《のっこし》に下りそこから東鎌尾根《ひがしかまおね》を登って、たった一日で楽に槍へぬけてしまう、いわゆる喜作新道をほとんど息子と二人でつくってしまった。

このコースは、今でこそアルプス銀座なんていわれて登山者も多いが、それまでは熊かカモシカくらいしか通らないけわしい尾根道で、こんなところを知っていた者はおそらく喜作たち二、三の猟師と特殊な薬草取りくらいなものだったという。

これはまさに大発見で、この道が一般に知れわたるとたちまち東天井を通って常念《じょうねん》に迂回《うかい》する登山者はほとんどなくなり、この系統の山小屋は一時的に衰微せざるを得なかった。その代わり喜作のつくった殺生小屋《せっしょうごや》は空前の大繁盛となって、まったく笑いがとまらぬという始末となった。

それもそのはず、このコースは北アルプスの中心をなす三千メートルクラスの脊稜線《せきりょうせん》を縦断する、豪華絢爛たる尾根づたいの道で、西側は終始槍の大雪渓が眼の前に迫りその雪どけ水は天上沢《てんじょうざわ》、千丈沢《せんじょうざわ》から高瀬渓谷《たかせけいこく》となって信濃川の源流となっている。その上にはいまだ人を拒み続ける北鎌尾根《きたかまおね》（二九一二）、さらにその背後には三俣蓮華《みつまたれんげ》（二八四一）、双六岳《すごろくだけ》（二八六〇）、黒部五郎岳《くろべごろうだけ》（二八四〇）、野口五郎岳《のぐちごろうだけ》（二九二四）、笠ヶ岳《かさがたけ》（二八九八）、錫杖岳《しゃくじょうだけ》（二一六八）などまさに山岳重畳たる裏山脈がそびえている。ここで槍ヶ岳（三一八〇）の勇姿を一回でも眺《なが》めた者はおそらく生涯山の魅力にとりつかれずにはいないであろう。

江戸時代の文化文政（一八〇四―二九）ごろ、播隆上人《ばんりゅうしょうにん》がこの槍ヶ岳の偉容に感動して、ついに一生涯をこの山に賭け、道もない渓谷を何か月もかかって何度もここに登り、岩には鎖をつけ頂上には仏像を刻んで安置した気持ちがよくわかる。殺生小屋に近い坊主小屋《ぼうずごや》はその遺跡である。

また喜作新道の東側の眺《なが》めは大天井（二九二二）、東天井（二八一一）、常念岳（二八五七）、蝶ヶ岳《ちょうがだけ》（二六六四）、大滝山《おおたきやま》（二六一四）等々……その間いちめんに咲き乱れるお花畑の稜線《りょうせん》を行くデラックスな眺めはまさに〈アルプス銀座〉といわれるにふさわしいものである。

この喜作新道を初めて歩いた（大正十二年）秩父宮は、『思出の記』に次のように書いている。

「――眼前に展開した婉蜒《えんえん》と連なる日本アルプス連山の壮大な眺めは、私を全く茫然《ぼうぜん》たらしめたのだった。そしてよくここまで来る気になった――私の周囲には相当の反対もあったのだが――と、自分ながら感心したものだ。数限りなく連なる峰々を眺めては、一生かかってもなかなか登りきれないとたのもしさを感じた。燕から大天井への尾根づたいである。狭いところは尾根の稜の右と左とに足を踏むようなところもあったが、真に楽な道（引用者注―喜作新道）であった。この日は槍まで行く予定であったが、出発が遅れたため大天井に天幕露営をした。偃松《はいまつ》を切って床とし一夜を明かしたが、これも思出となったのであった。槍に登り、殺生小屋に泊って、上高地に下ったが、梓川に沿った谷の美しさ、日本にもこんなところがあるのかと驚いたのであった。この時以来――略――忘れられないものとなってしまった」と。

この喜作のつくった道について、松方三郎（後出）が面白いことを書いている。「この道は喜作にとっては彼の生まれた村（牧）から烏川に入り、槍へ抜ける最短距離として喜作が愛用したルートだが、この道は彼にとって本当の意味でのアルプス銀座通りだった。彼は晩飯を殺生小屋ですませて一服やってから提灯をぶらさげて中房温泉までその晩のうちにとばしてしまう。それはあたかもわれわれが夏の夕涼みに銀座へ流すその気楽さで、彼はアルプス銀座をとばしたものだ」と。もっとも喜作とともに長く道づくりや猟をやってきた望月金次郎（猟師・穂高塚原）の話では、喜作が提灯を持って山を歩いたことは見たことがないという。それはともかく、こんなすてきな眺めが燕（二七六三）からたった一日で槍へ縦走できるとあっては、登山者が急激にふえたのは当然である。

かくして北アルプスの地図は一変した。

日本アルプスの歴史は、文明開化の波にのって日本にやって来たお雇い外国人の中の二、三のものが、英国式の近代登山の技術と心を伝えたことに始まる。それは冶金技師の英人W・ガウランド（明治五年来日）と、宣教師W・ウェストン（明治十一年来日）であるがこの人たちが日本アルプスを英本国の雑誌や著書に紹介するにおよんで、日本国内にも大きな刺戟《しげき》となり山を目指す者がようやく現われてきた。しかし明治期はまだ何といっても探検期で、上高地に温泉宿をつくったものがあっても、よほどのもの好きでもないかぎり、ろくな道もない徳本峠《とくごうとうげ》（二一三五）を越えて上高地などへ行くはずがなかった。ましてやその奥地の槍・穂高など——。ところが大正五年降って湧《わ》いたような突発事が起こった。それは東久邇宮《ひがしくにのみや》の上高地から槍ヶ岳登山である。これが日本アルプスにとって大きなできごとであった。営林署の前身である東京大林区署《だいりんくしょ》がこれまで不可能と思われていた上高地から槍への縦走路をこの年いっきに開通させてしまったばかりでなく、さらに槍沢から一ノ俣をさかのぼり、常念岳、東天井、大天井、燕岳、中房温泉の道まで開通させた。これはお粗末なものでもアルプス登山史上特筆さるべきことで、改めて宮様のご威光を思い知らされた年であった。道路工事を急いでいた人夫がゴリラとまちがえられたのもおそらくこの時のことだったであろう。

これに平行して、大正六年に槍ヶ岳の麓ババの平に槍沢小屋ができたのを機に、八年には常念小屋、十年には燕小屋、そして十一年には喜作の槍ヶ岳殺生小屋が完成、数年の間に北アルプス登山界はまったく面目を一新し、まさに北アルプス黄金時代を迎えようとしていた。

大正九年秋　喜作新道開通
大正十年秋　殺生小屋工事完了
大正十一年六月　喜作殺生小屋開業　（中房温泉資料）

この三つをならべてみると、だれでも気付くと思うが、そもそも喜作新道とは槍への登山道というよりは、喜作の殺生小屋への直結路だったということがよくわかる。

当時槍ヶ岳登山は前にも書いたとおり、ほとんどが有明口《ありあけぐち》（現国鉄大糸線・穂高町）からで、中房温泉を拠点にして槍に向かったものである。それで中房温泉には多くの案内人が集まっていた。喜作も夏になればここにいて案内人をし、そこで彼が何を知り何を考えたかは自ら明らかで、すぐそれを実行した。

すなわち「中房を出た登山者はちょうど一日行程で、根こそぎ自分の殺生小屋へ誘導する」という喜作の計算は一分の狂いもなかった。しかも相手は学習院、慶応等々のお坊ちゃん学生、宿泊料は雑魚寝《ざこね》に押しこめて一泊二円五十銭、東京で職人の日当が一円、いなかで五十銭か七十銭のころである——笑いがとまらないとはまさにこのことである。

しかしはじめに山小屋を建てた人々は、山が好きだからという純粋な人が多かったようである。穂苅三寿雄《ほかりみすお》、土橋荘三《つちはししょうぞう》、赤沼千尋《あかぬまちひろ》、山田利一《やまだりいち》等々、またそうでなくてはとうてい損得で耐えられることではなかった。

山に木はいくらでもありながら、営林署は枯木、倒木以外は使用を許可しないから、何から何まで下から人間の背でかつぎあげなくてはならなかった。またその荷を運びあげるにしても七、八十キロを背負って島々《しましま》から徳本峠《とくごうとうげ》を越え、三日もかかって槍沢との往復をしたらしい。

槍沢小屋の建設に雇われて荷物を運んだ喜作などは、西穂高村（現穂高町）の牧《まき》部落を起点にして、八十キロ余の荷物を背負って須砂渡《すさど》から烏川渓谷《からすがわ》をさかのぼり、常念乗越えで中山《なかやま》、一《いち》ノ俣《また》谷を通って槍沢へ荷を運んだというのだから、今考えると信じられないような話である。

この莫大《ばくだい》な資材とエネルギー……こうしてできた山小屋——それが新たな道の開通によってたちまちゼロに等しくなってしまうことがある。このような山小屋の盛衰はとうてい下界の比ではなかった。

喜作新道の開通はその顕著なものの一つである。常念小屋は当時莫大な金をかけた北アルプス第一級の山小屋であったが、穂苅三寿雄の話によると喜作新道の開通によって大打撃を受けた。その経営者は苦しみ、挽回策としてその後けわしい一ノ俣谷に新道をつくって一ノ俣小屋につなぎ、小黒部と宣伝につとめたこともあったが、冬季登山者の火の不始末で全焼し、その後また一ノ俣増水で流失という不運が続くなど惨憺《さんたん》たるものだったという。これもみんな喜作新道開通の影響であった。

バスがはじめて上高地に入った時も、これまで徳本峠《とくごうとうげ》（二一三五）を越えて来た登山客はほとんどなくなり、この筋の徳本小屋、岩魚留《いわなどめ》小屋はたちまちさびれてしまった話は有名であるが、ここにもきびしい〈道の法則〉がある。

人類の進歩はいつもそういう非情さの上に築かれて来たものであろう。自動車が発明された時も、明るい電灯がついた時も、その陰に暗く泣いた幾多の人々の涙があった。

――しかし馬車曳きがいくら可哀想でも自動車の発明を止めるわけにはいかなかったと同様に、喜作新道の開通をだれも止めることは出来なかった。

それは一片の感傷も許されないきびしい現実であり、そういう意味で喜作新道はあくまでつくられるべくしてつくられたし、またつくらねばならなかったであろう。

運命の皮肉

それにしても運命はあまりにも皮肉であった。喜作の殺生小屋が隆盛を迎えた時にはすでに喜作はこの世の人ではなかったのである。

その冬喜作親子は島々の庄吉、犬ノ窪（大町）の矢蔵たち数人で黒部棒小屋沢（鹿島槍裏谷・現黒部ダム下流十字峡の奥沢）に猟に行ったまま二度と殺生小屋には戻ってはこなかった。

おそろしい黒部のナダレにやられたのである（後述）。大正十二年三月、つまり喜作新道が開通し、殺生小屋が開業した次の年のことである。

しかもこの哀れをとどめる喜作親子の遭難には妙なうわさが流れた。それはいっしょに行った仲間からもれたものか、救出に出た人々からの話か、さもなければたんなるうわさに過ぎないのか、いずれにしてもそれはあまりいいうわさではなかった。

喜作の猟師仲間が獲物を沢から稜線へ追い上げる、それをハイ松の陰にかくれていた喜作が愛用の村田銃でズドンと一発やる手はずであるが、いつも獲物がそのズドンの数より少なかった。名猟師喜作が射ちもらすはずがないのにおかしい――ということは、前から猟師仲間ではささやかれていた。

たしかに五頭追い上げたと思っても現実にみんなの分け前は三頭、おかしいと思っても別に証拠がない。そんな時喜作たちはきっと一頭か二頭をそこらの雪の中に踏みこんで埋めておき、後からこっそり息子と二人で掘りに行く。そういうことがよくあったというのである。もっともこの話は喜作といっしょに猟をしていた上高地の庄吉がまいたデマだという説（大和由松・穂高古厩）もあり、彼を知る者は庄吉だって相当なものだからどっちがどっちかわからないと言っていた。

いずれにしても棒小屋沢で同じ小屋にいながら喜作親子だけが惨死したのに、あらぬうわさが流れたのもそんなところからだったであろう。中には人工ナダレの他殺説もひそかにささやかれて、いつまでも尾をひいていた――それはそれとして喜作親子はあれほど苦労してつくった殺生小屋にはそれっきり戻ってはこなかった。

それればかりではなかった、喜作のつくった殺生小屋は、どういういきさつがあったか知るよしもないが、いつのまにか喜作のものではなくなっていた。

したがって笑いがとまらなかったのは、実は喜作ではなくてまったく別の人だった。ただいつのころからだれが言い出したものか知らないが、よくもつけたりその名もずばり『喜作新道』、残ったのはこの名前だけだった。

*

喜作が黒部の棒小屋沢で遭難したちょうどそのころ、上高地の常さは深い雪にとざされた冬の上高地の小屋にただ一人赤犬といっしょに暮らしていた。

来る日も来る日も吹雪と鋭い刃のような風が山を鳴らし、丈余の雪が熊笹を埋め、樹木は猛獣の悲鳴にも似た音できしみ続けるのを聞きながら、常さは食糧も乏しく好きな酒もない明けくれを赤犬と焚火《たきび》を囲んで一人ぽつねんと暮らしていた。もちろん喜作の死も知らず――

嘉門次亡きあと〈上高地の主《ぬし》〉ともいわれ、妃殿下をおかみさんと呼んだ天下御免の常さも、その後はカモシカ猟も禁じられ（大正十二年）、大正池のイワナだけを暮らしの糧《かて》にしていたが、そのイワナさえ昭和八年霞沢《かすみざわ》（上高地）に発電所の取入口ができ、中之湯《なかのゆ》や上高地にバスが入るようになると、秘境といわれた上高地も一躍資本がものをいう観光地と化し、もう常さたちの住める世界ではなくなっていた。

それに大正池も年々土砂の流入が激しく池もせばめられ、常さの収入源のイワナも少なくなり、生活は苦しくなる一方で、借金のかたにイワナとりの小舟も人にとられて、常さの晩年は気の毒なものだったようである。

住居も次々と追われて老衰した病躯《びょうく》を横たえていた。

槍山荘の穂苅三寿雄が蒲田の案内人中畠政太郎《なかはたまさたろう》たちと四人で、常さの小屋を訪れたのはもう冬も間近い晩秋だった。山小屋の戸をしっかり閉めて、ことしはこれで終わりだと、それは越冬する常さの小屋への挨拶《あいさつ》でもあった。

みんなで持っていった酒を汲《く》み交わして東の空がしらむまで痛飲した穂苅さんたちはそのまま大滝《おおたき》（二六一四）を越えて松本へ下ろうとすると、常さは別れを惜しんで離れず、一升徳利を提げ釣竿を肩に徳沢までふらふらと送って来た。

そこでまたイワナを釣って焼き、別れの盃をくんだが、これが常さと別れた最後で、あの時一升徳利をさげて名残惜しそうについて来た酔歩の常さの姿が今も目に浮かぶ、体の衰えが目立って淋《さび》しそうだった、今にして思うともっとみんなで暖くしてやればよかったと悔まれてならない、と穂苅三寿雄が書いている。終戦直後の昭和二十三年の秋の話である。

山男喜作はカモシカを追いながら黒部谷の土と化したが、常さもだれ一人いない吹雪の上高地に赤犬だけと暮らす孤独な生涯であった。

しかし「おかわいそうに」なんて言葉は彼らを冒涜《ぼうとく》することになるだろう。なぜなら喜作はいかにも喜作らしい死にかただったし、常さもまた本望だったであろう。

雪がとけて再び登山客が上高地を訪れて、そこに見たものはもはや立ち上がれぬほど衰えたあわれな常さと、その傍らに例の赤犬がぽつねんと座って主人を看とっている姿だったという。

こうして明治・大正の秘境上高地は終わりをつげ、やがて〈上高地の主〉は嘉門次・常さたち山男からいわゆる観光資本にそのバトンがひきつがれたのである。

＊

夏も近いある日、その喜作新道から槍ヶ岳への道を歩いてみた。山男喜作や常さのことを思いながら――。

そして面白いと思ったことは「この男は少しバカでございますから」といわれた常さが、かえって文明に行きづまってそのためにあくせく戦々兢々《きょうきょう》している人々に、人間本来のあり方を教えてくれ、また強欲だ守銭奴だと生きている時にはろくなことをいわれなかった喜作が、かえってだれよりも気前よくすてきなデラックスな道をわれわれにプレゼントしてくれたことである。

歴史はあくまで皮肉であった。

牧の喜作（第二話）

岳《だけ》の孤独者カモシカ

秋のとり入れが終わって麓《ふもと》の村々に冷たい晩秋の風が、荒涼とした野づらを吹きぬけていくころになると、北アルプスは下界より一足さきに来る日も来る日も吹雪におおわれる。そして「岳《だけ》」（三〇〇〇メートルクラスの高山）はまるで大きな吹雪のカーテンでもかけたように、峨々《がが》たる山なみをすっぽりとおおってしまう。そして十一月末から十二月一月、こんな時の岳は太古の静寂にもどる。それは大自然の猛威が人間を一歩も近づけまいと必死にこばみ続ける季節である。

いたるところの沢という沢、谷という谷が新雪ナダレの危険にさらされている。そしてカモシカにとっておそろしい天敵《てんてき》・月ノ輪熊《つきのわぐま》も穴に入って冬眠し、おまけに岳の無法者の猟師さえナダレをおそれて、普通はこの季節をさける。もちろん登山者も入れない。

まさに岳はカモシカの自由な天地であった。大自然というものは実にうまくできている。この短い一時が〈岳の孤独者カモシカ〉の交尾期（十一月－十二月）に入る。

そして夏季はほとんど単独行者だったカモシカが、この時だけは雄雌《おすめす》いっしょにいたり、時には群棲《ぐんせい》していたりする例もある。彼らは新雪を蹴《け》り、急傾斜面を伝って異性を求め愛を語る。しかしそれは同時に丈余の雪に埋もれた山野に、乏しい餌《えさ》を求めてさまよう厳しい自然の掟《おきて》にしたがっての生存競争でもあった。

カモシカの餌はガンベ、黒モジ、岳《だけ》サンショ、三つ又、熊笹なんかであるが、こういうものはほとんど密林の中には育たない。どうしても尾根に近い森林限界より上にある乏しい餌である。それがどれほど厳しい生活環境か想像される。しかし彼らは元気に白銀の山波をけたてて活躍し、さまざまな生態模様を展開するのである。

まさに岳の孤独者カモシカの独壇場であるが、しかしこの季節はカモシカの毛皮もだんだん光沢を増して美しくなる季節とあって、危険をおかして出猟する命知らずの猟師はその後も跡をたたなかった。したがって山の孤独者にとって危険の去ったためしはなかったわけである。その無法者の最たる者が牧の喜作であったことはいうまでもない。白銀の北アルプス狭しと駆けめぐった当時の喜作の猟が、どれほどすさまじいものだったかは今でも古老たちの語り草であるが、そのカモシカ猟の体験者平林泰茂（穂高）の話は次のようなものである。

「猟師というものは獲物がどの谷には何頭、こちらの沢に何頭と、百姓が裏の畑のかぼちゃを数えるように前から目をつけてあるわけせ、それできょうはあの沢へ入ろうとまずねらいをつけ目的地へ近づいて行くが、この時犬ははじめにこうやって両手につないで持っていくわけせ。銃は村田の単銃、岩場へ近づくといち早くカモシカの足跡をみつける。ここで大事なことは、その足跡が古いものか新しいものかまず見分けるのが大事で、それがきょう歩いた新しいものなら、足をもち上げる時に雪がパッとこう散っているはずせ、それですぐわかる。これはみんな喜作から教わったことだが――。最近のオレの体験を話すと、その足あとでオレはすぐ『よしいる!!』と判断した。

それまで犬は全部両手につないで持っていたが、この瞬間犬はいち早く人間の気持ちを感じとって、急に活気づき殺気だって来る。ここでオレはつないでいた紀州

犬三頭をいっせいに放してやった、犬は三方へ飛散って獲物を嗅覚《きゅうかく》でさがす、十分、十五分、しばらく待つうちに、

『ワ、ワ、ワ、ワ――』とものすごい犬のなき声が聞こえてきた。

『それいた!!』これでカモシカの位置がわかるわけせ。一匹の犬はすぐ主人を迎えにとんで帰る。三方四方から犬に攻めたてられてカモシカは逃げ場を失い、だんだん高いところへ上って行き、背面に岩壁をしょった最後の岩場《たな》に立つ。ここまでくるとあのおとなしいカモシカも角をかまえて、これより犬が近よったら一突きにさしちがえる必死な構えになる。さすがにこの時のカモシカはものすごいもので、喜作の犬も何頭かこの角に腹を突き破られたときいている。

とにかくその間にオレたちは獲物に接近するわけだが、カモシカは目先の犬に気をとられて人間に気づかない。しかし最後にカモシカがたてこもった岩場は猟師もなかなか近づけない。この時オレたちは輪かんじきをつけて深い雪の中をころんだり起きたりしながら、鉄砲を横だきに獲物に接近して銃をかまえるが、オラはじめての時はいよいよ追いつけた興奮と、馴れない激動のため息切れがして第一弾ははずれてしまった。ところがふしぎなことにカモシカはそれでも逃げないんだな。こ

れが熊なら大変なことになるが、カモシカというものはこわい犬に気をとられて鉄砲にも気づかないくらいのものせ。それから頭をねらった第二弾が今度は胴中に命中してパッとまっかな血が雪の上にとび散り、白い雪の沢を鮮血に染めたカモシカが真逆さまに深い谷底へおちていく。その後を三頭の犬がワ、ワ、ワ、ワ、――とこれもころげるように追う。それは豪快なもので、とうてい言葉では表現できない。いわばここらが猟するもののダイゴ味というもんだが、この時ばかりはそのダイゴ味を味わっているわけにはいかない、猟師は急がないとえらいことになる。というのは三匹の興奮した犬が、自分がとったものだというものすごい功名争いを始めているため、早く犬をとり静めないとぐずぐずしているうちにせっかくの獲物も食いちぎられてしまうばかりでなく、犬同士の喰い合いが始まる。喜作がよく鉄砲を体の中に抱いて、雪の中をまりのように一直線に谷をころんでいったという話は、こういう時の話だんね。われわれはそんなわけにはいかないから、深い雪の上を輪かんじきでころんだり起きたりしながらやっと獲物にたどりつき、この犬の興奮を静めるわけだが、それにはまず手早く獲物の腹をさいて臓物をひきだし、犬にくれたり生血《いきぢ》を弁当箱にとって犬に飲ませてやる。これでやっと犬が静まる。しかしたまには臓物をくれる順序を狂わせるとまた犬の一騒動になる。よく働いた犬はだれにもすぐわかるでね、そういう犬は後回しにされるとそりゃめんどうだんね。

この時喜作の手早さが神業《かみわざ》に近かったという話はよく先輩たちに聞いたが、おらたちはなかなかそれがうまくいかないものでね」

牧の古老たちの話によると、喜作はその臓物も犬とともに食べたということである。

こんな話を聞いていると、最も原始的なカナダエスキモーの狩猟風景（本多勝一『極限の民族』）を連想させる。エスキモーたちは狩猟が終わると、獲物が凍らないうちに解体し、すぐその場で臓物までいっしょに食べる。トナカイ類の腸は全哺乳類のうちで最も長く四十数メートルもあり、ヌルヌルした細長いものであるが、それを彼らはまるでうどんでもすするように、どんどん食べてしまうのだという。しかし生血をのんだ話は出ていない。

いずれにしても喜作たちの猟犬というものは、この新鮮な臓物を食べたいから獲物に立ち向かっていくわけで、臓物の味を知る度に一回一回見ちがえるように猟犬として成長していく。喜作の名犬ペスも、メスも、アカも、チンもみんなこういう場数《ばかず》を踏んで鍛えぬかれたものだという。

豪快!! カモシカ猟は続く

「オレがカモシカ撃ちに病みつきになったのは、喜作たちがこの奥のニオリの谷(烏帽子岳《えぼしだけ》―二六二七―直下濁沢)へ入った時のことだった」と大町の猟師・遠山林平《りんぺい》はいう。

「オラあの時はまだ十七で、一男(喜作の長男)と同じ年だったが一男に頼まれて、二人で米、みそを猟小屋へかつぎあげに行った。あの時米を六斗(九〇キロ)上げたが、当時の猟師たちは米一斗食うのにだいたい味噌一貫匁(四キロ)という割合だった。それを上げ終わって今度は薪《たきぎ》をとって積んでいると、喜作たちが山へ上って来た。あの時はたしか松川の倉科音弥《くらしなおとや》(長野県北安曇郡松川町)もいっしょだった。

喜作はオレの顔をみると『おお林平、よく来たな』とにっこり笑い、『一男といっしょにカモシカ猟を見ていけや』とすすめてくれた。オラうれしくて『ぜひオタノ申します』と頭をさげた。

『よしよし、一男と二人でついてこい』喜作は顔に似合わず親切でいい人だなと思った。あそこは高瀬の奥の槍ヶ岳の直下さ。どこを向いても白い雪と氷の山だ。雪は深いところは一丈（約三メートル）もあったな。（注―この大渓谷の年間五億トンという豊富な水で、百二十八万キロワットの新高瀬川発電所が近く完成する。黒部ダムは二億トンの水で二十五万キロワット）何しろこの高瀬渓谷は広大なもので、獲物はまだあの頃は多かった。

それからいよいよ猟が始まったが、オレと一男は雪の中を毎日喜作たちのとった獲物を背中にしょって運ぶ持子《もちこ》という役をやっていた。これも楽じゃない、いい加減あきて来たころようやく『おい今日はワンダもエベ（お前たちも来い）』という喜作の一声に一男と二人胸をおどらしてついて行ったが、二人は鉄砲もなく、短いトビグチを持っただけの心細いものさ。その日の猟場はニオリ沢と不動沢の間のマスってところだから山は悪いひどい悪場だ。あえぎあえぎ進んでいくとそのうちに犬はボヤ（藪）をかぎ出した。そしたら喜作が、『静かにしろ‼』とみんなを制して雪の中に体を沈めた。オレたちもそのとおりにしてじっと犬の行動を見て待っているがこれが長いんだな。その尾根先《おねつさき》の風は冷たく凍えそうな頃やっと犬が下のほうでワ、ワ、ワ、ワ——と吠《ほ》え出した。それ!! というもんで喜作はそこを飛出す。『ワンダは後から気をつけてついて来いよ』と言いおいて喜作は舞うほど早く岩から岩をとんで行ってしまう。それはひどい道でオラたちは一男と二人で泣く思いでその喜作の去った雪の足跡をたどってやっと追いついた。あれでも十分くらいおくれたかな、そしたら犬がカモシカを川ぷちに追い込んで、その回りを回って吠えていた。こういう場合は猟師は鉄砲を撃てない、もし撃ったら大事な犬をやってしまう。どうするのかとかたずをのんで見守っていたら喜作がオラたち二人に、『ワンダ二人でねじ伏せろ!!』という。おそろしかったが一男と二人でいっしょにとびかかってねじふせた。喜作が近づいてきて『いけどりするにはこうするんだ!!』といいざまカモシカの後足を両手でこうつかんでぐっと引いたらたちまちカモシカはひっくり返って簡単に両足を麻縄でしばりあげてしまった。犬が吠え出してから山刀をぬいてひとつきに血を出し、臓物をかき出して犬にくれた。それから現場にとびつき、獲物の処理までのその手早さにオラ見ていて驚いてしまったね。それから毎日喜作の猟を見ていたが、鉄砲はもっているが、カモシカ猟にはめったに使わなかったな。犬がよくて使う必要もなかった。一回なんか驚いたよ、犬がカモシカを包囲してそのまま喜作のいるところへつれて来たぜ、犬がいいとカモシカ猟はそのくらいのもんだ。オラこの時が初めてだったが、これでカモシカに病みつきになった」というのである。

あれから五十五年。林平は熊百八十頭、カモシカ三百頭といわれる猛者《もさ》となった。しかも昨年（昭四五）は七十三歳というに、なお熊七頭をしとめて〈喜作の直弟子〉をもって自他共に許す北のリーダー遠山林平の思い出話である。

「しかしあの頃の喜作は今考えてみてもひどい服装《なり》をしていた」という。「破れたつぎの上につぎをして、どれが本布《もとぎれ》でどれがつぎかわからんような綿入れの着物を着て、胸かけというものを着物の上にかけ、それから着物のスソをはしょって雪袴《ゆきばかま》を上にはいていたが、寝る時にはそのすそをおろして長着《ながぎ》にし、さあ一男も林平も早く寝ろよ、なんてやさしくいって喜作はさっさと先に寝てしまった」という。

喜作の知られざる一面であろう。

熊の鮮血を浴びて

「しかし喜作の本領は何てたって熊さ!!　それは数ではカモシカのほうが多いが、猟師の本領は熊だでね」と林平はいう。

「北アルプスでは熊をやらないものは猟師とはいわない。何しろ喜作の熊撃ちはそれは豪快なもんさ、熊の口先に銃口をつけて撃つようなやり方をしていたからな。はずれたら逆にこっちがやられる。それは今のようないい銃で遠くから望遠レンズをのぞいておそるおそる撃つあんなやり方とぜんぜんスリルが違う。もっともあの頃の銃ではそのくらいにしないととれなかったが――」

しかし北アルプスの密林内を押し分けのし歩き、またある時はゆうゆうと槍ヶ岳から東鎌尾根あたりに立った大熊をまのあたりに見たものは、恐いものとか怪物とかいう感じよりも、何といったらいいか神々しいというか、ある神秘な厳粛さに打たれたというのもむりはない。

それはイノシシやシカやキツネに出会った時には湧かないふしぎな感情だという。

熊を神格化したアイヌの伝説や熊祭りの起源も、おそらくその辺から生まれたものであろう。またそれは同時に北アルプスでも、熊が王者として長く君臨していた名残りである。

「――あれはたしか大正十一年の夏だったが――」と務台光雄《むたいみつお》（読売新聞社長）はいう。

彼の話によると従弟《いとこ》の務台英蔵（松本）をつれて、喜作の案内で中房温泉からまだできたばかりの喜作新道を槍ヶ岳へ登って殺生小屋で泊まり、穂高縦走をして帰ったことがあるが、その時喜作が岩小屋の中で話した山の話を彼は今でもよく憶えているという。それは熊に襲われた時の話で、この話をする時には喜作は立ちあがってトビグチをこう持ってこう構えてと、その時の動作を本当にしてみせた。

何でもその時突然大きな熊が喜作にとびかかって来たが、喜作はとっさの間に短い柄のトビグチで熊の左ほおにぐさっと打ちこむと同時に一挙に熊の内ふところに入って組みつき、山刀で熊の心臓を刺した。まっかな血が喜作の顔にとび散ったが、熊は喜作に内ふところに入られてしまい、自分の武器である両足の爪《つめ》が使えず、為すところもなく喜作の前に倒れた。もし喜作がこの時トビグチを打ちこんでも、それで一歩でも逃げたらおそらく熊の爪にひとかきに引き裂かれていたことは間違いなかった。

あの晩喜作がローソクの火の揺れる岩小屋の中で話してくれたこの熊の話は、何か鬼気迫るスリルがあって、務台光雄は五十年もたった今も忘れられないという。

その熊を刺した山刀は遠山林平の話によると、これは三十センチくらいの細身のナイフのようなもので、本来は獲物の毛皮をはぐ道具であるが、喜作はこれに自分で簡単なサヤをつけて、いつでも抜けるように脇差しのようにしていたということである。

「――その話ならオレも喜作からたしかに聞いた憶えがある。何でもあの時は熊の血を浴びたまま熊といっしょにまっさかさまに深い谷へころげ落ちたが、途中で喜作はハイ松の枝にしがみついて危うく助かったということだった。あとで谷へおりて行ってみたら熊は二、三百メートルも谷底に落ちて死んでいたらしい。

ただそれがどこだったか、場所も聞いたはずだがどうも思い出せない」

その場所について牧の夏雄さ（猟師・藤原夏雄）は、西岳の岩角辺り（喜作新道中程）じゃないかと推理する。

「だいたい熊というものは、人間に会った場合、普通なら必ず逃げる。もし熊が人間にかかってくる場合は、逃げる余裕のない時と、子連れの熊だが、その時はおそろしい。喜作の場合は西岳の岩陰あたりでおそらくばったり行き会って逃げ場をなくしたか、そうでなければオレの思うには鉄砲でやった後、うっかり熊に近づいたら死んだはずの熊が猛然おどりかかって来たかだ。喜作は皮をはぐために持っていた山刀でとっさに刺しそのまま四岳辺りの谷におちた——とオレは想像するがどうだろう。そうでないとよほど準備してかかってもトビグチがぐさっと熊の左ほおに食いこむなんて手練の業はオレたち今の者には想像もできない」という。

この夏雄さも林平に負けない熊撃ち三十年、これまでに北アルプスで熊百五十頭といわれ、特に前年（昭四五）は、すでに二十頭もしとめて、喜作亡き後は塚原（穂高）の望月金次郎とともに押しもおされもせぬ南のリーダーである。

牧の古老の話によると「喜作さの獲った熊をみると、ほとんど一発でしとめてあったんね、あの人の猟にはムダ弾というものがなかったんね」ということである。これは喜作の名人芸というものだが、また一面では喜作の鉄砲がそれだけ旧式だったということであったろう。現在わかっている喜作の愛用銃と現所有者は次のようなものである。

①村田短銃十二番（現所有者・穂高町宮島時太郎）
②村田改造銃三十番（現所有者・穂高町柏原斎藤君晴）
③本折有ケイ筒銃（紛失）
④ダマスカス二連銃（紛失）
⑤喜作式手作銃《てづくりじゆう》（密猟用・紛失）

喜作の家にはもと手作りの折れた銃があって針金が巻いてあったが、これは棒小屋沢の遭難現場から持ち帰ったもので、夏雄さたちは子供のころ喜作の末っ子の利喜蔵（硫黄島で戦死）と持ち出しいっしょに遊んだ記憶があるというが、現在は惜しくも紛失している。またダマスカス二連銃は中村鶴松（穂高・有明）の話によると、「喜作の死後初め安曇追分の自転車屋三枝悦治が持っていたが、昭和の初めの不景気のころ、オレが七円で買った。それを二十年ばか使って後中房の発電所長小口トメオに売った。小口は退職後諏訪へ帰ったが、銃は持っていかないからまだこの辺（穂高町）にだれか持っているはずだ」という。

また下に掲げた書類は明治二十一年の職業猟師の許可証である。この書類の所持者は穂高町大字牧字本牧の藤原邦雄であるが、彼が父藤原房雄から聞いた話によると、この書類の藤原浜吉は房雄の祖父で大正七年に死亡している。この浜吉が生前よく喜作を山へ連れていった話をしたという。それによると何でも喜作を初めに連れ出したのは、まだほんの子供の十二、三歳ごろだったという。

「オラも鉄砲打ちになりたいから連れてエンデくりょ」と親爺と二人で礼をつくしてきたもので、もっとも初めはつい

鳥獣職猟願
南安曇郡牧村四十八番地
一、和製火縄銃　玉目三匁
藤原浜吉　五十四歳
民有地第二種
猟場字一ノ沢東西一里南北一里
猟場字一ノ俣東西三里南北三里
右の場所山陵地、神地、鉱山地
良材等無之一切差障無之候
右通銃猟御所障碍無之
付テ御規則確守仕候間鳥獣職仕
度依テ　金上納仕候間御免状御
下被奉願候以上
南安曇郡　牧村藤原浜吉　印
明治廿一年十月
松本警察署長警部吉田有格殿
願之趣聞届候事　松本警察署長
心事警部補上原義幾久
明治廿一年十月廿二日

て歩くだけ、火でも焚《た》いてお湯をわかしたり、持子をしたり、そんなことをやって順に山に馴れていくわけだが、それでもこんな小さなころからもう山が好きで、体は小さくてもまるで犬ころのように山を飛び回っていたという。喜作はこの浜吉とは歳が四十歳違いだからこの書類の出た年には喜作は十四歳つまり弟子入りして二年たっていたことになり、すでにいい山男になっていたことであろう。

その後喜作は堀金村（牧の隣村）の猿田弥太郎（嘉永六―昭和五）のもとに出入りして、庄三郎（弥太郎弟）といっしょに猟につれて歩いてもらったという。庄三郎の子猿田義盛の話によると、そんな時山小屋で寝ると、喜作の股ぐらへ庄三郎が冷たい足をつっこんできて困った、と喜作が笑って話したのを今でも憶えているという。

三日も食いだめできた喜作

こういう村の古老たちが語る「牧の喜作の話」はなかなか楽しい。それはある時には童話のように、またある時にはマンガのように私たちをおとぎの国へ誘ってくれる。

そして次の瞬間にはたちまちきびしい現実の中に引き戻すのである。村人はだれもがよくもあかずに喜作を語る、その時の彼らはいきいきとして目を輝かし時間のたつのも忘れるらしい。それはふしぎな力をもっていた。

喜作が死んでもう数十年という長い時間がたつというのに村での話題は少しも衰えていない。

これからも村人はお茶のみ話に喜作を語り続けていくにちがいない。それはなぜ、どんな喜びがあって？——しかしよく聞いていると、この喜作の話はそれを語りつぐ人々によって、そのたびにいくらかずつ違っていることに気付く。

諸国に伝わる民話や童話も、おそらくこんな風土の中に成長したものであろう。

＊

「喜作さーね——さあどういう人かといわれてもひと口に何ともいいようがねえが」と丸山貞一（牧）はいう。「この山の上に喜作さの雑木林があるだいね、そこへ行った帰りだと思うが、喜作さはノコ一丁とナタを腰にさして、八寸に十二尺（約二四センチ×三・七メートル）くらいの大きな木を一本かついだまま、道端に立ち話していたのを見かけたことがある、ところがよほどたってオラ用をすませて帰ったら喜作さたちはまだその人と立ち話していたが、驚いたことにその木をまだかついだままだったんね、おまけに猟師だで鉄砲を持ったまませ、何しろ生木で十二尺なんてものは大変なもんだでね、そんなに長話するなら重いものをおろしてからしたらよさそうなものを、人ごとでも苦になるのに本人はいっこうに平気なんだね、そのくらいあの人は体力があったな、オラ子供ながらも偉い人があったもんだとその時思ったのをおぼえている」

また牧の古老たち幾人からも聞いたのに「喜作《きさ》は食いだめができた」というのがある。

これは喜作が猟に出る時にはいつも米を一升くらい持って出るが、三、四日猟をしてもその米にはほとんど手をつけず持ち帰ることが多かった。それで「喜作は出がけに三、四日分もいっしょに食べて行くずら」といううわさである。そんなバカなことは実際にできるはずがない。当時の山男というものは一日一升飯というのが常識だったからそれでは喜作は三、四升一度に食べたことになる。この「食いだめ」については、前記『極限の民族』にも出ている。それによるとエスキモーは一般に食いだめが得意で、二日や三日は平気だが、中でもイトーグールピアという男は別格だったという。面白いのはこの男の名前で、これはエスキモー語で「でっかい胃袋の男」という意味だとある。これについて牧の夏雄さは、

「なあに喜作さの食い溜めは乾肉《ほしか》だんね」と前置きしてその秘密を教えてくれた。それはどういう話かというと、「喜作さたちは槍ヶ岳を中心に常念、穂高、蝶、大天、東天、槍沢から飛騨側の蒲田辺まで、簡単に歩き回って熊やシシ、エンコ（猿）なんかを追っていたわけだが、何しろ熊一頭とっても大きいものは五十貫（約二〇〇キロ）もあるでね、カモシカだって七、八貫から十貫（三、四〇キロ）くらいある。猟師というものはそんなものを山中で何頭もとるのだからだいいち肉の処分に困る。それを猟小屋で乾肉につくってカマスでもち帰るわけせ。それでも処分できない時に、肉を手ごろに切って山の木の枝に干しておく。これが喜作でなくてはわからん場所に至るところに隠してあった。だから喜作は山に入るとまずこれを木の実でもとるように枝からとって自分の腹がけやたもとに入れる。またこれ

がひと口にほおばれるように手ごろの大きさに雪の中で乾燥している。猟師というものは雪の深い中の仕事だから、カモシカの毛皮でつくったツラヌイというものを手足にはめて、鉄砲を持っているので手は不自由でえらい細かいことはできない、それで乾肉《ほしか》は腹がけから一口にぽんとほおばれるようになっていないと都合悪いだいね——深い雪の中をカモシカを追いながら、この乾肉を口にほおばってくちゃくちゃと噛《か》んで歩く、まあ今の若い衆の噛んでいるチュウインガムと思えばまちがいない、今も昔もそうたいして変わっていない同じようなことやっているんだね」と笑う。

塩気は別に袋に入れてちょっと塩をなめながら乾肉を噛んで歩いていると、夏雄さたちでも三日くらいなら飯を食わなんで猟を続けられるということである。

「乾肉は食べつけると何ともいえない良い香りがあってうまいもんだんね、特にカモシカの乾肉はうまかったわね、喜作さは多い時にはこれを三俵も一回に背負って山を下って来た」という。

これが夏雄さの語る喜作食いだめの真相である。それによく聞いてみると冬山というものはありがたいもので、寒さがきびしく乾燥していて肉が腐る心配も他の鳥獣にとられる心配もなく、喜作のやることにソツはなかったというのである。

中嶋重衛（穂高）の話では「烏川の一の沢にモミコバというものがあって、これはよく繁ったモミの木の南側一部を人が一人か二人入れるくらいにしてあった」。これも喜作の小屋だったといわれている。もっともここまで来たら喜作は牧の家へ帰ったろうと否定するものもあるが、それでも一時的な避難所には充分考えられる。喜作の乾肉がこの辺にも木の実のようにぶらさがっていたわけである。

また喜作をよく知る牧の古老小林住治がこんな話をした。「オラ喜作《きさ》たちと常念小屋の仕事に行った時に長雨に降りこまれて、小屋の中も水がついて幾日も飯を炊《た》けないで困ったことがあったが、そんな時でも喜作だけは平気なもんせ、腰につるしていた生米《きごめ》を一粒一粒かじっていた。よく見たらそれは洗米でいつでも食べられるようになっていた」ということだが、しかし雪山の猟師たちは飯を炊いて食うということはあまりしなかったらしい。これは米を節約するということばかりではなくて、冬山での飯はあまりいいものではなかった。なるほど炊いたときは結構だがすぐ凍ってガツガツとなり、これでは結局毎食火を焚かないと食事ができないことになり、山では不便なものだったという。

そうかといって信州辺りの農家でよくつくる氷餅《こおりもち》（餅を凍らせて乾燥したもの）はどうかというと、これはなるほどそのまま食べられていいようで食後にのどが乾いてこれも山へはもって入れなかった。何しろ喜作は生水《なまみず》を飲まなかったというのである。

警察も完敗した喜作の密猟

またあるものはこんな話をしてくれた。「喜作は猟に行ったたって、改めて小屋なんか作らなかったんね。みんな岩小屋せ、例えば槍ヶ岳方面ならまず殺生の岩小屋、その少し下にある坊主の岩小屋、ババの平の小屋、赤沢の岩小屋、大滝の岩小屋、今はくずれてしまったが常念の岩小屋、大天《だいてん》の岩小屋、二ノ俣の小屋等は有名だが、そのほかにもだれも知らない喜作専用の岩穴が要所要所にあった」というのである。

かつて喜作の北隣りの丸山ちよ乃が喜作に聞いたことがある。

「あんな寒い雪山へ行っておじはどうやって寝るだい？」と。それに喜作はこう答えている。

「オラ熊といっしょに寝るだいね」それはまるで冗談のように聞こえたが、実はこれも冗談ではなかった。

「熊の穴は同時に喜作の穴であれは熊と同居ってもんせ、だからね喜作が熊の穴へ入ったのか、それとも熊が喜作の穴へ入ってきたものか、だいたいその穴の持ち主がはっきりしていないわけせ」と古老たちは笑う。

「それだでたまには相客にもぶつかるわけせ。それで面白いこともあったつうんね、喜作さが寝ていたら夜中に穴の中が少しおかしいと思ったら先客があってそれが熊せ。さてどうしてくれずと思っているうちに、朝方早く相手は遠慮して穴を出ていったというから愉快じゃねえかい。これが喜作《きさ》をおそれて出ていったものか、それとも喜作も熊の皮を着ているし、熊ももちろん熊の皮でわからなかったずらというものもあるが、さあーどんなものかね」

もっとも中には「喜作のあの顔をみたら熊のほうがびっくりこいて逃げたずら」と陰口をたたくものもいた。

そういうわけで喜作の泊まるところは北アルプスにはいくらもあった。また夏雄さの話によると喜作は乾肉《ほしか》を噛みながら満腹になるとその岩小屋に入り、雪のないときにはさっさとハイ松の下へもぐりこんで、ひと眠りするとまたすぐ起きて歩き出していたという。

またこんな伝説もある。「喜作って奴は雪の上を足跡もつけずに歩ける」と。地元豊科《とよしな》警察が密猟（四月十五日－十月十五日間禁猟）に腹をすえかねて、村人からの情報でひそかに喜作の家の近くに張り込み見張っていたが、予定日を五日たってても七日たっても帰らない。四月といってもアルプス山麓牧台地の夜更けの寒さは真冬と変わりない。私服刑事がぶるぶるふるえて待ち構えていたら、後から肩を叩かれ振りかえったらそれが喜作だった。

「何かあったかね？　寒いにご苦労だね、中へ入って少し火にあたりましょ」

喜作は着物を長着にして寝仕度で立っていた。私服警官はあまりのバカバカしさに腹もたたず完敗して喜作の家の火にあたって帰ったという。

どうしてこんなことになるかというと、山案内人の平林高吉（大町）の話では、「これは喜作ばかりではないが、猟師というものはみんなだれでも少しは後ろ暗いところ（密猟をさす）を持っているから昼日中《ひるひなか》オンカには通れない。それは見張りがいようがいまいが同じで、夜中に裏からそっと出て畑の畦道《あぜみち》を迂回《うかい》して人の通らぬ裏山にぬけてから道に出る。帰りもまた同じであるが、一度も同じ道を通ったことがない」という。これは営林署の見張りを意識するというより、むしろこれは近所や村人の目を意識するのである。うわさはうわさを呼んで警察の耳にすぐ入るからである。

しかし犬はどうするのか？　裏から出ても犬が吠えたら意味ないだろうと思うが、これがまた驚いたもので、喜作の名犬とはかくなるものか、今夜は密猟だとちゃんと知っていて、決してそういう時には声を出さず、三頭四頭の犬が黙々と家を出て、家族さえ知らなかったというから、さすがにりっぱなもので、それでは警官がわかるはずはなかった。

したがってこの晩もあとからそっと肩を叩いた時には、喜作はもうひと晩ぐっすり寝て次の晩だったという。

ところがこの豪勇無双という言葉がぴったりするような喜作が、ぶるぶるふるえ出し、犬を抱いて丸くなって逃げ出したことがあるというから愉快である。この地方の民謡の安曇節に、

〽何が思案か有明山に小首かしげて出たわらび――

というのがある。その有明山（二二六八）は牧の裏山見当にあたり、中腹にアルプスの登山基地中房温泉を抱く美しい山であるが、何ともけわしくてなかなか登れないことでも有名である。その有明山に喜作がエンコ（猿）を撃ちに行った時のことである。猿は当時婦人病の妙薬、キモは結核の特効薬として高値をよんでいた。

この話を聞かせてくれた人は彫刻家の小川大系《おがわたいけい》（元日展委員、文展無鑑査）だが、喜作のレリーフをつくるために、未亡人ひろから聞いた数少ない話。

「何でも喜作さはその時有明山の蛇窪《じゃくぼ》というところにひと晩寝て、次の朝猟に出ようとしたら、先に立っている犬が急に異常な鳴き声をあげて後ずさりを始めた。どんな獰猛《どうもう》な大熊に出会っても一度もびくともしたことのない喜作さの猛犬三頭が、いっせいに後ずさりとは珍しいことだった、これはおかしい。喜作さはすぐ異常に感づきとびつけてみたら、おびただしい蛇《へび》がいっせいにこちらに上ってくるところだった。そして先頭にはみたこともない大蛇《だいじゃ》が赤いベロを出してこっちに進んで来た。喜作さはあわてて犬を抱いて引き下がり少しはなれて様子をうかがっていた。昨夕《ゆうべ》米のとぎ水を流したから蛇が集まって来たのか？　理由はわからないが喜作さはぶるぶるしながら見守っていた。そのうちに蛇は少し日当たりのよい広いところに集まって来た。大きな蛇をまん中にしてその回りに順々に小さな蛇がトグロを巻いて頭をもたげてとりかこみ、最後の一匹が到着して尾を巻いてしまうと、蛇はいっせいに天を向いて赤いベロをしょろしょろと吐き出し始めた。それはあたかも餅をつく時釜《かま》の上にのせるセイロの湯気に似ていた。また見方によってはこれから戦闘に出かけるインディアンが槍を高く掲げて気勢をあげているふうにも見え、まん中にいるリーダーの赤いベロの動きによっては次に何が始まるのか予測もつかないという風にも見えた。三匹の喜作さの猟犬がいっせいに吠え出し後ずさりを始め、喜作さの顔もまっさおになってぶるぶるふるえ出した。

喜作さはそれから後どう逃げたか覚えがないという。これが世にいう〈蛇のセイロ〉というものだそうだが。何にしてもあの喜作さがしっぽを巻いて逃げたんだからえらいことせ、未亡人ひろさのいうには後にも先にも喜作さが猟に行って逃げたのもはじめてだが、ペスやメスまで逃げ出したのもこの時だけだって話だね」

〈蛇のセイロ〉という言葉はよくわからないが、昔からあるらしい。一年に一回か十年に一回か、とにかく珍しい現象で性行為なのか、それとも喜作たちに敵対する何らかの集団行動かは不明であるが、犬の後ずさりはそれを野性的な直感でいち早く危険を感じとっていたからであろうという。

かくして喜作新道の熊《ぬし》は消えた

「――いいえ喜作さは熊やカモシカばかりではござんしねんね」と古老はいう。「エンコ（猿）や雷鳥ってものもたんと獲ってきましたんね。ワシも子供の頃よく見に行きましたが、一度なんか子の生まれかかった猿を獲って来て、ハリへつるしてありましたが、子が半分腹から出かかったまま干してありましたんね。何でもその時は猿が手を合わせて拝んだってますんね。それを喜作さは『拝んでもきょうは駄目だぞ。お前たちの命は貰っていくぞ』そういって撃ったそうでござんすんね。その時ワシは思いましたんね。ああ可哀想《もうらしい》もんだいな、お前たちは猟人《かりうど》に会えばどんなものでも命を取られるが、それでも母猿が手を合わせたら喜作さも逃がしてやればいいものを、こんなむごたらしいことをして人間に後で祟《たた》りはないものかやと、ワシはその時一人で思いましたんね」（小沢すみの―松本）

喜作の猟が北アルプスの縦横に行なわれていたさまが目に見えるようである。

「オレ一度喜作と山小屋で落ち合ったことがあったな」と大町の古い山案内人平林高吉はいう。「あれは池の平（立山剣岳に近い山）の小屋だったが、ちょうど喜作がそこへ来ていて、何でもその時は吉田博という有名な画家を案内して、もうここに四日もいるといっていた。それで喜作がオレにお茶のみ来いやとさそってくれた、暇で暇で体をもてあましていた。それもそのはずさ、画伯は画をかいて忙しいが、喜作はその間は何も用がない、話相手が欲しいところだったんだろう。その時カモシカの乾肉《ほしか》をたんと出してくれてご馳走になったが、これは珍しいものだとオレ喜んで食べたら、こんなものはおらとこへ来れば一年中あるといっていたな、みそ漬、塩漬、何んでもあるがまああっち通ったら一度寄れやと言ってくれた。それでカモシカの話が出ていったい一年じゅうにどのくれえ獲るだ？　とオレ聞いてみたら、喜作のいうにまあたんとじゃねえがな、年に百というが、まあ百じゃきかねえわなと言っていた。だからあの頃島々の猟師たちが、喜作がシシ（カモシカ）をみんな獲ってしまうで、もうこっちにはいないとこぼしていたのを覚えているが大町だって同じさ、喜作一人で毎年百以上も獲ってしまっては、アルプスにシシはいなくなってしまうものな、猟師は喜作一人じゃないし。

あれで喜作はうんともうけたって話だな、もとは貧乏だったもんだが、猟だけでたちまち村一番の金持ちになってしまったって聞いた。見てきた人の話では家の構えなんか大したものだっていうじゃないか。三六《さぶろく》の土蔵（三間と六間〈五・五メートル×一一メートル〉の倉）が二つも並んでいて、中身は米がいっぱいで横にならないと入れないいって話だよ。南の連中がよく言っていた」

もっともこれは事実とは少し違うが、それでも当時の喜作の羽振りのほどが想像される話である。

こうして春四月そここに桜の便りもきく頃になると、さしもきびしかった北アルプスの冬も終わりを告げて、次々と冬のとばりはくずれ始め、今度は冬眠していた月ノ輪熊が穴から出て餌を求めてさまよい、喜作の村田銃は火を吹き続け、猛犬ペスは北アルプス狭しと走り続ける。

だれが非難しようと、強欲、どん欲、守銭奴とののしろうと、喜作の銃声をとめることも、走る猟犬ペスをつなぎとめることもできなかった。

喜作はさらに『押し』と呼ぶ熊取り法を考え出して、村人たちの眼をみはらせた。これはネズミ取りのパチンコを大型にしたものと思えばまちがいない。それにはまず熊のいそうな牧の裏山浅川山、西岳、槍沢、一ノ俣、二ノ俣等喜作新道一帯にイカダのようなものを組んで上に大きな石を幾つか乗せ、その下に熊の大好物を置く。熊がそれを食べると重いイカダが落ちて来て押しつぶす仕掛けである。今は浅川山不動岩付近にわずかに痕跡《こんせき》が残っているだけである。

もっともこの『押し』は、飛騨では早くから行なわれていたようである。上の絵図は飛騨国阿多野郷青谷村（野麦峠直下）の山中で古来より行なわれていた『押機』（飛騨後風土記）であるが、喜作の『押し』とほとんど同じものである。

その押しにかかった子熊を救けようとする母熊が、哀れな声で鳴きながら、わが子の上にのしかかっている押しをとりのけようと危険をおかして必死にもがいている姿を目の前に見たものがある。喜作の村田銃がすぐ背後に迫っていることも気づかず、悲しい鳴き声をあげて熊は狂ったように押しの周囲を前足で掘り続けていた。

そして喜作の銃声一発、弾はみごとに眉間《みけん》に当たって母熊は倒れた。

「いくら畜生でもオラもう見ていられなくなって思わず目をそむけたじ、そしてしばらくたってもう一回おそるおそる近づいて見たら、これはいったいどういうことだい――、死んでいるはずの母熊がまだ両足で押しの下を掘り続けているんだんね。まあ喜作なんてものは強欲で銭が欲しいだけずらが、いくら銭が欲しくても、こんなひどいことをしてあとで人間に祟りがないものかやとオラ本当に思ったじ……」

遠く北の鹿島槍・爺ヶ岳のほうで鳴っていた岳《だけ》の雷鳴が、この時槍ヶ岳の真上でとどろき始めた。

それはあたかも母熊の怒りのようにものすごく、まるで百雷が東鎌尾根から北鎌尾根、そして千丈沢、天上沢を越えて笠ヶ岳、三俣蓮華、大天井、西岳から穂高連峰一帯にとどろき渡り、山彦が山彦をよんで広大な北アルプス全域の岳の岩をゆさぶり続けた。

そして次に襲ったもっと激しい落雷が、ついに槍ヶ岳の岩一片を崩して雷鳴は遠ざかっていった。

カラカラ――カラカラ――カラカラ……

カラカラ――カラカラ――カラカラ……

その岩の破片は槍沢と千丈沢に軽い音を残してころげおち、やがて槍沢や千丈沢の大雪渓の中に吸い込まれていった。

その雷鳴がはたして天の怒りか、母熊の怒りかはともかく、〈槍ヶ岳の主《ぬし》〉の最後を飾るにふさわしいものであった。

かくして喜作新道から熊の姿はまったく消えた。

工女と学生（第三話）

牧の竹切り

喜作の生まれた〈牧〉の衆はよく竹切りという稼ぎをやった。常念岳の前面から浅川山林、唐沢《からさわ》、水昌の国有林、牧の村有林等この中房温泉へぬける大峠《おおとうげ》付近にはこの笹がいくらでもあった。この竹は竹ゴリにする矢竹とはちがって、曲げるとすぐ節が折れるのでいいものは作れなかったが、蚕籠《かいこかご》には是非なくてはならない竹だった。それで一時は村中で竹切りをした時代もある。牧のノコさ（寺島野子次郎）

の話によると、五百本を束にして一束が五、六銭、一日働いて四十銭か五十銭というものだった。

また丸山ちよ乃さの話では「ええ、ええワシも笹切りはたんとやったわね。男衆は山へ切りに行って女衆は家にいて葉を払って縄でまるけて一束にするが、五百本束にして表に出しておけば、毎日買つぎが取りに来て、運送（荷馬車）につけていきましたが、ワシがやった頃は一束十二銭で、久保田（牧）の平林金一がみんな牧うちから買い集めて豊科の籠屋（蚕籠製造店）に売っていましたんね」

その竹切りだけでは腕のいいものでも一冬に五十円稼ぐのは忙しかったという。

また竹切りをやらないものは牧では炭焼きか猟師であるが、この辺の衆は一般に岳《だけ》の猟師といえばノテ（ナマケ者、能なし）と思われていたが、実際はそうではなくて、農村に住みながら耕す土地もない、炭焼きする山も薪取る山もないものの唯一のなりわい、それが喜作たちの狩猟であった。つまり喜作より貧しいものは牧にはいない。またそうでなくてはあんなおそろしい積雪の岳に獣を追う猟師などできるものではない。

中嶋重衛（穂高）の話では、この牧というところは昔から猟でなりわいを立てていたものが多かったとみえて、牧村草深《くさぶか》の旧家寺島義行のところには、昔松本藩に熊の胆《い》を年貢としておさめていた古文書が今も残っているが、当時はこの牧の主な産物だったわけである。

しかしこの猟師たちというものは、どこへ行っても経済観念がほとんどゼロのものが多く、また仮にそうでなくても昔の貧乏人というものはどうしようもないようにできていた。

平林積善（穂高・柏原）の祖父作十爺《さくじゅうじつ》さは、明治の終わりから大正にかけて牧で水車屋をやっていたが、平林の話によると「何でも牧はそのころ四十戸あるうちオラトコ（私の家）から米を一升買いしていた家が二十八戸（七割）あったそうだ。それも大部分が盆暮勘定のつけ買いで、当時の大幅帳をみると現金の人は黒い字で書き、貸しの人は赤く書いてあったが、それが半分以上の人が赤で書いてあった」という。ましてや鉄砲撃ち（猟師）なんかは推して知るべしで、彼の話によると、夏場借金してあるからせっかくの毛皮なんかも、ただのような金額で引きとられてしまった。どうしてそんなバカなことをするのか歯がゆくなるが、そこが貧乏人の悲しさで足元を見られて泣寝入りに終わるものだった。たとえば幾日もかかってようやく熊やカモシカを獲って山をくだって来ても、家に帰るにはいくらか金をもっていかなくては、今夜食う米もないとカカアが怒っているはずだ、久しぶりに酒の一本も飲みたい、どこかへ持って行って少し金にしたいと思っても、今のように自動車で飛ばすこともできない深い山家の雪道である。したがって行動範囲はきまっている。その付近で金をもっているダンナの所へ行くより仕方がない。そして十円で売れるものをみすみす四、五円の現金にしてくる。ひどいのはまだ獲らない熊の皮を前金で夏場に売ってあり、せいぜい三分の一くらいの値にたたかれていた。これでは貧乏するはずである。

〝ゲ、イ、が、な、い〟というか、〝知恵がたらない〟というか、人にはカイショウナシといわれても、そうするよりほかにきょう生きる道がないというのが、牧の貧乏人たちの偽らざる姿であった。

そういえば上高地の五千尺旅館《ごせんじゃくりょかん》のおばあちゃん（藤沢タイ）からもそれによく似た話を聞いた。

「あれは大正六年だったが、雪がとけて上高地に登って行ったら、そこへ嘉門次《かもんじ》爺《じっ》さが来て、悪いけれどもこれを買ってくれないかとおそるおそるコモ包みを持ち込んで来た。開いて見たらシシの皮（カモシカ）十二枚、いくらで売るのだといったらみんなで十二円で買ってくれという。爺さがひと冬かかって獲ってためておいたもので、よほど銭に困っていたものだと思う。そしたらうちの爺ちゃん（五千尺の主人・丸山尚）十二円じゃあまりモウラレシイ（可哀想だ）といってその上へ十円札もう一枚加えて買ってやったことがあったが、あの頃はそんなものだったんね」天下の名猟師といわれた嘉門次でさえごらんの有様である。当時のアルプスの猟師や山案内人たちの経済観念なんてものはその程度のものとみて差し支えない。昔の牧の言葉に「後で餅を食えばとて、今水を飲んじゃいられない」というのがある。

まともに売ったらいくらその当時だって熊の皮なら十円や十五円になったろうし、シシの皮だって当時七、八円はしていたはずである。しかし喜作はいち早くそれに気づいていた。「バカたちだな――」喜作は仲間の話を聞くたびに歯がゆそうに一人でそうつぶやいたという、それがまもなく、

「よし、そんならオレのところへ持ってこい、その倍で買ってやる！」に変わっていた。

ということは彼がすでに「毛皮をストックできる余裕がうまれていた」ことを物語っている。と同時に喜作は猟師であるとともに毛皮商人として二足のワラジの宣言でもあった。これはあの界隈《かいわい》や大出の猟師たちに少なからず反響を呼んだことはいうまでもない。

これにはまたそれなりの背景があった。前にも少し書いたが、喜作は雷鳥やカモシカをとっても、自分で剥製《はくせい》にしてずいぶんぼろもうけをしていたという話は有名であるが、これには後ろに人がいたことが最近わかった。牧のノコさが「あの時分だって雷鳥は禁鳥だったのにそれをだれか手引きする者があって、喜作はいい値で東京あたりへ出していたんね」というのがそれである。ある人を通して学校教材として特別許可がおりていたらしい、もっともそうでもしなければこの禁鳥が商品となるはずがなかった。

これでは少しばかりのガイド料なんかバカくさいと断わったのは無理はない。

また毛皮の剥製法を教えてくれたのは松本の平山兵二（仮名）だという、どういう人かその子の平山清二（仮名）に聞いてみたら「なあに元は漢方医者ですよ、それを中途からおかしな道楽を始めましてね」という。それによると、烏川村の旧家山口家に明治中ごろウェストンが泊まったが、この家が平山兵二の知り合いで、それに刺戟《しげき》されて若い時分から山に趣味をもち始め、特に山の鳥獣にこり出した。それでしまいには農林省の鳥獣調査などをひき受けることになった。こんなことがきっかけでたちまち鳥好きの同類が多く集まるようになり、学者が研究テーマをもって東京からやってくる、「結局私（平山清二）まで引っぱり出されて学者を連れて山歩きしなければならなくなった」という。

またそれをするには山男の喜作や庄吉の協力も得なければならない、したがって喜作や庄吉を利用したり、またされたりで、自然両者は結ばれていたものらしい。つまり喜作に毛皮の剥製を教えてぼろもうけさせたり、庄吉や常さに大正池のイワナをカスミ網でとる方法を教えたのもこの平山兵二という元漢方医だったというわけである。そしてカモシカや熊の肉は玉隠居（喜作の父）が箱に背負ってツボ売りして歩いたというから、もうかるはずであった。

――こうしてとにかく牧の最低の貧乏人がたちまち金回りもよくなり、田んぼも買ったといううわさが拡がるのに時間はかからなかった。

当時喜作の買った土地やその金額がどのくらいか、はっきりわからないが、その

ころ牧付近で売買された土地二件の書類を畠山納一（牧・草深）の古い書類から拾ってみると、

〈大正九年三月十六日、畑五百八十七坪、代金八百四十三円三十銭、藤原朝一より畠山納一買受け〉

〈大正九年四月二日、畑・屋敷続き百二十坪、代金百五十五円、小林今朝次郎より畠山納一買受け〉

となっている。だいたい坪（三・三平方メートル）一円か上田《じょうでん》で一円五十銭というところであろう。そういう単価で喜作が毎年千円前後も買いまくったら大変なものだったはずである。

こうしてめきめき頭角を現わし始めた喜作に村人は目を見張り、やがて微妙な異変が村に起こり始めていた。「何だあんなものが――」という底意地の悪い反発である。

そういう世間の冷たい目に、喜作がガメツイ守銭奴《しゅせんど》（？）になった遠因を求める者もある。

「あんなものと軽蔑《けいべつ》した村人を金を貯めて見返してやる」という意味である。

しかし喜作といっしょに長年働いていた望月金次郎はまったくこれを一笑にふした。

「バカ言っちゃいけねじ、みんなは知らないからそんなことを言う、喜作さという人はね、人の陰口なんかぜんぜん気にかける人じゃねえんね、それに喜作さが『ふふん!!』と人を小ばかにする態度があるなんてだれかが新聞に書いていたが、オラ長くいっしょに居たが、そんなこと一度も見たことねえ、あの人はさっぱりした人だったたんね」

いずれにしても一日四十銭ばかりの竹切りくらいしか仕事のなかった貧しい村で、めきめき頭角を現わし始めた喜作に、その「めきめき」に比例して「あんなものが!!」の陰口のかずは増し、それがかこくな地主や高利貸への怒りと安い竹切り連中の手頃なうっぷんばらしになっていたことだけはまちがいない、悲しいかな——

その岩小屋に喜作たちはいた

明治三十五年という年には、喜作にとって記念すべきことが二つあった。一つは前の年結婚した妻ひろとの間に長男一男《かずお》が生まれたことと、もう一つは日本山岳会の創始者小島烏水《こじまうすい》（明6—昭23）の槍ケ岳登山に偶然に出あって黎明期《れいめいき》日本山岳史の一角に喜作が姿を現わし始めたことである。

小島烏水は明治三十三年平湯峠《ひらゆとうげ》から乗鞍《のりくら》（三〇二六）に登り、頂上から槍ケ岳を眺め、その雄大なる景観にしばし呆然《ぼうぜん》とし、それからというものは槍ケ岳が彼の頭を離れなくなった。友人岡野金次郎を誘って槍を目指して準備にかかったが、何しろアルプス山脈は全長二百数十キロ幅数十キロにもまたがる岩と氷の王国で、まだ深い神秘のベールに包まれており案内書などあろうはずはなかった。

やむなく烏水は幾人かの飛騨の友人に手紙を出して照会したが、その返事は大略次のようなものとなって返って来た。

「槍ケ岳は私の国の者でも登ったという人はついぞ聞いたことがありません。高原川の上流に遡《さかのぼ》る笠ケ岳（二八九七）という山へは、まれには猟師など登るそうですが、槍ケ岳となるとそのまた奥の高山で、とうてい人の行けるところではないようです。何でも槍ケ岳には奇石珍草が多いと聞いて国の者が四、五人で入ったところ、霧が湧いたり風が強かったりして、どこをどう迷ったか帰れなくなって渓へ落ちたり——一週間も山の中をうろついたあげく、ようやく里へ出られたそうですが、その時はみんな幽鬼のようなありさまで、命からがらはって来たということです」

またもう一通の手紙はこう書いてあった。

「槍ケ岳にご登山の趣き、飛州《ひしゅう》（飛騨）よりの道はずいぶんけわしく一人二人の登山者はいつも行方不明、一生一代帰らず、かつ目的を達したもの皆無の由。クマ、オオカミ、イノシシの本場なれば六連発一挺に山刀手槍の一振りくらいはぜひご用意されたし。いずれにしても登山の目的をはたして信州側へ下山できれば絶世の一大快事となるべし（大略）」

さすがに烏水の動揺はかくせなかった。それに運悪くこの手紙を家族に発見されて一家騒動という一幕を経て、とにかく待望の槍ケ岳登山の念願をはたしたのは明治三十五年七月のことである。

この小島烏水が当時雑誌『文庫』に発表した「槍ケ岳紀行」は大きな反響をよんだ。

その中に次のような一節がある。

「土人が赤沢の小舎と呼んでいる自然の岩窟《がんくつ》に一晩猟師といっしょに泊めてもらった。その夜は白樺で大きな火をもやし串刺《くしざ》しにした熊の肉を焼いて食べながら語りあったが、その時猟師たちのいうにはこんな奥山だからワシら猟師仲間のほかはだれもこないが、一度《けとう》西洋人が登って来てびっくりしたことがある。八、九年も前のことだがその日は大雨のため頂上のそばまで行って引き返した、よほど思い切れなかったものと見えて翌年もまた来た。その時は頂上をきわめて喜んで下っていった。

はじめは鉱山でも見つけ歩く山師の類かとも思ったがそうでもなさそうで、もの好きな遊山らしかったと。私も聞いていて驚きあきれたが、いずれにしても尋常一様の山好きでなさそうである。いったいどこの国の人か猟師に聞いてもだれも知らないといった（大略）」

この外国人登山者こそ日本アルピニズムの父ともいわれる英人宣教師ウォルタ

ー・ウェストンであり、またこの時赤沢の岩小屋にいた二人の猟師は為右衛門と喜作だったといわれている。

ところがそれから半年ほどたったある日、岡野金次郎はびっくりするようなものを発見した。それは一八九六年（明29）ロンドンで出版されたウェストンの著書『日本アルプスの登山と探険』で、烏水は中を開いて心臓もとまる思いであったという。そこにはすでに十一年前（明25）槍の穂先に登頂した紀行文が写真入りの本になっていた。しかもそれよりもっと驚いたことはさらに二十五年も前（明11）に大阪造幣局のお雇外国人冶金技手W・ガウランドが槍ケ岳に登り、この人も『日本旅行案内』という本を書き、その中ですでにはっきり〈日本アルプス〉と命名していた。

われこそは一番乗り（？）と得意絶頂だった烏水の心臓も止まりそうな驚きが見えるようである。

しかし実際はそんなことよりもっと烏水が驚かなくてはならないことが外にあったのに、それには彼はいっこうに関心を示していない。つまり彼らがまるでパイオニア気取りで騒いでいるその槍ケ岳は、実は喜作たちにとっては日常の糧を稼ぐ猟場であったということである。そればかりではない、烏水の原文では初め「西洋人が十年ほど前に二回も槍に登った話」はひたかくしにして、ウェストンを知ってからあわててあとからつけ加えたという一幕もあった。これなども考えてみると何とも理解に苦しむ話であるが、それにも増して赤沢の岩小屋で熊の肉をご馳走になった猟師を〈土人〉と書いていることである。本人は「土地の者が」というような意味だったかも知れないが——この時の烏水にはきっと喜作たちが岳の虫ケラか西部劇のインディアン、アパッチの類にしか見えなかったのであろう。

もう一つ気になることは、当時の状態を考えてみると、烏水は飛騨への問い合わせの手紙を何本も出して、まるでワラにでもすがりたい心境だったはずである。その烏水たちの目の前に——つまり槍ケ岳最後のベースキャンプに思いもよらぬ土人が二人現われた。しかもこの土人は槍ケ岳を日常生活にして生活の糧を稼いでいるベテラン猟師であったら、烏水たちはここで万歳を叫ばなかったであろうか？　ベテラン猟師に案内を頼まなかったであろうか？　この場合常識として槍の上まで登らせてもらったと見るべきではあるまいか？　あるいは案内してもらったでもよい——

こうしていろいろ考え合わせると、この時の烏水はどうも何かにこだわってウェストンや喜作たちの印象を故意にうすくしようとしているのではないかという疑いをぬぐいされない。

この点ウェストンとはだいぶ趣きが違う。彼は槍に案内した嘉門次を人間として扱い、ある場合にはお互いに尊敬し合っていたことが行間によく出ている。

日本山岳会が結成されたのはこれから三年後の明治三十八年のことであるが、喜作が何かにつけて「ふふん！」と鼻であしらうような素振りが見え始めたのはこの頃だったかも知れない。

それもそのはず烏水が槍ケ岳に登って有名になったころには、喜作は陸地測量部の三角標——これは六十キロ以上もある御影石——を一人で槍の穂先にかつぎあげていた。三角標をあげたということはその前に測量官や人夫が何回も登ったことを意味している。

ちなみに前穂高、白馬岳、御獄に三角標のすえ付けが終わったのは、烏水たちが槍へ登った八年前の明治二十七年である。つまり日本山岳会が出来た頃（明38）には北アルプスのめぼしい山にはどれも陸地測量部の三角測量が終わって、参謀本部の五万分の一の地図は完成間近かであった。

その地図をもって山に登り、初登攀《とうはん》だのパイオニアだの、いい気なものだという意味であろう。

何しろ喜作は十七歳（明24）のとき、為右衛門爺さにつれられてはじめて槍ケ岳山頂に立った感動を、いつまでも忘れることができなかった。その山頂には驚くなかれすでに古い仏像が安置され、岩には人が登れるようにクサリが巻きつけてあったのである。これは文政十一年（一八二八）念仏行者の播隆《ばんりゅう》上人が、牧の隣、小倉村の中田又十郎を案内人として筆舌につくしがたい苦業の後、槍ケ岳開山に成功し、仏像を安置したものだった。槍ケ岳の坊主小屋はその名残りである。

また喜作はその後剣岳（二九九八）に登った測量官柴崎芳太郎《しばざきよしたろう》（明9—昭13）から聞いた話も忘れることができなかった。

北アルプスで最後まで測量を拒み続けてきた山は剣岳だといわれているが、明治四十年七月柴崎芳太郎がようやく山頂にたどりついてみたら、人跡未踏のはずの山の頂上で発見したものは多年風雨にさらされた古い錫杖《しゃくじょう》の頭と古刀一ふりだったのである。東京帝室博物館高橋健博士の研究によると「剣岳《つるぎだけ》山頂にあった錫杖頭《しゃくじょうがしら》が正

銅錫杖頭附鉄剣（剣岳発見）
提供：富山県教育委員会

倉院御物の白銅の錫杖などとならぶ屈指の古式錫杖であり、作られた年代は奈良朝末期ないし平安初期にさかのぼる」と論証した。だれがそんな昔に何のために登ったのか？　遺品にしては人骨はついに付近に発見されなかった。ただ北寄りを下った岩窟の奥に焚火でもしたものか、炭の破片が残っていた。

これはあきらかに勇猛な山伏か僧侶が登ったことを証明していた。また錫杖は山頂への供物なのか？　いずれにしても先人の足跡は強く山頂に印されていたのである。

彼らのパイオニアづらがいかに稚気に等しい思いあがりであるかがわかる。

喜作の「ふふん！」には当然そのことが含まれていたはずである。

学生山岳部とクサイ工女

面白いのはその喜作の「ふふん！」が「いけるぞ!!」に変わった時期である。

長年かかってようやく築きあげた明治の経済基盤の上に迎えた第一次世界大戦の余波は、日本に空前の経済好況時代をもたらす。そこにできた国民経済の余裕は一面に学生山岳部を育てた。時あたかも探検期を終わったばかりの北アルプスはこの学生山岳部の活躍に手ごろな玩具を提供した。彼らはこの雪と岩と氷の王国にパイオニアの栄光をかけて若き日の情熱を燃やしたのである。

中央線飯田町駅発下り松本行夜行列車（当時松本行は新宿発ではなかった）に異様な風体の男たちが姿を現わし始めたのはそのころからである。何しろこれは異様なというよりいいようのないものだった。まずその持っている荷物の大げささに列車内の人々は一様に眉《まゆ》をしかめた。だいたい年末の大混雑の列車にこんな大きな荷を持ちこむなんて非常識だった——よく見るとその荷は大きな袋で、背中に背負うようにできている。あまりこの辺に見かけないものでそれに麻縄からナタ、カギ、鍋《なべ》までとりつけてあった。特に人の目をひいたのは彼らのはいている靴で、見たこともないものものしい金具が打ってあり、ガタンガタンと大きな音をたてて車内を歩き回られると、それはひどく横柄なものに見えた。

「あれはいったい何者だ！」

大きな荷物から察すると、年末の物売りか？　出稼ぎ人の帰りのようでもあるが、それならもっと貧乏たらしいはずなのに、この男たちの吸っているたばこは〈ナイル〉だった。当時のたばこは十本入りのリリーが九銭、ゴールデンバット七銭、ほまれ二十本六銭、胡蝶《こちょう》六銭の時代にこれは十本入り三十七銭もする最高級品で貧乏人の手にするものではなかった。しかもそれを少し吸っては惜しげもなく捨てていた。もったいない話だと回りの人々ははらはら見ていた。またポケットから出して食べたり飲んだりしているものを見ると、これはまた高級なチョコレートやハイカラな洋酒のビンだった。そして彼ら同士は地図を拡げて熱心に見ながら明るく屈託ない笑いを四囲いちめんにふりまいていた。何とも判断のつかない得体の知れない人種であった。

「アナタ様方は何をする人でござんすい?」

お隣に座っていたおばあさんはついにガマンできなくなって聞いた。男たちはあきらかにとまどって仲間同士しばらく顔を見合わせていたが、その中の一人が答えた。

「これから山へ行くんです」

「山へ?」おばあさんはびっくり目を丸くして、あと二、三日でお正月だというこんな雪の中を山へ行こうというこの若者たちに、そんなバカなことはやめろ、生きては帰れないと話してみたが、だれも相手にもせず、また地図を見てひそひそと話し合っているのを見て、ばあさんはこれは正気な人間ではない、さぞかし両親が泣いていることだろうと同情した。

やがて夜行列車が富士見高原の山峡《やまあ》いを走りぬけて諏訪湖が近づくころになると、長い冬の夜もようやく明け始め、白く凍った諏訪湖がぱっと車窓に入って来た。それはいうまでもなく諏訪千本ともいわれる煙突の林立する大工場地帯であり、輸出生糸のなかばを占める製糸王国信州の中心地であった。黒煙もうもうと空をおおい諏訪の雀《すずめ》は黒いといわれた名物の煙突が、どうしたものかこの朝はほとんど消えて静まり返っていた。

「うん——もう製糸《きかい》工場も火を止めたか、これでやっと諏訪にお正月がくる！」

列車は諏訪湖を大きく右に迂回して岡谷駅のプラットホームに入っていったが、この時突然「ワ——ワ——」というすさまじい騒音が車窓から流れこんで来て人々を驚かした。見ればホームも駅も若い娘たちで埋まっていた。そして列車がとまると今度はそれがいっせいに車内になだれこんできた。上諏訪でお客がだいぶ下車して空いた車内はたちまち若い娘たちのむんむんする匂いとカン高い笑い声に包まれた。いうまでもなく製糸工女たちが、一年働いて稼いだ金をふところにいっせいに故郷に帰り始めているのである。

大口の団体はすでに専用の工女列車で二、三日前から輸送されていたが、県内の工女は思い思いにみやげ物を買って、村ごと部落ごとにひとかたまりになって帰りつつあった。みんな新しい下駄をはいて薄い肉色の布を首に巻き、申し合わせたように当時流行の柳ごうりの小さな手さげとふろ敷き包みをもっていた。

小さなトラブルがその列車内に起きたのはゴーと列車が天竜川の鉄橋にさしかかった時である。

「もっと中へつめて!」と入口の工女が叫んだ。満員で戸がしまらず寒い風が入ってきて凍えそうだというのである。しかし中からの返事ではもうこれ以上入らないという。

「何言ってるの、まん中そんなにすいているじゃないか!!」

しかし実際には真中もすいてはいなかった。すいていると見えたのは大きな荷物が通路をふさいでいることが見えなかったからである。

「だーれ!!　そんな大きな荷物?」

「ここにいる人たちよ‼」だれかが言った。

「荷物列車じゃないでしょ！　取ってよそんな大きな荷物！」

まだこの辺まではトラブルとはいえなかった。車内が騒然としたのはその直後である。

車内の人々は何で急に工女たちがそんなにも興奮し、いきり立ったのか、その理由がわからなかった。少女たちは目の色をかえてくちぐちにののしり、物を投げて窓からその男たち四人を放り出しかねない形勢となった。それは今まで見たこともないいくらいおそろしい憎悪に充ちていた。そういう騒動の中でわずかに聞きとれた言葉は「親のスネかじり」ともう一つは「サナギ」という言葉だった。

このうち前者は車中の異様な風体の男たちで、北アルプスに向かう山岳部の学生であることはすぐわかったが、もう一つのサナギとは何をいっているのか？――

またなぜその言葉が彼女らをそうまで激昂《げっこう》させたのか？

当時の工女三人――大田いと（東京）、清沢カナエ（松本）、中嶋ソノ（松本）にこの車中でのできごとを聞いてみるとサナギと言ったのではなくて「クサイと鼻を押えた」というのが真相らしい。工女たちは自分では気付かないが、一年中あのサかとれない。だから工女が外出して一番気にするのは、この「クサイ」と言われる体臭だったというのである。しかしこの時の大学生はクサイと言ったわけではないが、いかにもクサイというふうに顔をしかめて親指の先で鼻を押さえ、あとの四本の指をそろえて扇のように振るしぐさをした。これは工女に対する最大の挑発行為であった。それも工女が一人の場合は大したことではなかったが、二人以上だったら当時信州では必ずただではすまなかった。このきわめて挑発的・煽情的なポーズを悪い時にしたものである。たちまち車内は騒然として狂い出し、とうてい女とは思えない怒号と暴力が車内を荒れ狂って、だれもとめることはできなかった。

「クサイ!!　そうかクサイ女で悪かったナ、クサクていけなければ、クサクないところへ出てもらおうじゃないか？――どうだね、みんな？」

「そうだそうだ、表へ放り出せ！」女といえども数がこれだけそろっては男も手の出しようがなかった。おまけに列車内のお客がこの工女たちを支持して、実はお客がかえって煽動挑発した形跡もある。信州ではよくそういうことがある。自分の娘か妹が製糸工女に行っている人だろう。

いずれにしてもくだんの大学生四人はたちまち零下何度かのデッキに放り出されたという一幕である。

その工女について舟田三郎（早大山岳部創立者）もこんな話をしてくれた。

「冬山に入るため列車が岡谷を通過するときなんか、ちょうど正月で帰る工女たちといっしょになって話していったことも何度もあるが、早大《うち》の連中なんかだいぶあの工女たちから影響受けたじゃないですか。今でも思い出すのは私たちは松本で大糸線に乗替えて有明下車、中房谷《なかぶさだに》から槍へ向かうわけですが、一度なんか有明駅に降りてみたらひどい吹雪で歩けない。これは弱ったなと思っていると、いっしょに下車した四、五十人の工女衆が吹雪のまい込む待合室で突然はいていた下駄とタビをぬいで裸足になり、その下駄を大事そうにふところへ入れて、

『――さあみんな出掛けるぞ!!』という男の合図にいっせいに吹雪の中を歩き出したがあの時は驚いたね。その中にはまだこんな小さな少女も混じっていて、着物のすそをはしょって赤い腰巻を出し、首には肉色の薄いペラペラのネッカチーフみたいな当時流行の布をみんな巻いていていた。あれは有明や牧あたりの農家の娘さんたちだったと思うが、これから冬山に入るという私たちもこれにはさすがにめんくら

って、吹雪の中をその後をついて出発したことがありました。あのころの農家の娘というものはみんなそうだったが、今考えてみるとたしかに日本経済の担い手といった感じでしたね」

喜作の胸中に秘めた道

つまりこういうことである。ウェストンはたしかに日本山岳会の恩人であるが、当時の状勢を考えてみると山岳会は生まれても問題は日本経済の飛躍的発展という基盤のない限り、特殊な探検者は別として学生山岳部など育つはずのものではなかった。

早大山岳部の張った論陣はすべてその辺から出ていたようである。

「山で人生を考える。山岳で影響された人生を山男たちは求める。山で味わう静かなる幸福を願う。わたしは思う、それはありうることであろうが、しかしそれは山を歩み得らるる遊閑な人たちのみ可能である。そしてそれは知的にのみ悩み苦しんだ知識階級の好都合な逃避所ではないか‼」

これは早大山岳部の部報「リュックサック」に藤田信道が当時いみじくも喝破した一文であるが、さらに彼はこう付け加える。「もっとはっきりいえば今日の登山は単なるブルジョアジーの遊戯対象でしかない」そして「山岳美というこの普遍妥当性をいかにして働く人々に誘導するか、われわれアルピニストの課題だ」という意味のことをいっている。

そしてウェストンの植えつけた近代アルピニズムの嫡流であり、その担い手である慶大、学習院山岳部の当時めざましい活躍に対して、遅ればせながら出発した早稲田はまっ向からこれに挑戦して日本アルプスは新しい時代を迎えようとしていた。

ということは当時北アルプスは探検期を終わって、尖鋭《せんえい》的登山家は〈岩登り《ロッククライミング》〉や〈積雪期登山〉等々……の新時代に入っていたからである。これには当然旺盛な精神力と肉体的な訓練を必要とし、組織的な活動が要求されて来た。

こうなると今まで科学者、文学者等による社会人登山家は急に色あせて、若い学生登山家がにわかにクローズアップされて来たのはむしろ当然だった。

いずれにしても第一次世界大戦とともに迎えた未曾有《みぞう》の好況時代は日本の学生スポーツのめざましい発展をうながし、幾多の有名な学生登山家を育てた。

そしてさらに高校から中学（旧制）まで続々と山岳部が誕生した。彼らは今の若者たちの想像もできないような激しさで、この雪と岩と氷の王国にパイオニアの栄光をかけて、若き日の情熱をたぎらせたのである。

この学生たちが上高地の常さの小屋にいつもたむろして、独特な上高地ムードをかもして話題を呼び、やがて喜作の「ふふん!!」が「これはいけるぞ!!」に変わって、彼の胸中深く秘めていた〈殺生小屋への道——喜作新道〉のプランがいよいよ具体化したのはこのころだったのである。

上高地の常さと牧の喜作（第四話）

常さの小屋の学生たち

焼岳が突然大爆発を起こして、その溶岩《ようがん》が一気に梓《あずさ》川をせきとめ、そこに神秘な湖沼大正池が生まれたのは大正四年六月六日のことである。上高地の主《ぬし》といわれた嘉門次が死んだのがそれから二年後（大6）であった。

明治三十七年青柳尭次郎、加藤惣吉らが上高地温泉を開業しても、徳本峠《とくごうとうげ》を越えて来る登山者や湯治客がそんなにあるわけでなく、たちまち経営難に陥った時代をようやく脱して、ぼつぼつ上高地にも客の顔が見え始めたのがちょうどその頃である。

ウェストンの予言どおり上高地はまさに新しい時代を迎えようとしていた。

そして嘉門次亡き後の〈上高地の主〉のバトンは自然二人の弟子（？）である常さと庄吉にわたされた。時に常さこと内野常次郎（明一七生）三十四歳、大井庄吉（明一二生）三十九歳。

そして一つの大正池が二人の猟場となり、そこに、幾多の人間模様を描き出し、上高地界隈の話題を呼んだ。良い意味にも悪い意味にも――。

この二人について加藤水城（画家・一水会）が面白いことを言った。彼は若い頃十年も上高地に働いていたが、それによると「昔は山に来ている連中なんてものはたいがい私のように平地では生活できない俗にいうろくでなしが多かった。下界で生きられないから山へ来たんだね、そして常さはそのろくでなしの第一人者だ。しかしその山男たちの中に一人だけ例外がいる、それが庄吉さだ。彼だけは下界でもりっぱに生きられるまともな人間なのに、山へ迷い込んで来たような人間でだいたい彼は常さのようなろくでなしとは人間の質が違う」というのである。

また西穂山荘の村上守にいわせると、

「庄吉は真面目な文化人で、常さは亡国の民だ」ということにもなる。

ただ面白いのは、上高地ではそのろくでなしで亡国の民の常さが圧倒的な人気者で、まじめで律義者の庄吉がどうしたものか不評だった。特に大正末期から急に影が薄くなったといわれている、その理由がなんと牧の喜作たちと黒部棒小屋沢へカモシカ猟に行ってナダレに遭難した時、親分喜作父子を捨てて逃げ帰った（？）というイヤなうわさが拡がってからだというのである。

いずれにしても新しく生まれた大正池は、梓川の水を満々とたたえ、峨《が》々《が》たる穂高連峰と焼岳の噴煙をその青い水に影をうつし、溶岩に枯れた白樺林は水面に白骨のように立ち並んで、これまでのどの景勝地にも見られない新たな美を創造していた。

しかもこの大正池は常さたちに無限にひろがるイワナの宝庫を提供した。それは文字どおりいくらとってもとりつくせない魔法の池のようにみえた。このイワナが常さの〈上高地の主《ぬし》〉を不動のものにした。

こうして常さの小屋は夜ごと威勢のいい大学高校山岳部の若者であふれ、新鮮なイワナを焼く香りがあたりいちめんにただよい、上高地のよき時代を表徴していた。

「あれはまだ戦前もよほど前で、私が社会部にいた頃だったが」と朝日新聞「天声人語」の元筆者として高名な荒垣秀雄は言う。

「ある夏上高地に遊んだ時酒一升さげて常さの小屋を訪ねたことがある。その時私が荒垣だと名乗ったら、常さが急に何か思い出したように、アラガキ？……アラガキといえば船津の明治堂の息子さんと違うか？……と言われてびっくりした。私がそうだというと常さは大変懐しそうに明治堂のおやっ様にはワシはえらいお世話になったという。明治堂のおやっ様とは私の父彦兵衛のことであるが、常さは熊を射とめるとすぐ明治堂へクマノイを持って行き買ってもらったという。私はこれですぐ納得した。というのはその頃私の家は船津（現岐阜県神岡町）で薬屋と印刷屋などを兼ねた店をしており、クマノイは当時一番の高貴薬としてその道の人々に珍重されていた。今でも思い出すが、漆《うるし》のように赤黒い一握りほどのクマノイを錫《すず》の容れ物から出し、ハサミで切り小さな秤で一匁いくらで売っていた。子供の私も店番して売った記憶ものんだ記憶もある。ものすごくニガイのでオブラートに包んでのむと腹の痛いのなどすぐ治った。あのクマノイは常さたち猟師が獲ったものだったんだなと私はこの時わかった。

そんなことから話ははずんで、それから熊撃ちや猟犬の話をして帰ったが、あの時イロリばたに五匹ほどの柴犬が、まるで家族みたいにして寝そべっていたのを覚えている。一番老犬を五郎といったが、この五郎はオリ（俺）に十何頭もの熊をとらせてくれたと常さはいう。それによると余程のいい猟犬でも山で熊に出会うとたちすくむものだが、五郎はいきなり吠えたて、数匹で代わる代わる水をのんでは熊を追いかけ、ついに熊を立木の上に追いあげ、木のまわりをワンワン吠えて回っているところへ常さが駈けつけて、腰だめでずどんと一発くらわすのだという。

また猟犬の話で思い出すのは、柴犬は両耳の間のせまいのは頭脳が悪く、また両耳が開いているのはカンザシといってこれもいい犬ではない、両耳の幅は適当な幅でつうんと立ったやつが賢い猟犬になる、五郎がそうだったと自慢する。

この五郎は今はこんな老いぼれて、片耳がだらんと垂れているが、若い時はこれでも両耳がピンと勢いよく立っていたものだ!! とまるで肉親か兄弟でもいたわるような眼で、常さはこの老犬五郎をなでながら話した、そしてあの頃の常さはまだまだ元気で今も忘れられない思い出」だという。

このほか当時常さの小屋を訪ねた人の話を拾ってみると、次のようなものである。「オレが常さの小屋で一番先に思い出すのは」と原幸夫（東京）はいう。「イロリに大きなマキをくべて一晩中火があかあかと燃え、そのまわりにイワナを串ざしにして焼いている赤ら顔の常さの童顔だな。そしてイロリのまわりにはいつ行っても学生たちが五人や六人いた。へやの片すみにはカラになった徳利がごろごろしていたことなどが頭に浮かぶ。棚《たな》はあることはあったが、戸がなくてふとんが入っていた。敷物は荒むしろ一枚だった」

小瀬久太郎（飛騨中尾）──「あそこにたむろしていた学生は主に慶応と学習院の山岳部員だが、夏でも冬でもだれかいた。『常さまた来たよ!!』とか何とか言って酒の一本ももってくれば上客で『よく来たよく来た』と幾日でも泊まっていた。学生たちは常さのところへ寄らなければ山へ来ても、何か忘れものをしたようで、上高地へ来たという気がしなかったらしい」

松井憲三（飛騨上宝）――「学生たちには『そら食え、そら飲め』で、もうこうなったらどっちが客だかわからないし、常さの商売物のイワナも何もあったもんじゃない、旅館からイワナを早く持って来てくれといって来ているのに、無いと断わって、それで学生たちはフンダンに食べていた。旅館へ持っていくのは余り分だった」

小瀬辰義（中尾）――「オレ一番印象に残っているのは子供の頃常さの小屋へ行った時だ、常さがご飯を炊く、イワナをとってきてオレに食べろという。自分は酒を飲む、それから自分のふとんをオレに敷いて寝かし、常さは朝までイロリにこうやってひざを抱いたまま寝ていて、オレがいくら起こしても起きなかった。あの時の常さの横顔が今でもどうしてもオレの頭から消えない」

山本勘一郎（中尾）――「常さは頼まれるとイヤといえない人だで、多い時にはあんな小さな小屋にイロリから土間まで二十人も寝ていて、上高地の旅館はガラあきだった。それでも常さはぜんぜん金をとらなかった。常さが銭《ぜに》残すつもりなら上高地で一番金持ちになっていただろう、その代わり今だれも常さともいわないだろう」

内野清十郎（中尾）―「金をとるとか出さないとか、そういう平地でオレたち考えるようなものが常さにはない。山へ来てくれたということがただうれしいというふうに見えたな、それで小屋を出ていってもその学生が帰ってくるまでは心配で仕方がない、ケガでもせんか、それで注意を守らないとえらく怒った――」

杉本為四郎（上宝）―「オラは大正の初めから十四年まで上高地で山案内をして、それから槍ケ岳肩ノ小屋（現槍ケ岳山荘）でさらに十年も使ってもらったが、あの頃口の悪い連中からよく『為《ため》（杉本為四郎）と常《つね》（常さのこと）を松本へやるには銭もたしてやるな、あいつたちは銭のあるうちは山へ登ってこない』なんて言われたもんだが、まったく言われるとおりで飲むと仕事のことも何も忘れてしまって――そういう点は常さもオレもだらしがなかった。それでも常さという人は妙な人で山のことになると厳格で、常さが中尾にいた若いころからオラきびしくしつけられた。

山は無理するなよ、危い!! とだれかれなしに叱った。天気が悪くなって来た時なんか聞かないと追っていって『とまれ!!』『危いから泊まれといったら泊まらんか‼』とどなって、ああいう時の常さは人間が変わってしまう、上高地へ泊まって明日行けということで、オラも何度か泊まったことがある。山の掟《おきて》を守れということをよく言った——常さという人はふしぎな人せ、酒を飲むとゴタもない人だが山のことになると神様みたいなところがあって、中尾の衆でも学生たちでもそういうことで常さに叱られなかったものはまず一人もあるまい——それがまた面白いだね、その叱るのがオラたちや学生ばかりでなくて秩父宮様なんか来たって同じなんだから。そして妃殿下に平気でオカミさんなんていえる人だから驚いてしまう。あの時の写真もオレもらってまだ持っている」

こういう常さの話ならいくらでもある。学習院ＯＢの岡部長重がロッキー遠征から帰った頃、例によって常さとカネマス（現西糸屋）の炉辺で飲み、西糸屋の売店にある酒をみんな飲んでしまい、その空ビンを常さの小屋の石垣代わりにしたという伝説も残っている。

昭和に入ると登山者もめっきり増加して、自然常さの小屋を訪れるものも多くなり、中には常さの大好物の酒をリュックの中に入れてもってきた。そして登山の帰りには余った米、野菜、かんづめなどを常さの小屋に置いていったものである。

また斎藤元峰（島々）の話では「常さと飲む酒の肴《さかな》はイワナの臓物に食塩をまぜた塩カラで、時には山兎をワナで捕って、鉄の大鍋《おおなべ》で二時間も丸煮して醤油をつけて食べる野趣豊かなものだった（もっとも加藤水城の行った時は兎を骨ごとナタで切って味噌煮だったという）。いずれにしても、イワナでも兎でも酒でも宵越しに貯えておくということがなく、何しろ常さのやり口は、あればありったけという欲の無い飲みかただった」

常さの故郷飛騨の中尾（中尾温泉）に妹ふじがまだ健在であるが、この人の話では「みんなで常さに嫁《かか》もらえとすすめたら『オラカカもある子もあるからいらね』と断わった、何のことかと思ったら犬の話だった」と大笑いした。

常さの日常生活は朝六時ごろ床を起き、まず二匹の日本犬の頭をなでてから鍋をさげて梓川へ洗面に行き、飯は一生涯鍋で五、六合朝だけたいた。居間は一室で床板の上に荒ござを敷いてある、犬のしつけはきびしく、食事は一汁一菜、寝る時は犬と同室で、真っ裸で一枚のふとんにくるまって柏餅になってランプを消すという日課である。

その常さが一度東京へ行ったことがある。これは慶応山岳部の人たちの厚意によるものであるが、しかし大変なごちそうも一流ホテルもどうもそんなに居心地がよくなかったらしい。特に銀ブラに行った時は「銀座の道は山の道より危くていけない」とつぶやいた。みんながどうしてかと聞くと「ひっかかりがなくて危なくていけね」と答えた話は新聞にまで報道されて有名であるが、常さは山を歩くのはいつも指先を岩へ引っかけて歩いていたから、スベスベしたアスファルトの道にはそのひっかかりがないから危なく感じるのである。

〽山の常さん　のんきな男
かかも抱かずに徳利抱く
〽山の常さんもうけた金は
犬にくわれて火の車

学生たちの歌ったアルプス節(?)であるが、しかしこれは犬にくわれてではなくて、歌っているご本人の学生に食われてだったにちがいない。これを常さの好きな『安曇節』の替え歌でやると何ともとぼけた味がある。

それを学生たちはそこらの鍋やカンカラを叩いて歌う、まさに上高地のよき時代、常さの全盛時代というところであろう。

常さと喜作、北穂の対決

そんなころ牧の喜作の家のイロリ端に二、三の見馴れぬ若者が何やら熱心に話しこんでいた。いうまでもなく槍、穂高縦走を案内してくれという都会の登山者たちである。

オレは忙しくて駄目だから他の人に頼めという喜作と、まあそんなことを言わず何とか都合してくれないかと熱心に懇願する登山者。しかし山案内人なんかこの辺にはいくらでもいるじゃないか、有明駅前にも中房にも上高地方面なら島々へ行っても山案内人組合もあるし、そこに行けば何人でも若いガイドはいるといっても、相手はどうしても喜作でなくては困ると、てこでも動きそうもない。そこで次のような喜作らしい名せりふがでる。

「——それじゃ仕方がねエから行ってやるが、オラ猟をしたってイワナ取ったたって一日《しいてえ》やりゃ四両や五両になるでね、それ以下じゃヤーダ（嫌だ）ンネーそれでよかったら」

喜作の高名を慕って都会からやって来て金ならいくらでも出すという人もあれば、しかし中にはさすがにびっくり仰天して逃げ出すものもあったかも知れない。

それもそのはず、何しろ当時の四、五円という金額は普通登山案内者組合の協定料金の三、四倍に相当していた。登山をするにはこの料金の他にガイドの食事宿泊費も負担するからちょっと山を案内してもらったら三十円、五十円と大金がかかり、とうてい貧乏人の手のとどく世界ではなかった。

こんな料金を出せる登山者はそんなに多いはずはない。皇族、華族様か都会の大金持ちに限られていた。ところがそういう客が毎日後を絶たないというから当時の喜作の人気のほどが想像される。

しかしこれでは常さのところにたむろする大部分の学生たちの手の届くはずはなく、名門の御曹子学生に限られた。そして、

「常さはいい人だが喜作は強欲だ、守銭奴だ」といううわさはこういうムードから生まれて、マスコミに流れたものだといわれている。

その理由を考えてみると、当時の山岳界のニュースになった幾つかの初登攀といわれたものも、実はこの法外な喜作のガイド料の代償であったともいえる。

いずれにしてもそれは一般の貧乏学生たちには手の届かない何ともウラメシイ現実だったに違いない。こういう喜作について有明《ありあけ》のガイド仲間中山彦一が「いやなかなかどうして、煮ても焼いても食えないトボけたおやじでしたよ」と春日俊吉に語ったというが、ここで問題なのは、例の喜作の名せりふがはたして中山のいうように本当に〈ガメッツサのおとぼけポーズ〉であったかどうかである。

まず「オレは忙しくて駄目だ」という喜作の言葉について調べてみると、初めのころは夏でもイワナ、雷鳥の猟でもうけていたし、大正六、七年ごろからはすでに喜作新道の工事が始まっており、したがってこのころになっては少しばかりのガイド料なんか本当に彼には問題でなかった。一時も早く道を開き殺生小屋を開業することに頭がいっぱいであったと考えるのが当時の情勢から自然であろう。また「猟をしても四、五両にはなるで」という言葉もこれもあとで記すようにまったく事実で、決して中山のいうように案内料をガメツク取るためのオトボケポーズではなかったことはまちがいないようである。しかし学生たちにはそうは見えなかったであろう。

また有明のガイド仲間が言ったと伝えられる「喜作なんてものはしょうねえもんせ、いい客だけオレたちからかっさらって取った金はもう手放さね、何しろ仲間づき合いの悪い野郎だんね」ということにもなる。このことについて前記春日俊吉が書いている。「喜作はてんで人間の考え方が違う。彼は握ったゼニを酒食に消費しなかった。他人と共に酒を飲むことをきらっていた。せっかく汗を流して得た金をすぐ酒食のために消費してしまうガイド仲間がバカに見えて仕方がなかった」と。

つまり喜作は他のガイド仲間とは人間の出来というか、心構えがぜんぜん違っていた。彼のやり口から想像すると、自分の働きに対して当然それに相応した報酬を請求すべきであって、何もそれは恥ずかしいことでも遠慮すべきすじ合いのものでもない、また強欲やガメツサとは何の関係もないという、徹底した実利主義というか合理主義の立場に立っていたように見える。

上高地の常さとはいい対照で、これは経済観念ばかりでなく山案内の面にもよくそれが現われていた。

「山は決して無理しちゃいかん」「危い!!」「山の掟を守れ!!」とだれかれなしに

叱り続けて、決して無理をさせなかった常さに対して、喜作のやり口はいつも豪快で、その一つ一つが後世の語りぐさになるようなエピソードに満ちていた。そして結局そのために彼はナダレで死んだが、常さは天寿をまっとうしている。

この二人について有明の老ガイド大和由松《おおわよしまつ》が面白い話をしてくれた。それは牧の喜作と上高地の常さという当時北アルプスのガイドの両雄が大暴風雨と濃霧に巻かれた北穂（北穂高岳・三一〇〇）を舞台にして対決したという耳よりな話である。

この時の遭難者は大正九年、北鎌尾根初登攀に成功した松本の土橋荘三。その日土橋の山日記は「八月二十四日、上高地から逆走して穂高を経て槍に向かう。途中ものすごい暴風雨と霧にまかれて、さしもの常さも絶望的な表情になった」という書き出しである。北穂から幾つかの尾根が出ているが、濃霧にまかれて南岳《みなみだけ》（三〇三二）のほうに下ってしまい、救援に来た常さもついに脱出路を見出《いだ》せなかった。暴風雨はますます猛威をふるい、この時ばかりはもはや絶望と思われた。急遽上高地と中房方面の全ガイドを集めて救援に向かったが、何しろ報らせるにも救援に向かうにも、ものすごい大暴風雨の中で時間がかかり、現地に到着したころには遭難者ばかりでなく、救援者まで参ってしまい、二重三重遭難のおそれさえ心配された。

やっと南岳のほうへ迷って下ったことがわかったが、救出しようとした肝腎の常さが参ってしまい、西岳あたりに道づくりをしていた喜作を、庄吉が迎えに行ったのはその時だった。ガイドたちが暴風雨の中を茫然《ぼうぜん》として岩陰に身を寄せていたその目の前で喜作は、

「『この野郎ども!! それでもキサマたち北アルプスのガイドか! 恥を知れ!!』

『救出するとはこうするもんだ!!』といわんばかりに大喝一声、みんなの見ている前で絶壁をましらのように伝わって遭難者をさっさと救出、また岩を伝わってカモシカのようにぴょんぴょん飛び、みるみるうちに脱出路を見出し救出してしまった。

オラたちはみんなただ雨の中で茫然と見ていたがくちぐちに言った。

『あれは人間じゃない!』

『あれは天狗《てんぐ》だ!』と」（大和由松・有明）と。

これについて後に読売新聞は「回想の北アルプス」の中で次のように報じていた。

「——大正期の夏、場所は穂高滝谷上《たきだにうえ》の土俵で常さと喜作の対決したのは土橋荘三一行が遭難した時のことである。救出に来た常さも濃霧の中でついに脱出路を見

出せず、後からかけつけた喜作があっさり濃霧の中から一行を救出したという。こんな時彼はシシ鼻をいからせて『フフン』と相手を小バカにする傾向があったようだ」と。

この日喜作の救出した遭難者土橋荘三が槍ケ岳小槍初登攀の栄冠を勝ちとったのはこの日から二日後、すなわち大正十一年八月二十六日のことであった。

追われ追われた常さ

喜作がよく常さの小屋に立ち寄ったのは、案内したお客を上高地か島々《しましま》に送りとどけての帰りだった。そしていつも「常さのやることはオラ歯がゆくて見ちゃいられね」とぶつぶついいながら、性格の違う常さを弟のように愛していた、という話は想像するだけでもユーモラスである。

また常さも喜作を兄貴としてえらく尊敬していた。歳は喜作が明治八年生まれ、常さは九つ違いの明治十七年生まれだった。

性格は正反対でも妙にウマが合ったというものであろう（だから喜作が死んだと

聞いた時、常さは悲しんで好きな酒をその日一日だけは飲まなかったという。この話は喜作の娘ひめが、喜作の死後殺生小屋の後片付けに登り、その帰りに上高地に泊まったら、常さがわざわざ五千尺旅館に迎えに来てくれ「ワシの小屋にも泊まっていってくれ、喜作さがいなくてワシは悲しいんじゃ、ワシは悲しいんじゃ」と何回も言って、干したイワナを一包みみやげにくれたという話も残っている)。

——さて、山案内を終わった喜作は、一応島々まで客を送った後、例によって酒を買って徳本峠《とくごうとうげ》を越えまた常さの小屋に引き返した。喜作は日頃酒を飲んでも酔っぱらったということはないし、またそれほど飲まなかったが、常さの小屋で飲む時だけは別人のように陶酔《とうすい》した。

杉本為四郎(上宝)の話によると、「上高地の常さのところで一ぱい飲んでほろ酔い機嫌《きげん》で月の夜道を殺生の猟小屋にとぼとぼ上ってくるというのが喜作さの最高のぜいたくせ、道をつくっている時(喜作新道開削工事中)にはそういうことが幾度もあったらしいが、——月はさっき西に沈んだはずなのにしばらくしたらまた一ノ俣二ノ俣の上の赤沢山の高いところから昇った、さておかしいなそれにしては今度の月はバカでかい月だなと思ってよく見たらそれはお天《てん》ト様《さま》だったなんて話もあったんね、あれは途中どっかで朝まで寝ていたもんせ」

喜作の殺生小屋のプランはもちろん穂苅三寿男、山田利一ら〈六日会〉のメンバーが大正六年につくった槍沢小屋（当時アルプス旅館）や常念小屋の成功に刺戟されたことはいうまでもないが、それだけではなくて「これはいけるぞ！」と喜作を直接に動かしたものは、この常さの小屋の学生たちだったであろう。そんなプランに胸ふくらませながら、ほろ酔い機嫌で行く月の夜道——。

「まず道を作ろう、そして殺生小屋を作る、これからきっと山小屋はよくなる——」

バラ色の希望は無限に喜作の胸中にひろがっていった。だから彼はその日とった銭を平気で酒食につかってしまうバカども（ガイド仲間）とオレは違うんだぞ！と自分に何度もいい聞かせながら——人には何と言われようと金を貯めたのである。考えてみるとこの頃が喜作の一番幸福な時代だったであろう。

＊

常さのことで喜作が心配していたことが起こったのはそれから暫くたってからだった。というのは、上高地の旅館業者が常さをよく思っていないことを、ガイド仲間からいつも聞いていたからである。

長い梅雨もやっと明けて、上高地のネコヤナギの新緑がひときわ映えた朝だった。河童《かっぱ》橋の付近にはぼつぼつ登山者の姿も見えていた。そんな時世帯道具をぶらさげてふらふらとこちらへ歩いてくる常さを見かけたものがある。

「おや、常さどうしたい？」びっくりしたガイド仲間が寄って来て口々に聞いた。しかし当の常さはトボケたような顔で、まるで人ごとのように何か言った。

「追い出された……」それもにこにことまるでうれしいことでも報告するように――

「だって常さ、それはおかしいじゃないか？　追い出すといっても常さは上高地の主じゃないか?!　常さを追い出せる人なんかないよ」

「それがあるだからおぜえこっちゃ！」

まるで他人ごとだった。常さはあいかわらず赤ら顔をにこにこさせながらムシロ一枚持って追われていった。それはあたかも子供の運動会か村芝居の帰りのように見えた。
こうして常さの転々とした放浪生活が始まった。
まず温泉旅館（現温泉ホテル）から五千尺の小屋へ。それから丸西の小屋（白樺荘の前身）。さらにそこも追われ、しまいにはどこにも置いてくれるところがなくなって、国民新聞の白井正福（東京）の厚意で上高地支局の一隅を与えられた。その後に出来た常さの小屋は木村殖（上高地）、中島政太郎が奔走して温泉ホテル裏の豆腐小屋をもらい受け、一日で建ててやったものだと言われている。常さにとって六回目の移転であった。
「常さが追われた理由は、表面上、営林署に金を払わんということだが、営林署にそうさせた背後の力がある」（男—松本）
「常は上高地のガンだ、と働きかけ営林署も貸しておけなくしたものがある」（男—安曇）
「しかし常さがもしその気にさえなれば、上高地で常さの権利などどこにでもあって、追い出すことなんか出来るはずのものではないのに、常さはこの後から儲け仕事に上高地に入って来た合法的な新参者たち——のいわれるままに、にこにこし

ながら追われ追われて転々として死んだ」(男—松本)

「もっとも常さの権利をとるくらい楽なものはなかったろうな。どんな大事なものでも酒一本で何でもくれた。おそらく常さは酒の十本もそろったら『命預けます』くらいやりかねない。ましてや小屋の権利や漁具くらいお安いご用だったにちがいない」(男—松本)

この常さを追った表面の理由が営林署の小役人の申し出だというが、もしそうだとすればこれは〈たばこ銭にもいかないわずかな借地料〉か、そうでなければきわめて官僚的な意地の悪い一枚の書類だったはずであるが、常さにそれを提出しろといっても無理なことだったであろう。

しかしこういう常さと立場をかえて、上高地で最初に旅館を始めた人たちの苦労話を穂苅三寿雄から聞いたことがあるが、それによると清水屋を始めた加藤惣吉老が島々の親戚に米一駄(二俵)を借りに行ったら「上高地などへ行って温泉宿を開くようなものに末の見込みはない」とはっきり断わられた話を、酒に酔うとよくしたというから、旅館業者の常さに対する気持ちもわからんでもない。

だから大正四年に河童橋の前に養老館(現五千尺旅館)を建てた井口良一も二、

三年で丸山尚に譲渡しなくてはならなくなった。また丸山尚は三高出身のインテリで、大正十一年には東京の平和博覧会に自費で〈アルプス館〉をつくり、日本アルプスの宣伝を始めたという先駆者である。そのほかたいした人物だったとよく話に出る西糸屋の奥原英雄や温泉ホテルの青柳優等々——。

こういう上高地開拓史上の人々の話を聞くと、仙人常さびいきの人の思いどおりにはいかないこともやむを得ないなりゆきだったであろう。

「昔の上高地なんかそれはもうひどいもので、旅館をやっていても食うに食えないから、私らは、冬は東京で炭屋をして、夏になるとその金をもってまた山へ上って来たものです」と五千尺旅館の婆ちゃん（藤沢タイ）はいう、そして「上高地に来ても営林署の仕事で落葉松《からまつ》の種なんかとる仕事を何とかさしてもらって旅館の欠損を補っていましたが、昭和に入ってもまだそうやっていました。だから、おじいちゃん（先代丸山尚）一人を旅館に残しておいてワシら弁当もって毎日上高地付近の仕事に出ていましたワね、それで夕方帰って来ると『おや珍しく今夜はお客が見えているわや』ってそのくらいのものでござんしたんね」これが上高地近々五十年前の話である。

また常さのことについて藤沢タイはこういう。

「あの人は少しダラな人だでね、私の家からお米や酒をもっていってみんな学生に食わしてしまって金を払わない、その代わりイワナを入れてくれるということになっているのに、そのイワナも取りに行けば無いという。みんな学生たちに食わしてしまうわけ。それで家のじいちゃんが一度『お前さんが食う米はオレは決していやとはいわないが、この米はボッカの背で徳本峠を越えて来た貴重な米だで、学生に食わせるものだけは今後かんべんしてくれ、オレも米がもうないから』と常さんを呼んで強く言い渡して一俵の米を持たしてやったことがありますが、その米さえまた学生たちに食わしてしまった。しかもそれがすぐ旅館に響いてくるから困るとおじいちゃんがこぼしたが、あの人はどうしようもない人です」

喜作が上高地で聞いたという話もおそらくそれだったにちがいない。

もっともこれには異論もある。「常さと旅館のイワナ・米・酒代の精算がどっちが赤字だったかそれはオラ何ともいえないね。何しろ常さは目方にしても金額にしても無頓着で、先方のおっしゃるままだから、多いでもない少ないでもない。書いて出されても字が読めるわけでない。現に今生きていても反論もせず言われるままだろう。常の借金はオレが返してやったなんて言う人があっても別にその非をとがめるわけでもないそうかというだけだ。だから逆に常さのほうが黒字ということだってないとはいえない。常さはそんなこと請求もしないし忘れていたであろう。とにかく常さはきょう一日の酒があればそれで満足で、そのほかのことには何の関心もない人だったから——」(泉清一・東京)

また常さが追われたことにしても加藤水城は別の見方をしている。

「温泉ホテルの青柳優がよく言っていたが、常さという人はこの上高地では大事な人だ、いくら金がかかってもいいから養っておかなくてはならない人間だというから、私は酒一升もって何回も迎えに行ったですよ。うちの小屋へもう一回戻ってもらえないか、冬場の温泉のるす番してもらってもいいからと思ってすすめたが、常さは『おらイヤだ、責任もたされることなんかオラいやじゃ』というからそれ以上はむりには頼まなかったがね、常さはそういうところがあったね」

それも常さらしいありそうなことである。喜作なんかにはとうてい理解できない常さのガンコな一面である。そういえば、

「常さは中尾にいた時分(十八歳ごろ)今見(岐阜県吉城郡)にムコに行ったが

これも半年ばかりで出て来てしまった。別に夫婦仲が悪いというでもなかったが、常さは窮屈なことが嫌いだでな――」これは常さの妹ふじの言葉である。

しかしそれにしても――現代観光産業におけるマスコミの地位が何であるかを知るものなら、上高地がいくらきれいでも、それだけで記事にするには一定の限度がある。黎明《れいめい》期の上高地で、おびただしい数の記事と美しい上高地紀行文が生まれたがこれは嘉門次と常さに負うところが大きい。

あれによって上高地はどれだけ生き生きとした美しさを増したか、このPR価値は金額に見積もったら大きなものでどれくらいになるか計り知れない。つまり常さの人間性の評価については人それぞれの趣味もあろう、しかし嘉門次や常さの経済的価値については何人も否定できない。もっともこれは広告会社電通・博報堂あたりのコンピューターがはじき出す数字であるが、この点から言えば「常さは上高地のガンだ」どころの騒ぎではなく、嘉門次と常さは上高地の大恩人ということになる。それが近代観光産業人の常識である。しかしそれはあくまで本人の預り知らないことで、そういうところが常さのファンを増したゆえんでもあった。

貴族的さもしさ

次の一文は晩年の常さが安曇村の斎藤元峰に語った内容を談話筆記したものである。

「みんな可哀想なことをしたのぅ（常さにとって山の遭難者はみんな可哀想であった）。足があったら歩けると思うのが間違いなんじゃ、研究しながら歩くんじゃ。大島さんも可哀想じゃった（慶大山岳部大島亮吉。昭3・3、前穂高にて遭難）、山は雨でも降ったり様子が変わるとあぶないんじゃ、四人で穂高から槍までのつもりだった。その晩雨雪が一尺五寸も降ったんで、第三峰と第四峰尾根のところで涸沢へおちた。三月から三回もさがしたが六月一日にあおむいて寝ているのをワシが見つけた（常さは決して死んだとは言わず寝ていると表現した。まだ凍っていた山男は死んでも山案内人の手に抱かれて帰った）。可哀想なことをした。

今西さんはいつだったかのう（京大今西錦司。大正十五年七月末前穂のクレバスで三人落ち、井上金蔵が死んだ）。ワシはあの夜行ったが、友だちが涸沢に寝とった。加藤さん（文太郎・昭一二・三、北鎌尾根で遭難）も、松濤明さん（農大・昭24・1・6、北鎌尾根で遭難）も槍ケ岳で可哀想じゃった。

——クマは何頭とったかのう。五十じゃきかんじゃ。この小屋のところがクマの通り道なんじゃ。ナラの実、サクラの実、ナシ、山ウドの実や雪の消えるころはアザミの芽や根を食べるんじゃ。ナラの実は皮をむいて食べるのう。十一月から二月までは何も食べずに穴を掘って寝るんじゃ。そのころは油がのってうまいのう。子は二月ごろ産むんじゃ。二匹ずつ産む。ウサギは減ったのう。戦争中鑑札一枚で五十四もとらせたからじゃ。戦争がいけねェんじゃ」

その戦争が苛烈《かれつ》になり、食糧が配給。そして若者たちはみんな戦争に行ってしまうと、常さの小屋から学生たちの姿は消えた。それとともに常さの好きな酒も完全に姿を消した。

「酒の味はもう忘れた。酒は薬じゃがのう——。みんな戦争が悪いんじゃ」

それでも常さは上高地を去らなかった。というよりこの時こそ常さが名実ともに上高地の主《ぬし》となった時だったかもしれない。しかしその主《ぬし》は主食の配給さえない餓死線上をさまよう主であった。上宝《かみたから》役場で調べてみると「大正十四年四月十五日、長野県南安曇郡安曇村四四、家主上条卓方」に寄留届が出ているのだから、配給は当然安曇村にあったはずであるが、斎藤元峰の書いた『上高地の常さ』によると病気になってから判ったことは常さはぜんぜん配給は受け取っておらず、主食は主に飛騨中尾の生家、内野吉十郎、内野清十郎、内野政之助等いとこや甥《おい》たちから稗《ひえ》が運ばれていたという。

その常さが昭和二十三年夏、ひどい神経痛を病み腰が曲がった。酒を飲めば病気は治ると常さは堅く信じていたが、その酒も飲めず、小屋から大正池まで二キロの道をとぼとぼと二時間もかからないと歩けなくなっていた。

この常さの神経痛について『岳人』編集部の高須茂《しげる》がある秘話を語ってくれた。それによると、

「原因は終戦直後拓大の学生が、常さの小屋へ持ちこんだ二本のあやしいメチール酒」だというのである。「これで常さは目をやられ、同居していたひげの山男木村殖（上高地木村小屋主）は腰がぬけて、十日もタレ流しという惨憺《さんたん》たるもので、まさに生死の境をさまよった。これで常さは急に腰が曲がり弱った」というのである。

上条一郎（島々）が常さと会ったというのはその後だったであろう。

「あれは常さの死ぬ一年ほど前だったが」と上条はいう。「オレが田代池よりちょっと下のところでイワナを釣っていたら、そこへ常さがとぼとぼと杖ついて来るのに出会った。『おや常さじゃねえかい、えらい久し振《はーるかぶ》りだが、どうしたい？』と言ったら『えーもうだめなんじゃー』なんて言ってよぼよぼしていた。『気をつけましょい、大事にしましょい』と言って別れたが、腰がこのくらい曲がってとぼとぼ歩いて行く後ろ姿がひどく哀れだった。それでもあのころはまだイワナがよくとれたから、それを持って帰っていったが、あれがおれの常さと話した最後だった」

また上高地の上条武は「それからしばらくたったらバケツの水をくむのがやっとになっていたね。それでおらもよくあそこを通った時は、手伝って水をいくつか入れ物のあるだけ汲《く》んでおいて来たが、倒れてからは東京医大の看護婦さんがやっていた」

「オラ常さの晩年のことを思うと人間というものを考えてしまうね」上高地明神池の福太爺さ（小林福太）はいう。「常さの小屋に来ていた学生たちは今はみんな偉くなったり有名になったりしているらしいが、常さがよぼよぼになってからはあれ」と言えるけれど、その学生たちはだれ一人寄りつく者はなかったからね、薄情なもんさ！　それは各人その人の身になればそれなりの事情もあって、過去の常さのことなんかいつまでも付き合ってはいられない、それはよくわかるし、戦争も戦後の混乱ももちろんわかる。わかるけれどもあれだけ大勢常さの小屋に入りびたっていた中の一人くらい何とかいうものがあってもよさそうじゃないのか？　いったいあの学生たちはどこへ行ってしまったのか？　オラたちそばで見ていた者から見ると、事情はしらないがそう思うよりほかに思いようがない。この間もウェストン祭（上高地の年中行事）で何かえらそうなことを演説していた有名人があったが、今は有名人か知らないが、あの連中が学生のころ常さの小屋を自分の巣のようにして、イワナをただ食いしていた一味ですよ。そんなことをえらそうに言うより、常さに一握りの米でも恵んでもらいたかった。何だかんだ言いながら最後まで常さの面倒みて差し入れていたのは五千尺の婆ちゃん（藤沢タイ）だけだからね、あの人はよくやった」

この福太爺さの言葉はまことに痛烈である。

「オラもそう思う」と村営食堂の上条武もいう。「それは薄情なもんだんね、常さ弱って来たらだれも寄りつかなかったじ。オラ人間はこんなにも薄情になれるものかと思い知らされたような気がしてぞっとしたじ」そういう声は上高地でも松本でも幾人もから耳にした。

このことについて幾人かの高名な山岳家にも意見を求めたが、その中の一人から「常さが少し有名になりすぎたんですね」という言葉がかえって来た。

しかし考えてみるとマスコミというものは本来そういうもので、一夜明けてみたら人を不当に有名にしたり、また不当に悪人や神様に仕立ててしまうもので、何もそれは常さに限ったことではない。だいいちそう言っている高名な山岳家自身もその例外ではないはずである。

それにしても何という思いあがった言い方であろう。この思い上りが「常さはいい人で喜作はガメツイ」という妙な伝説をつくった人々のような気がしてならない。

この言葉の奥にある特権意識はどうしても、

「常さや喜作たち山男なんてものは——つまり虫ケラは——われわれに奉仕すべきものだ」と頭からきめてかかっている発想法である。こういうのを私は貴族的さもしさと名づける。つまり常さを愛するというのは人間としてではなくて動物や虫ケラ〈愛護週間〉のようなものである。

「ドカタは人間に危害を加えないか？」と言った人々の感覚である。

この感覚でみると、なるほど喜作は強欲でガメツイしたたか者となり、常さはいい人となる。そういえば上高地の庄吉の不評にも喜作とよく似たものを感じた。

喜作の限りない怒りがそこにあった。喜作新道に賭けた彼の異常な情熱はおそらくその辺から出ていたのではあるまいか？　そういえば、昭和十五年度の徴兵検査壮丁では中卒以上のものは同年代の一三・五パーセントに過ぎなかった。当時の学生というものがいかに特権階級であったかがわかる。このことを知らないものには、貴族的さもしさの何たるかもおそらく理解することは出来なかったであろう。

かくしてこのいい人だといわれた常さの晩年は喜作の心配したとおりとなった。

常さ上高地から消ゆ

上高地五千尺旅館の藤沢よし子の話によると、「常さが倒れたという報せを受けたのはもう九月の終わりで登山者も少なくなったころだった」という。「私がとびつけた時には、常さはカモシカの皮でつくった寝袋の中に意識不明になって倒れていました。脳溢血で半身不随で、寝袋の中はすっかり汚れていて牛丸のおばさん（牛丸きぬ――常さんのメイ）と二人でやっと洗いました。もう話はできませんでしたがうわ言に『みつサ、みつサ（藤沢三千穂）』と言っていたことを憶えています」と。

結局常さの故郷飛騨の中尾温泉（上高地から中尾峠を越えれば約三時間）へ連絡して引き取ってもらうことになった。中尾からは内野吉十郎、清十郎、政之助、小瀬光久、松葉清雄の五人が安房峠、平湯を回って迎えに来た。終戦直後で自動車もガソリンもなく、途中で通りかかった中畠一男の運転する小型トラックを頼みこみ、それで上高地まで乗せてもらった。この自動車を運転していた中畠の父中畠政太郎（昭三五亡）も常さと同じ中尾出身の第一級ガイドで、加藤泰安の厳冬期の槍、穂高縦走の快記録はこの中畠の案内だったが、春日俊吉の話によると、その晩年はみじめなものだったようである。中畠の長男はどんな気持ちでこの時常さ迎えの車を運転していたことであろう。

上高地では常さの危険な状態が続いていた。それでも常さは酒と水だけを欲しがり、そして迎えの人の顔をみると、

「上高地の土になりたい」

「ここで死なしてくれ！」

と今まで見たこともない哀れな目で見上げながら、まわらないロレツですがるように哀願するのを、

「よしよし、わかったわかったと茶碗酒一ぱいくれてだまくらかして車に乗せた」（内野清十郎）。河童橋のたもとには松本電鉄仕立ての小型バスが待っていた。

この時の小型バスの運転士谷津豊美（松本電鉄）の話によると、「車は薪を焚いて走る中型の木炭車で安房峠の急坂はみんなで押してやっと越えた」という。

これに乗った人は、「常さの身内と東京医大の坊ちゃんとアダ名の看護婦と五千尺の若い嫁さん（藤沢よし子）の八人だった」という。

それは五十年も住みなれた上高地をいよいよ常さが去る日であった。上高地は紅葉の最盛期。明神岳も背後の六百山の紅葉もむせかえるような紅に映えていた。黄色い落葉松林、梓川の水、どれもこれも常さにとっては忘れられないものばかりであった。

また前面にそそり立った穂高岳は二、三日前に降った初雪で薄化粧に輝いていた。

うらぶれはてた常さは、やがて中尾の清十郎の背から木炭車に移されたが、もう寝返りする力もなかった。それでも窓のほうに必死にしがみつくようにして穂高をみつめ、「また来るでナ――」ひと声言ってわずかに手を振った。生命の灯は急速に消えかけていた。

「常さ元気でいけよ」

「達者になってまた上高地へ帰って来いよ！」五千尺のババが泣いて見送っていた。

と、その時である。見送りの一人が何を思ったか、突然梓川の水を両手に汲んで来て飲ませた。常さはうまそうにそれを飲んだ後、まだ両手についている雫《しずく》を惜しむようにほおに塗った。

これはかかも子もない常さが、五十年間愛してやまなかった梓川の水であり、上高地の水であった。

「また来るでナー」

「また来るでナ……」それが常さの上高地に残した最後の言葉であった。

常さが中尾の生家で亡くなったのはそれから二十日後の昭和二十四年十一月十一

日のことであった。すでに喜作が死んで二十七年の歳月が流れていた。

槍ケ岳に降りた天女（第五話）

野獣の道

北アルプスの奥には今も獣《けもの》の道が人知れず縦横に走っている。彼らは決してヤブの中をただむやみに走り回っているわけではなかった。その道は高い尾根《おね》へ高い尾根へ——ただひたすらに高い尾根への道であった。

いい猟師はその獣の道を知っていた。

牧の喜作が大天井から東鎌尾根《ひがしかまおね》（槍ケ岳）につけたいわゆる〈喜作新道〉も種あかしをすればこのカモシカ道の一つであった。とすると喜作新道は開道ではなくしてむしろカモシカ道の改修工事ということになりそうである。

山にはどこの山にも尾根道《おねみち》というものがあって、獣は何かあるとすぐ尾根に出る習性がある。これはカモシカばかりではない、兎、狐、テン、イタチ、熊の道等々――どうしてかというと尾根は彼らにとって一番安全で食べ物が豊富なところだったからである。

またベテラン猟師望月金次郎の話によると、熊やカモシカが好んで食べる「カンべの芽」（赤い四ツズミといわれている）「黒モジの実」（黒いさくらんぼに似ている）「三ツ又の根」（葉が三ツ又になっているその白い根）「ダケサンショの実」（ナナカマドの赤い実）「笹の若芽」（熊笹の芽）、こういう熊やカモシカの食べ物はうっそうたる大森林や密林の中にはなく、森林限界以上の尾根でないとよく育たない。たとえば西岳の池畔の草喰場《くさはみば》、東鎌上の草喰場――俗にこれをハミと呼んでいるがまたそこは展望がきき敵の接近をいち早く知ることができ、生命の危険の一番少ない所であった。

だから喜作が道をつくり出した東鎌尾根にしても、まるで人跡未踏のけわしさに見えたが、よく見ると無数の獣の爪跡が岩から岩へ、木の根から根へと跡を残し、磨滅《まめつ》し、そこには獣の白い毛や黒い毛が木の枝にからまりついていた。だから中村鶴松（有明）の話ではこの獣の道をみつけて歩くのが猟師の仕事で、また水のない時にはカモシカ道をたどって行くと、必ず水のところへ出られた。そしてすべての獣道はこのけわしい東鎌尾根に通じていたというのである。

カモシカでも熊でも、追われれば必ず最後はこのけわしい東鎌尾根に逃げこんだ。ここまで逃げたらもう安全で、東鎌尾根はまさに野獣たちの最後に生きのびるためのトリデであった。

ところが皮肉にもそこが喜作のねらう猟場であるという、これは野獣たちにとって悲劇的なものであった。ここへワナをかけておくと兎やテンがいくらでも獲れた。

その東鎌尾根に喜作が道をつくっているといううわさは、たちまち牧や有明に拡がった。

それは喜作が人夫集めに回ったからである。しかし喜作につれられて山へ登ったその道づくりたちも三日もたたぬうちに一人帰り、二人帰り、初めのころは十日と続く者はほとんどなかった。それが悪い評判をまきちらしたことは容易に想像される。人夫はなかなか集まらない。仕方なし息子の一男を連れ出して二人だけでやるがはかどらない。それで賃金をはずんでまた集める、また逃げられる、そんなことを何年もやっていたらしい。

大林区署（現営林署）が中房から燕岳《つばくろだけ》、大天井、常念岳を一ノ俣に下って槍沢にぬける粗末な林道（現廃道）をつくって、それが槍ケ岳に登る本道になったのが大正五年のことだが、

「喜作はもうその頃から考えていたことだ」と燕山荘《えんざんそう》の赤沼千尋《あかぬまちひろ》はいう。「何しろあれは大変な仕事ですよ。あんな峻険な東鎌尾根なんかわれわれは人間が通れるとは夢にも思っていなかったからね。普通の人間の考えつかんことで、一年や二年で出来る仕事じゃないんね、オレの知っているだけでも三、四年はかかっている。仕事を始めたのは大正六、七年で開通はたしか大正十年だったと思う」

道づくりの人々

この時実際に道づくりに参加した牧や有明の衆は二十人前後であるが、そのうち現在生き残っているのは次の数名だけである。

寺島野子次郎（牧・荒神堂）「あのころオラ烏川の砂防工事に出ていたが、そこ

へ喜作さが出てくれと頼みに来た。それで近所であの時五、六人いっしょに行ったが、仕事がえらい（苦しい）もんでみんな長続きしなかった。オラも一月くらいやったかな。まあ道づくりといったところで、ただ尾根のハイ松をとっ払って少し人間が歩けるように石を寄せたくらいの仕事せ。何しろ一万尺の山の上の仕事だでね、それに夜はろくに寝るところもない。喜作親爺は雷鳥みたいにハイ松の下へもぐってぐうぐう眠ってしまうが、オラたちはそうはいかねでね。天幕を張ったり、岩室に寝たりしてやっていても、雨にはうたれてほとんど逃げ帰ってしまい、結局しまいは息子と二人になったと聞いたが、何しろあの仕事は何年もかかっているんね。ゼニ？　いくらもらったか憶えはないが、もらうことはもらったね」

古畑周一（有明）「オレの行ったのは大正九年だから、道づくりの工事はだいぶ進んでいた時せ、いっしょに行った者は小林兼二、小林琴治――など牧の若い衆ばかり四人だったが家を出たのは十月六日せ。これははっきり憶えている。喜作おじからはもっと前から行ってくれと頼まれていたが、オラ有明様（有明神社）のお祭が五日だで、それがすまなきゃヤダといっていたから――その日喜作おじを先頭にオラたち若僧四人（当時十九歳）が後をついていったが、途中中房で一泊したような気がする。喜作おじは米一俵とまだその上に味噌だるか何かのせてしょい、それでもオラたち後をついて行くのが忙しかったじ。

『おい若い衆、弱いぞ!!』なんてかまわれながら後について行ったわけせ、オラたちの行った頃は西岳の岩小屋にムシロを差し掛けにして、そこに泊まって東鎌尾根へ通っていた。岩小屋のそばには今はなくなってしまったが、小さな池があってあおあおとしたきれいな水がたまっていた。そこで夜は泊まった。忘れられないのはその岩小屋での第一夜せ。えらい今夜寒いな、何か音がするぞ、雪でも降るじゃねえかといいながら寝たら、喜作おじは『若い衆、そんなに寒いか、どれどれ』と立ち上がって来てみんなにコモをもう一枚ずつかぶせてくれたが、自分では何も着ず寝ていたんね。寒くはないと言っていた。それで明けの朝になったら暗いうちに起きて『おい若い衆、御飯《まんま》炊《た》いておけよ』といって、さっさとどこかへ出ていった。どこへ行ったのかなと思っているうちに、しばらくたって帰って来たら、雷鳥二羽と兎を一羽とってきた。まだ血がたれていたわね。まるで裏の畑の菜っぱでもちょっくらとってきたという格好せ。それからその生血《いきぢ》をみんな飲んでしまう。雷鳥の生血は喜作おじにとっては毎朝飲む牛乳みたいなもんせ。そして雷鳥は皮をむいて肉は焼いたり、手でむしって味噌汁の中へほうりこんで、それで朝飯せ。オラたちは驚いちゃったね、それが毎日なんだから——東鎌尾根にはあの頃は雷鳥や兎なんかハイ松の下にワナを張っておくといくらでも獲れたでね。雷鳥の肉はちょっと松くさいが、それでも初めは珍しいからみんなうまいうまいと食べたわね、その頃は何といってもオラたち百姓は家にいたら肉なんか食いつけねエで、琴おじ（小林琴治）なんか、その時雷鳥の肉にあてられて一週間も腹をくだし、一日《しいてえ》に何回もハイ松の陰へとんで行くとぴーぴーやっていたんね。

仕事は東鎌尾根のハイ松のヤブをとり払う作業だが、ハイ松というものは小さなように見えていて、あれで五十年百年以上もたっていて、十メートルくらいははっているでね。それは始末の悪いもんで、それで幾つかに切って下へ落として、やっと少し歩けるようにしたもんだんね。

食事だって大変せ。山男はみんな大飯食《おおめしぐら》いだでね。オラだってこんなにやせていたってあの頃一日一升（一・五キログラム）食ったでね。それでもみんな長くは続かなかったな。十月といえばもう山は寒いでね。オラもシベリヤ出兵から兄（丸山慶一）が凱旋《がいせん》したからすぐ来いと家から呼びが来てすぐ帰ったが、あれはいい口実に逃げ帰ったようなもんせ、それきりオラ登らなかった」

　この古畑周一の実兄丸山慶一がシベリヤ出兵から帰った日ははっきりしないが、当時の新聞記事を見ると〈信濃民報・大9・10・12〉「シベリヤ出兵中の松本歩兵第五十連隊の三年兵約二百五十名及初年兵掛り五十名二年兵の兵卒二百九十九名並に将校七名は十二日午後九時五十二分松本着列車にて留守隊に凱旋し、五日間は隊内に隔離するが十五日は面会外出を許し、十六日には三年兵は除隊させる予定」と書いている。この時古畑周一は山で二十日働いたとすれば二十六日ということになり、この新聞の十六日除隊予定とは十日のずれがあるが、したがってこれは除隊日の延期か？　古畑周一の記憶違いかのいずれかと思われる。

　また小林琴治は「あれはオレの二十五、六歳の頃だったが」と次のように回顧する。

「二月くらい道づくりに行った覚えがある。この時いっしょだったのは荒神堂（牧）の寺島野子次郎、浅川新一、山口茂敏、婿《むこ》に行った天理教の寺島、丸山勝好《かつよし》、畠山善作、それに喜作と一男（喜作の長男）だが、ほとんど死んでしまった。こんな大きなハイ松を切り、石を割って道を開けていく仕事だが、今だってまだその頃割った石が少し残っている。仕事が東鎌に移ってからはババの平の石室に泊まってやったが、岩小屋だけでは体がもたないから、道具はそこにおいて上高地の五千尺に泊まって通ったこともある。

喜作だって人間だものそんなハイ松の下だけでは仕事になるわけがない。道づくりをしたものはあれでも十五、六人だったが、一回五、六人ずつ代わる代わる登ってやっていた。

喜作が人使いが荒いって？——そんなことウソだ、喜作は若いものには親切だったし大事《でえじ》にした」

また望月金次郎（穂高塚原）はこんなふうにいう。

「あれは普通の道づくりとぜんぜん違うんね。はじめはハイ松を一足おろぬきに足が入るくらいヤブをとっ払っただけせ。石だって少し危いものをはねたりはしたが、だいたい道なんていえたもんじゃぁなかったんね。またそんな程度しか出来るはずはないわね。連れて来た人夫衆も二、三日もやればみんないやがって山を下ってしまうし、初めからしまいまでやっていたのは喜作さと一男とオレの三人だけのことが多かった。それも五、六日ずつ何回かに分けてやったもんだんね。コースは今と同じとこもあるが違うとこもある。それは西岳から東鎌（槍ケ岳）にうつるあたり、あそこは尾根を下っているが、もとはもっと下を回った。今はあそこにクサリをさげてあるが、昔はあんなところを通らず西岳の池から下へ回った。東鎌もジグザグがもっと少なく急だった。

今の道はその後何回も直して、最初の道とだいぶ変わっているんね」

濃霧の中の女

喜作が道づくりをしているこの二、三年の間に北アルプスでもいろいろのことがあった。

大正七年に槍沢小屋ができたのを手始めに、八年には常念小屋、この二つの山小屋の成功は、たちまち北アルプスに山小屋ブームの時代を迎え、槍ケ岳周辺だけでも燕小屋（現燕山荘）、殺生小屋、大槍小屋が喜作の道づくりとほとんど同時に建設計画が進行中であった。

しかし喜作の道づくりの人夫は長続きせずまた山を下ってしまい、仕事はなかなかはかどらない。そして山には喜作ただ一人ということも珍しくなかった。

東鎌尾根で雨にうたれ、死にかけていた若い女を喜作が救ったのはちょうどそんな時である。

もちろん遭難者の救出はよくあった。その一か月ほど前にも槍ケ岳で自殺すると書置きを残して失踪《しっそう》した人騒がせな者もあって喜作は望月金次郎と槍の裏側へ回って三日も捜したばかりであったが、しかし若い女の救出ははじめてだった。だいいち東鎌尾根の道は開いたとはいっても、まだ人間の足がようやく一足一足つくところだけ藪《やぶ》を取り払った程度のひどいもので、これから雪がくるまでに人夫を動員して突貫工事をしなくては翌年の殺生小屋開業に間に合わなかった。

若い女はその未完成な東鎌尾根の登山道に倒れていた。

この女が後に喜作の激しい生涯の中にわずかに一片の花をそえることになるが、この話を聞かせてくれた人は槍山荘の穂苅三寿雄である。ただ大分前のことであり、それも確実な取材として聞いた話でないため、はっきりしない点も多く、それを何とか現存者の取材と著者の乏しい想像で補い、物語風に再編すると次のようなことになる。

この朝喜作は暗いうちに東鎌をくだり、中房温泉で米一俵と味噌《みそ》や干魚などをしょい出したのが十時時分。その頃はまだ秋晴れのいい天気で、中房谷の紅葉が美しかったが、午後から急に天候がくずれ出して西岳まで来たころには激しく叩きつけるような雨になっていた。さすがの喜作も一時西岳の岩小屋にストップさせられた。そのうちに雨は小降りになったが、そのかわり東鎌尾根にはものすごい濃霧が巻いて一寸先が見えなかった。千丈沢から無限に吹きあげてくるこの濃霧は、そのまま稜線をかすめて槍沢の方へ越えて行った。

喜作がこんな悪条件の中で女を救出できたのは猟犬ペスがその辺りで発見してはげしく吠えたからで、そうでなかったらハイ松の中にうずくまって死を待っていたこの女を、だれも発見することはできなかったであろう。

あとでわかったことであるが女はこの時、ハイ松の中でだれにも知られず死ぬ場所をみつけて登って来たものだという。

冷たい雨が激しく白い無表情な女の顔を打ち、濃霧がハイ松の上をすさまじい早さで通りぬけて行った。

女は死んでいるのか生きているのか、はじめはそれさえよくわからなかった。抱き起こして頬を激しく叩いて呼んで見ても何の反応もなかった。それでも心臓の鼓動はまだかすかに残っていた。

喜作はすばやく油紙に包んだ米俵を、背板からおろすと女をそれにしばりつけて、まだ未完成の東鎌の道を自分の殺生小屋に急いだ。

槍ケ岳直下標高二千九百メートル付近にある〈殺生の岩小屋〉は堆石の一枚岩におおわれた南向きの自然洞窟《どうくつ》で、大小数個の岩小屋が一群をなし、古くから文献にも見えて登山者に利用されていたものであるが、そのころはもっぱら喜作の殺生小屋（猟をすることを信州では殺生するという）になっていた。この岩小屋に少しさしい掛け屋根を補強し、人夫十人くらいは楽に泊まれるようになっていた。

喜作は女をここへかつぎ込むと、どんどん火をたいて鍋に煮えたぎっている雷鳥の味噌汁を飲ませた。女の顔にやっと少し血の気がさして来たのは一時間ほどたってからである。熱い雷鳥汁の効果はいちじるしいものがあった。

生き返ったこの女をよく見ると、体は小さいが肌《はだ》の白さ、ぴりっと整った利発な顔、それに並みはずれた地肌の美しさはぬれてよごれた衣類をとおしてさえよくわかった。

ただ妙なことに女は命の恩人であるはずの喜作に、感謝の言葉を一つも言わなかった。娘のはじらいと善意に解釈してもその態度は理解に苦しむものだった。ところが女は感謝どころか喜作をまったく無視した態度で、ついにまともに顔を向けなかった。だから喜作は本当はまだ女の顔を見ていなかったかも知れない。

しかし喜作のほうも変わっていた。黙って火をたき、黙って雷鳥汁をくんで女のそばにおくだけで、飲めというでもなく、具合はどうかと聞くでもなかった。

雨はまだ降り続いて、尾根を通りすぎていく濃霧は夜になっていっそう濃度を増したようであった。ピュー、ピューという槍の岩角をなでて通りすぎる風の音だけがまるで草笛のように遠く近くでなり続けていた。

喜作はそこにあるふとん一枚を黙って女のそばにおくと、さっさと自分はへやの隅に丸くなって寝てしまった。

女にやったふとんは一男のふとんである。一男はきのう人夫集めに山をくだって留守である。牧と有明あたりで約束してある人夫数名を案内して近く登ってくるはずだった。

たき火のそばにすわった女の後ろ姿には、何か不安におののく恐怖のようなものが感じられたが、まもなく喜作の寝息が聞こえてきた。女はほっとするとともに、ことの意外にとまどっていた。

これが喜作と女の奇妙な岩小屋の一夜であった。

蘇った大自然の夜明け

女が朝起きてみたらもう喜作はいなかった。ただイロリに火がわずかに燃えてお湯もすぐ飲めるようにわいていた。

外はきのうのことがまるでウソのようにからりと晴れわたって目の下に拡がった大雲海のかなたに今朝日がのぼるところであった。背後には槍ケ岳がきらきらと輝いていた。知らない間に女は自分が槍ケ岳直下に来てまだ生きていることに気づいた。

荘厳な槍ケ岳のご来光。今北アルプスの天地は明けようとしていた。今まで見たことのない雄大な光景に女はただ呆然とそこに立ちつくした。ハイ松の一葉一葉にはしっとり露が宝石のように輝き、その間にナナカマドの燃ゆるような赤い実がきわだって鮮やかに朝の光に映えていた。

喜作が帰ってきた時、その手に魚と鮮血に染まった鳥を女はみてびっくりした。それはいうまでもなく今釣ってきたばかりのイワナと雷鳥であった。

それがたちまちイロリで焼かれ、味噌汁に放りこまれて料理されるのを見て、女は二度びっくりし、その味に感動したが、それでもこの〈ケモノのような男〉を憎んでいた。あとで女が述懐したところによると、「私が死にたいと思っているのにいらぬおせっかいをしてくれたものだ、ふふん‼ この男もそのケモノの一人にきまっている、みろ、あのケモノ面《づら》を‼」女は心の中で言い続け、またそうなるものと初めから覚悟して「生きているわが身を呪《のろ》って」いたという。

しかしこの大自然の夜明けを前にどんな生物だって生の喜びを謳歌しない者があるはずはなかった。それがまた女には憎しみの種であった。「ああわたしはついていない」と女はつぶやいた。

「ケモノが嫌いで山へ来て清浄な山のハイ松の中でだれにも知られず死のう、その上に汚れない岳の雪が積もる、これで私はだれにも知られず清く死んでいけると思っていたのに、こともあろうにその一番嫌いなケモノのような男（喜作）に助けられて、おまけにケモノに養ってもらっている自分のみじめさ――」それがこの朝の女の気持ちであったらしい。これでは命の恩人に礼などいうはずがなかった。ただ少しこっけいなのは、この女が都会のケモノをのがれて清浄な山のハイ松の中で死のうとしたその東鎌尾根のハイ松の中は、実は無数に通じる〈ケモノ道〉であった。それをこの利発そうな女が気づいていなかったことである。

朝食がすむと喜作はまたどっかへ出ていって夕方まで帰らなかった。飯は鍋に煮えていた。イワナはいろりに焼けていた。味噌汁の中には雷鳥の肉が入っていた。

しかし男はそれを食べろと一言いうのでもなかった。そしてろくに顔も見ず、どこから来たかも聞きもせず外へ出て行った。どこへ行ったのか、もちろんそれもわからない。

しかし女はあきらかに動揺していた。ケモノの小屋を逃げ出すべきか？　今夜こそケモノが本性をあらわすにちがいない。今なら逃げられる、今なら逃げられると言い続けていた。

しかし男は夕方何ごともなかったように帰って来て、見向きもしない女の態度にも、これまた見向きもせず、夕飯を食うとさっさとふとんにくるまって寝てしまった。今夜こそこのケモノのような男が私に手を出すと、またそれが当然と身構えていた女は、全身の力がぬけてへなへなとそこに横になって寝た。

次の朝もまたきのうと同じだった。ただ少し違っているのは獲って来たものがけさは雷鳥ではなくて灰色の山兎だけだった。

女は急に態度を変えるわけにもいかないが内心この山男にすまない気持ちになっていた。男は女のそんな不遜な態度にも少しもおこったふうもなく、飯をつくってはまたどこかへ出て行った。この山男はいったい何者なのか？ こんな山の上に一人で何をしているのか、それがふしぎでならなかった。女があとで様子を見に行ったら、男は東鎌尾根のずっと下の方のハイ松の中で何か一生懸命やっており、はじめに想像した山賊でもケモノでもなさそうだった。

——こうして何事もなくすでに五日もたった。ところがこの二人はほとんど唖《おし》のように口をきいていない。ちょっとしたことがこの岩小屋の中にあったのはその日の夕方のことである。

それは喜作が東鎌尾根で道づくりをして疲れて帰ってきてみると、女は相変わらず無口に無表情に横を向いていたが、イロリには小さな火が燃えて、鍋のフタをとってみると夕飯が炊け、味噌汁があたたかく煮えていた。何でもない当たり前のことであるが、きのうまであれほど敵意をあらわに出していた女にしては大変な変わりようであった。

喜作はよろこんで礼を言ったが、それでもこの女は返事もしなかった。女がはじめて口をきいたのはその次の日の朝である。

濃霧がわいて目の前の槍ケ岳すらまったく見えない朝だった。喜作はこの日朝飯をすませると岩小屋の前で何か仕事をやり始めた。

それは小さなフイゴを持ち出してコークスの火をあおり、カジヤのまねごとだった。石屋の使うノミを赤く焼いて叩き、それを水に入れ、また叩いては水に入れた。そのうちに今度はナタや鎌を一心不乱にとぎ始めた。

それは一心不乱というより言いようがなかった。何がそんなに面白いのか、どうしてそんなに楽しいのか？　この男は脇目もふらずタバコ一服も吸わなかった。

さっきからかたわらの石に腰かけて、それを熱心に眺めていた女がたまりかねたようにはじめて口をきいた。

「おじさん、よく働くね」

これが女の第一声であった。それは茶化しとも感嘆ともとれる奇妙な響きの言葉であった。喜作はけげんな顔をして女の顔を見た。そしてこの女のいきいきした美しさに喜作は思わず目を見張った。

女にはそれまで、明らかに死相がただよっていたがもうどこにもその影はなかった。

そしてよく見るとこの女の身のこなしは、何か芸事にでも打ちこんで来た者のもつ独特な優雅なムードをもっていた。さらに女は言った。

「おじさんは、こんな山の上で何やっているの？」この都会の女にとってこれほどふしぎなことはなかったであろう。女はここ数日来考え続けて来たことを口にした。

喜作はこの唐突な質問にとまどい、何と答えていいものやらもじもじしながら、ここに道を開いて山小屋をつくる話をし、「これからきっと登山が盛んになるぞ」と目を輝かしてつけ加えたという。

女は黙ってうなずいたが、そのあとで「うらやましい人だな」とつぶやいたのを喜作はもちろん気づかなかった。

槍ケ岳に降りた天女

「だいぶ元気になったようだからもう帰ってくれ」と喜作が女に言ったのはその次の朝だ、「あすあたりは道づくりの人夫も大勢登ってくるはずだから――なに中房温泉まではオレが送ってやる」

しかし女はもう少しここに置いてくれ、私にもおじさんの仕事を手伝わせてくれ、みんなのご飯でも作るから、と女は哀願したが、荒くれ人夫の中に美女一人を置くわけにはいかなかった。

別れの晩餐《ばんさん》はやはりその夜、山兎の丸焼きと雷鳥のごった煮、イワナの塩焼きで行なわれた。それに山栗が一ざるゆでてあった。お別れに当たって喜作のせめてもの心づくしであった。

「さあ、たんと食べていってくれ」

喜作はその夜珍しくお酒を一本つけて手酌でちびりちびりと楽しそうに飲み始めた。別れといっても喜作は改まって何も言わなかった。

「おじさん、あたしにもそのお酒ちょうだい」

「――アンネも飲むかや」喜作はうれしそうにそう言っただけで「もう死ぬなんて考えてはいけない」なんて月並みなお説教はしなかった。

「あたし、おじさんの仕事祈ってあげる、おじさんの山小屋きっと繁盛するわよ」

「そうか――アンネもそう思ってくれるかや」

「思うわよ、おじさんのように働けば神様がきっと助けてくれる」

喜作は松どっこのような顔を思わずほころばせた。そして女の酌で飲んだ酒に久しぶりにうっとり陶酔した。女も今夜は格別に美しかった。喜作はまばゆくて女の顔はまともにはとても見られなかったが、その代わり横すわりにひざをくずした女の白い足が喜作の目の前にまるで生きもののように、話すたび、笑うたびに、微妙な表情で喜作に語りかけていた。

それでも喜作は女の身上を聞こうとはしなかった。

「おじさん、ねえ」女は少し酔いが回ってくると面白いことを言った。

「ねえ、おじさん、あたしのいた東京の男たちはね、みんな紳士づらしたケモノばかりだったけど、おじさんはケモノみたいな顔をしているが紳士だね」

この唐突な女の言葉にはさすがの喜作も腹をかかえて笑い出し、女もいっしょになってその笑いはなかなかとまらなかった。しばらくしてその笑いが静まると女は低い声でしみじみと歌い出した。

〽流れ流れて　おちゆく先は
北はシベリヤ　南はジャバよ
いずくの土地を　墓所と定めん
流浪の旅はいつまで続く――

女は歌いながらしまいには出てくる涙をふこうともしなかった。そして何を思ったか、聞きもしないのに、自分が浅草オペラの踊り子であること、あんな汚れたケモノの世界がつくづくいやになって槍ケ岳に死場所をみつけて来たことを打ち明け始めたが、喜作は何を思ったかそれを両手で制して、もう後は何も言ってくれるな
「――アンネは天女だから」とくり返した。
女はそれを聞いてはっとした。――そんなことを言われると昼間から考えていた

今夜の自分のせりふ、

『おじさん、あたいを抱いてもいいわよ、どうせ死ぬ体なんだから……』

せめてものお礼のつもりだったが、天女だといわれたらもうそんなこと言えなくなってしまった。そればかりではなく死ぬことさえ忘れかけている自分に気づいた。何だかここへ来ておじさんの働いているのを見ていたら、自分もまた強く生きてみたくなっていた。

女はしばらくして別人のように元気よく立ち上がったと思ったら、

「おじさん、ちょっとこっちへ来て、あたいいいもの見せてあげる」と女は妙なことを言って喜作の手をとりむりやりに表に連れ出した。

岩小屋の中のランプの灯より外は真昼のような月夜だった。

目の前には青い月光の中に巨人のようにそそり立つ槍ケ岳。女は喜作の手をとって外へ連れ出すと、

「おじさんはここに座っていて」と小さな岩を指定すると自分は少し離れた大きな岩の上に立った。槍ケ岳がその後ろに月光を受けて輝いていた。何をするつもりなのか見ていると、驚いたことに女は自分の着ていたものを全部とってその岩の上

にぽんと投げ、あまり聞いたことのない歌をうたって踊り出した。驚いたのは喜作で、思わず「あ!!」といったきりしばらく声も出なかった。その唄は喜作は知らなくても、そのころ浅草で大評判の船頭小唄「オレは河原の枯れすすき」という流行《はやり》歌《うた》であったといわれている。

しかし喜作はそれを

「ちょっと待ってくれ! ちょっと!」

突然ケモノのような声を出して制止した。女がそんなことはやめろと言っているのかと思ったら、そうではなくて動かないでそのままじっと静かに立っていてくれというのだった。

一糸まとわぬこの女が、男の好みそうなポーズをつくるのに苦労はしなかった。月光をななめに浴びた裸婦は右肩から乳房をくっきりと浮き彫りさせ、豊かな腹部から太ももにかけての曲線の美しさは、あやしいまでの幽玄の美を槍ケ岳前面にかもし出した。

それはまさにアッと息をのむ一瞬のしじま。

しばらくして女はかすかな喜作の声を耳にした。それは何かすすり泣きするような、つぶやくような声だった。

「おじさん、どうしたの？」女が心配して聞いても返事もなかった。しかしよく聞いていると、それが何とお念仏を唱えていたのだという。

これはおそらく青白く澄んだ月光の中に立った美しい裸女の姿がこの山男の目にはさながら三保の松原に降りた羽衣の天女ならぬ、槍ケ岳東鎌尾根のハイ松の上に降りた天女に見えたとしてもふしぎはなかったであろう。

いのちあればこその人《ひと》、人《ひと》なればこそのいのち
かりそめのいのちの哀楽《あいらく》にふしまろぶ塵《ちり》の世界《せかい》を
ここに遠《とお》く絶《ぜっ》し去《さ》り魂《たま》きわまる一瞬《いっしゅん》のしじま……
高《たか》き山々《やまやま》の霊気《れいき》は玲瓏《れいろう》として声《こえ》なく語《かた》り幽玄《ゆうげん》に歌《うた》い
煌々《こうこう》たる満月《まんげつ》の光《ひかり》に清《きよ》らかに濡《ぬ》れそぼち
天《てん》も地《ち》も人《ひと》も花《はな》の香《かお》りのそのままに打《う》ち薫《くん》じ
槍ケ《やりが》岳山頂《たけさんちょう》の大《おお》らかな夜《よる》に佇《た》ちすくみ息《いき》を呑《の》む
闇《やみ》を装《よそお》う大槍《おおやり》小槍《こやり》、槍沢《やりさわ》は影深《かげふか》く想《おも》い

鎌尾根《かまおね》の襞《ひだ》は永劫《えいごう》の謎《なぞ》を走《はし》らせ
果《は》てしなくまろび立《た》ち、つらなり立《た》つ嶺々《みねみね》
ああ山嶺《さんれい》よ、深《ふか》き谷《たに》よ、森林《しんりん》よ、光《ひかり》よ
影《かげ》よ、おぞましき人《ひと》の世《よ》よ、天空《てんくう》よ
いのちあればこそ、天《あま》かけりゆく大《おお》いなる歓《よろこ》びよ
いのちあればこそ、地《ち》に伏《ふ》して澄《す》みわたる一点《いってん》となる身《み》よ
現身後生《げんしんごしょう》見《み》え分《わ》かぬ、あわれ、恍惚《こうこつ》の祈《いの》り
（鞍岳彦《くらたけひこ》「槍ケ岳の満月」より）

喜作が思わずお念仏をとなえ出したのは無理はなかった。

しかし喜作の家族や知人に聞いてみると、今まで喜作の念仏を聞いたことがないという。してみるとこの時の念仏はおそらく喜作にとって最初にして最後のものだったかも知れない。いずれにしてもこの夜の彼の感動が見えるようである。

この日がいつだったかははっきりしないが、中央気象台からの返答によると、この年の満月は九月十七日だったというから、おそらくその前後だったと思われる。

またこの女が所属していたという当時の浅草オペラを調べてみると、大正九年の経済恐慌の嵐《あらし》でほとんどの歌劇団は没落し、団員の離合集散をくり返していた。それが根岸歌劇団に大結集されたのがこの年の秋である。清水金一、高田せい子、石井漠、田谷力三、柳田貞一など二百人にのぼる空前の豪華メンバーをそろえて根岸歌劇団が誕生し、演《だ》しものは『古城の鐘』『ボッカチオ』『天国と地獄』『ブン大将』『アルカンダルの医者』などのオペレッタの間に『カルメン』『魔笛』『リゴレット』『アイーダ』『お蝶夫人』『フィガロの結婚』『トスカ』等々——特に『カルメン』は四十五日という大入満員の長期公演の記録をつくり浅草六区の歌劇熱は再び息を吹き返し、燃えあがって、一大歌劇王国をつくった感があった。

エノケン少年が弟子入りしたのもこの劇団であった。槍ケ岳の天女もおそらくここに所属していたものと思われる。

しかし当時の根岸歌劇団の団長根岸吉之助(現浅草木馬座主)に会って話を聞いてみたが、この天女の素姓を確かめることはついにできなかった。それでも同氏から聞いた当時の浅草オペラというものは、よそ目にみた美しさとは似ても似つかない、やはりすさまじい人間葛藤《かっとう》の修羅場《しゅらば》だったようである。

そういう中で天女は何をし何を歎いていたのであろうか？

面白いことは、この天女が東京のさる大料亭の先代女将《おかみ》だったという説である。それによると、女将はいつもこう言っていたという。

「何の代償もなしに私に親切にしてくれた男は牧の喜作だけだった」と。そして「喜作のよさは競馬馬の美しさだ」というのである。走りに走り続けてその絶頂で倒れた時にはもう死んでいた、牧の喜作とはそういう男だといつも言っていたという。

殺生小屋の守神

天女が帰ってしまった後の東鎌尾根は来る日も来る日も濃霧におおわれ、霧がない日は冷たい小雨か霙《みぞれ》が一日じゅう降り続き、身を切るような風が千丈沢、天上沢から吹き上げて来て、もう尾根には立っていられなかった。そんなわけで天気のいい日はごく少なく、濃霧が人夫たちの半纏《はんてん》をいつもしっとりと濡らしていた。

この年北アルプスの初雪は信濃民報の記事によると十月八日だったらしいが、幸いその後は好天が続いてこれはまもなく消え、作業は続行されていた。おまけに今度牧から連れて来た人夫は小林兼二、小林琴治、小林住治、寺島野子次郎、小林九一、望月金次郎等、屈強な者ぞろいで、一人も脱落者がなく、少しくらいの雪でも仕事は継続され、工事は急ピッチに進行していた。

きのうはずっと下のほうで焚火の煙が上っていたのに、きょうは中腹に二か所ハイ松の枝を燃やす煙が見えていた。その煙のあたりが道づくりの工事現場だった。

しかし喜作は天女のことはついにだれにも言わなかった。「喜作さという人はそういう人だんね」と金次郎はいう。「いつかも六九町の奥茂の主人（前記土橋荘三）を北穂で救出した時なんかも、オラも一男もいっしょに仕事をしていながら何も知らず、あとになってやっと人から聞いて『おやそんなことがあったかい、それじゃ庄吉さから迎えのあった時だな』なんてやっと気づくくらいなもんせ、喜作さという人はそういう事を自慢たらしく人に話すということのない人だでね。それにその女の話にしても、いかにも喜作さらしいね、特にあの人はどんな女の中に入れておいてもまちげえを起こすことのない人だったでね」

深い根雪が東鎌尾根を覆ったのは十一月に入ってからだった。初雪が来てからは翌春早々建設する殺生小屋の敷地を整地したりしていたが、一夜の猛吹雪で二メートルも積もってしまい、さすがの喜作もあきらめて、その年の仕事はこれでおしまいだった。

帰りの人々はきのうまで仕事をしていた新雪の上を輪カンジキをつけ、手を振ってみんな元気に新雪の東鎌尾根を下って行った。

しかし喜作は一人殺生の岩小屋に残った。

少し仕事があるからという理由である。そして喜作が牧へ帰ったのは次の日の夕方だったが、この間に雪の岩小屋で彼は何をしていたのか?――

牧の古老（寺島野子次郎）たちの話によると喜作は後で「殺生小屋の地祭をして来た」と、ナゾめいたことをもらしている。しかもそれには翌春早々に建築する殺生小屋の敷地深く魔除けを埋めたというのである。合理主義者喜作がどうしてそんな気持ちになったのか？　またその魔除けとは何ものなのか？　なぜ一人で地祭をしたのか？　それは永遠に解けないナゾとなった。

しかしそれが実は天女が岩小屋に落としていった安物の櫛《くし》だったというものと、またある者は、喜作が頼んでもらった天女の髪の毛だと、うがったことを言う者もあったが、もちろんだれもその真実を知るものはなかった。

北鎌尾根の英雄たち（第六話）

槍沢雪渓の春

まだ雪におおわれていても、三月末から四月ともなるとさしもの槍ヶ岳槍沢の雪もぼつぼつくずれ始める。その様子を当時（大11）、学習院山岳部ＯＢの板倉勝宣は「春の槍から帰って」の中で大略次のように書いている。

「槍沢の雪崩《なだれ》は想像以上に恐ろしい。どうしても雪崩の前に登らねば危険である。小屋（槍沢小屋）から槍の肩までただ一面の大きなスロープで急な所と緩やかなところは出てくるけれども、坊主《ぼうず》の小屋も殺生小屋もだいたいの見当はついていても、雪に埋まってわからない。（略）積った雪の下は氷なのだから、上の雪が雪崩《なだれ》たらアイゼンのほかは役にたたないが、坊主小屋のあたりから肩の小屋（現槍山荘）の辺まではひどく急な雪の壁で、眺めているととても登れそうにも見えないが、登り出すとどうにか登れてくる。肩に登ると雪は急に硬くなる。そして今まで大丈夫楽に登れると思った槍の穂が、氷で閉ざされていることがわかってくる。

試みにピッケルで足場を切ってみると金属的な音を立てて氷が飛ぶ。もちろんその上に一寸くらいの新雪があった。どうしてもこれからは、ロープとピッケルとアイゼンだけに頼るより仕方がない。これが氷ばかりなら楽なのだが、岩がところどころに頭を出しているので、ステップが切りにくい。槍ヶ岳はまるで岩と氷のコンクリートである」

ナダレの来る直前の槍ヶ岳と槍沢の凄惨《せいさん》な姿である。この中でさらに板倉は「一昨年三月二十日に来た時は少しもナダレはなく、今年《ことし》は二十日おそく（四月十日）に入ったらナダレた後だった」と書いている。

つまりその間に大ナダレがあったわけである。冬中積もった槍沢の氷雪が、暖い春の雨でも降るか、陽気がゆるむかすると、いっせいにくずれ始める。その時が山の一番危険な時期である。北アルプスでは何が恐ろしいといって、槍沢のナダレほど恐ろしいものはないといわれるのはそのためである。

大槍小屋が二度も押し流されてしまった話は有名であるが、それもそのはずで、ずっと下の安全地帯につくった槍沢小屋さえしばしばナダレにやられて、最近ではさらに二キロも後方へ退却したことでもよくわかる。何しろ昭和三十六年の大ナダレの時には大喰《おおばみ》岳から中岳稜線の雪庇《せっぴ》が雨でくずれ、たちまち地こすり（ナダレ）を起こし、ひと押しに赤沢山（二六七〇）の麓《ふもと》につっかけ、直径数十センチの岳樺《だけかんば》が根こそぎ押し出されて、その末端は槍沢小屋をさらってその下方でようやくとまった。ナダレの発生地から四キロも押し寄せていたというからその恐ろしさが想像される。

その雪崩で槍沢は毎年埋まってしまう。つまり夏山でみる槍沢雪渓といわれるものは降り積もった山の雪、というより実はナダレの堆積、岩のようになったナダレの跡というべきもので、その時期がだいたい三月二十日ごろから四月十日ごろだと板倉は報告しているのである。

もっともこれは年によって違うが、このナダレの終わった後というものは何ともさっぱりしたもので、危険さはすっかり消え、急に山が爽快《そうかい》になる季節である。

谷々は、押しかためられた雪が、あたかも舗装されたように堅くなり、金《かな》カンジキをつけて、すべることさえ気をつけると、歩きよくなるばかりか、普通は歩けないような谷底に巨大な夢の橋をかけたように直行することができる。したがってこの時期の山道は夏とまったく違ってしまう。これが四月、五月、六月にわたる槍沢の春である。

——そのナダレの堆積の上を多数の人夫が材木を背負って登って行くのを見掛けたのは、四月の終わりから五月に入ったばかりのころだった。背板《しょいこ》の上に大きな木材一本をしばりつけて、その雪の上を一足一足静かに登っていった。谷底を歩くのと違って高い雪の橋の上はこの時ばかりは広々として材木を横に背負って歩いてもいっこうにかまわない、まことにいい時期であった。この時期をのがしたらもうそういう作業は不可能になる。しかし高い所から見ると雄大な大自然とその中の粟粒一つか蟻《あり》一匹の動きにしか見えない。いったいこの蟻たちは何をするつもりなのか？

これは前年（大9）喜作新道を完成させた牧の喜作とその協力者たちであった。

そして今度（大10）は一刻を争う殺生小屋の突貫工事にかかっていた。それもそのはずライバル大槍小屋の工事も同時に進んでいて、しばしばトラブルも起こっており、後年のいわゆる槍ヶ岳合戦（客の争奪）はすでに前哨戦は始まっていた。

この時槍沢で材木上げをしていた人夫は、

小林喜作（亡）、同一男（亡）、望月金次郎（塚原）、渡辺繁恵（塚原）、稲田金市（塚原）、古畑牧之助（牧）、宮島晴実（亡、本牧）、宮島三五郎（本牧）、小林繁（亡、塚原）の九人――いずれも現穂高町――

そのほとんどは、望月金次郎が喜作に頼まれて、近所から集めて行った人々で、かついだ材木は、前の年に営林署から払い下げられたものを、ババの平（槍沢小屋付近）で、ソマ衆が大ノコやハツリ（マサカリ）やゲンノウで製材して積んであったものである。金次郎の話によると、

「あの時期は雪は堅いし、こんなもの楽なもんだと、初めだれでも思ったが、実際やってみて驚いちゃったね、ちょっと行ったらたちまち息が苦しくなってふうふうしてぶっ倒れてしまった。こんなはずはないといいながら何しろえらくてどうしようもない。平地でやる三分の一も仕事ができなかった。それで野郎どもは二、三日やっただけでさっさと帰ってしまって、オラあの時はつれてきた手前もあって困ったじ」と。

しかし金次郎は、

「オラどこで働くも同じだと思って、喜作さたちといっしょに道つくりの時も、小屋づくりもしたが、それが終わったら、オラ殺生小屋に食糧上げをやったりしていた」という。

「それにオラ喜作さたちとはだいたいエエショウ（性格）が合って仲よかったでね。また喜作さの仕事はあのころ悪くないだんね。日当は普通の倍くれたでね、それをヤロドモ逃げちゃっただからね、よっぽどこたえたもんせ」

仕方なし残った数人で材木はやっとあげたという。何しろババの平から殺生小屋までの距離はたった二キロくらいであるが標高は三千メートル近い。荷物がなくても、普通の登山者にとっては大変なコースのはずである。したがって一日一往復、五人で一日材木五本上げるのが精いっぱいだった。

山小屋建設というものがどれほど大変なものかよくわかる。

その四年前に槍沢小屋をつくった穂苅三寿雄の話を聞いた時も大変だと思ったが、喜作が始めた殺生小屋はそのババの平からさらに一日を要する。すべて人間の肩でせねばならない当時は大変な難工事だったわけである。

完成を急ぐ殺生小屋

大正時代までは松本駅前から島々行の古風な馬車が出ていた。駅前には飛騨屋（現在の山のひだや）、飯田屋、一山等の大きな旅館が並んでいて、登山者たちはみんなここでいそがしく登山準備をしたものである。しかし筑摩鉄道の開通（大九）によってこのトテ馬車風景は松本駅前から姿を消した。

〈信濃民報・大10・7・14〉
「最近になって増した登山者
今の所は団体が多い・最盛期は来月」（見出し）

「いよいよ登山期となったため昨今の雨天がちにも拘らず毎日松本駅にはリュックサックを背に詰襟《つめえり》の白服にワラジがけの鳥打帽に浅黄或は右近《うこん》又は白の襷《たすき》がけに金剛杖《こんごうづえ》という軽装なスタイルの学生達の若々しい晴やかな気分に満ちた団体等も幾

組となく見掛け、美髯《びぜん》を貯えた中年紳士などまじえて居り、この人々の大部分は東京方面で松本下車する、多くは上高地《のりくら》及乗鞍、燕《つばくろ》、白骨《しらほね》温泉方面を目的とする者で松本へは登山準備をするために下車するもので白馬或は針ノ木方面は大町駅に直行し、中房方面から槍《やり》ヶ岳《たけ》、燕、常念《じょうねん》方面は有明駅及柏矢町《はくやちょう》で下車するが（略）今年は解雪期が遅れて今はまだ相当の積雪のため去年よりはまだ出盛らないが、各方面とも登山者に対する設備が完成して燕岳《つばくろだけ》より槍ヶ岳への縦走を為さんとする者は先年まで中途の槍沢小屋一泊を必要としたが、中林（小林の誤）喜作、千田大蔵（仮名）の両氏が協力して中房を登れば尾根続きにその日のうちに殺生小屋に達し得る新道を作ったから従来より一日得をするわけである。

而してこの道を喜作新道と名づけたと言う。尚又燕岳の頂上にも有明村赤沼《あかぬまち》千尋《ひろ》氏の手によって立派な〈燕小屋〉が建築されたから三十人や五十人の登山者はゆうに収容し得る筈である、今年に入って団体としては去る十二日金沢第四高等学校生拾数名と東京成蹊学院専門部の学生四十名が同校校長中島萬次郎氏外四名の教授に引率されて白馬方面へ登山する等今年は割合に小団体が多いが登山盛期はこの二十日頃より来月中旬まで――」と。

ここで興味あるのはこのころすでに喜作新道という名がはっきりと書かれ、ぽつぽつ人の口にのぼってきたことである。

また二日おいた十九日には「山へ山へ!!　最盛期を前に各登山口賑う、学習院や三高生徒大正池畔で原始的天幕生活」の見出しでいよいよにぎわい始めた上高地、槍方面への登山盛況を伝えている。

そういう中に山の記事としては一見奇異な記事が二つ掲載されていた。

〈信濃民報・大10・7・21〉

「殺生小屋　調停者の労で本月末に竣工」（見出し）

「南安曇郡××××の××××氏は槍ヶ岳殺生小屋に登山者の為設置せんと国有林の払下げを為したるものを××小屋建設の人夫が誤解して使用したと目下――（両者裁判で繫争中であったが）二村郡会議長、三原課長、降幡小倉村長の諸氏が調停して十八日和解落着せり、因に殺生小屋は本月末までに出来る筈なり」と。

また四日前の七月十七日号には次のような記事が載っている。

〈信濃民報・大10・7・17〉

「槍ヶ岳・大槍小屋八月上旬成工

四十四坪の小屋」（見出し）

「槍ヶ岳大槍小屋は松本、島々方面の有志と共同にて登山者の為に本年始め設立するもので中途×××の交渉円滑を欠たる為幾分支障を来せるも―略―是非共今夏の登山者に使おうと意気込みをもって目下工事中なるが遅くも八月中旬には大体成工すべく、而して一切の造作を整えて極めて完全なる宿泊所となる計画なりという。因に同小屋は四間に十一間（約七×二〇メートル）の建物にて床には茣蓙《ござ》を用ゆべく工費は三千円を要すべし」と。これでみると関係者間に何かトラブルもあったらしいが、十八日には落着して、殺生小屋は七月末、大槍小屋は八月中旬、いずれも、そのとしの登山期に間に合わすべくこのライバル同士は必死に工事を急いでいたことがよくわかる。

このため当然人夫の争奪戦となり、日当はついに一日五円にも達し、上高地では米一升八十銭、卵一個十七銭と平地の三倍にもうなぎのぼりになっていた。

そして地元各紙はさらに「上高地国立公園指定の下準備のため内務省から原博士、川村書記官一行十数名が来松した」ことを大々的に報じるなどあわただしく——。

こうして殺生小屋の建築工事は急がれている。

「あの時の大工は牧の文治大工《ぶんじでえく》（寺島文治）せ」と金次郎はいう。「それもたんとじゃねえんね、せいぜい十日ばかせ。主《おも》だった柱の素建《すだて》だけやって文治デークは山を下ってしまい、あとはみんな喜作さがやったもんせ。あの人は何でも出来る人だでね。八間に四間の小屋だったが屋根も戸もみんな喜作さが自分で作ったもんせ、それをつい最近までつかっていたんね」

春から夏へ山の季節は忙しく移り変わっていく。雪渓付近でも雪が消え始めるとすぐそのあとに、高山植物がいっせいに咲始める。

中岳、南岳のスソが槍沢に下る斜面は高山植物の群落はさながら天上の楽園を思わせた。そして東鎌尾根のハイ松の陰には、可愛いヒナをつれた雷鳥がちょろちょろ姿を見せたりした。

またできたばかりの喜作新道にはチシマギキョウ、シャクナゲ、イワウメ、トウヤクリンドウ、ミヤマキンポーゲ、シナノキンバイ、コケモモがいちめんに咲き乱れ、西岳の岩陰や大天井の道には至るところに岳《だけ》の女王といわれるコマクサが高貴な香りをただよわせていた。

そんな東鎌の新しい道で物資運搬の作業は黙々と続けられていたが、人夫たちはだれもそんな花をながめていられる余裕はなかった。

喜作が夕飯後に中房温泉までトタンをとりに下ったというのはそのころのことであろう。「オラあの頃で忘れられないのは」と望月金次郎はいう。「一日じゅう雨の中で仕事をしてジクジクにぬれて小屋に入ったが、乾いたところなんてない。それでオラたちはデカイ火をたいて火端にあたっているに、喜作さはオラ体がほてっていけねでと言って、ミノ（藁で編んだ雨具）着たままそこに横になっていてせ。そのうちに夕飯を食ってしばらくたったらぽっくり起きあがってさあオラこれで中房までトタン背負いに行って来るだと言って、あのまだひと足おろぬきのような作ったばかりの道（未完成の喜作新道）を中房まで下って行くだでね。それでオラたちはこんな雨の降っている時に危《あぶ》ねえでおきましょ（やめろ）と一男と二人でとめるに、なあにオラ行きほうけ行って眠ければ岩の下でもちょっとそこで寝ていくでいいわと言ってさっさと下ってしまい、それで明けの朝は八時か九時ごろにはトタン十五枚（六〇キロ）もしょって、また東鎌の道をぼくぼくと登って来てしまうだでね、えらいわけのもんせ」

　雨が降っているというに殺生小屋の屋根にはまだトタンも載っていなかったのであろう。思いつめた喜作の表情が見えるようである。

　そんなわけで三千メートルクラスの山上での作業はなかなかはかどらなかった。もっともこのことは大槍小屋の工事も同じだったらしい。新聞では完成予定七月末と発表しながら両者ともに年内完成はついに間に合わなかった。

　――山の夏は短い。七、八月の登山シーズンといっても、昔は八月なかばをすぎるともう客はほとんどなくなってしまう。喜作がいくらやっきになっても夏は無情にすぎて、九月に入ったらもう東鎌尾根は完全に秋であった。

「もとの殺生小屋は小屋の回りを石垣《いしがき》で組んであってね、一方から出入りできるようにしてありましたが、あれが大変な仕事だったわね」と喜作の娘ひめ（石原ひめ・松本和田）が言ったとおり、小屋の周囲はナダレや風雪を防ぐ石垣で包囲するものすごい作業が始まっていた。

　一男と金次郎と家から応援に登って来た兼二と琴治（牧）、それに喜作の五人は

1922(大正5)年の殺生小屋

来る日も来る日も石積みで、琴治をはじめ、みんな腰が痛くて泣いて働いていた。やがてみごとな石垣がこの小屋を包囲し、長年にわたって殺生小屋の名物になったのは、皮肉にもこの年小屋が開業できなかったからで、もしそうでなかったらおそらくこんな難工事は永遠にできなかったにちがいない。

濃霧がときどき東鎌尾根を覆い、ハイ松の間に赤いナナカマドの実が槍沢の秋を告げている中で、その石積み作業は黙々と続けられていた。

ちょうどそのころ（一九二一・九）、スイスのベルンからの外電は《日本青年ヨコマキ某（槇有恒の誤り）アルプスのアイガー東山稜初登攀》のニュースを全世界に伝えていた。

この壮挙は日本国内に大きな反響を呼んだ。

中でも大衆登山の流行に反し技術的にはほとんどみるものはなく、いたずらに沢歩きなどを楽しんでいる沈滞した当時の日本登山界に清新な息吹を持ち込み、それはやがてわが国アルピニズムに、新たな転換を迫るきっかけとなったのである。

北鎌山稜を引き渡すな！

翌大正十一年。前年秋以来満を持していた喜作がいよいよ殺生小屋を開業したのはこの年六月上旬のことである。

しかしライバルの大槍小屋は年が明けて開業に登ってみたらどうしたものか小屋は消えてしまってない。

「まずあの時は驚いちゃったね」と建築者の一人、赤沼千尋は言う。「ことしこそと張り切って、共同経営者の穂苅君（三寿雄）と登っていってみたら小屋が見えない、おかしいなと思って見回したらずっと下のほうに小屋の破片らしいものがみえる。何でこんなものがと思ってもう少し上ってみるといちめんのナダレの跡があって、小屋はあとかたなく材木の頭だけが少し雪の上に見えていた。これですべてを了解したが、まだ一回も営業しないうちにやられたただで泣くにも泣けなかった。その時オレ穂苅君に言ってやった、君は槍ヶ岳の主のくせに何だ!! と怒ったが、あの小屋は悲運な小屋で、その後また建ててまたやられてしまい、それでこれはどうしてもっと上でなくてはいけないと思って、その後〈槍ヶ岳肩の小屋〉と〈大槍小屋〉をつくることになった」という。

しかしこの大槍小屋の度重なる遭難は殺生小屋側にとっては幸せな出発となった。客はもう六月のうちから見えはじめ、下旬にはすでに満員になっていた。四年前に槍沢小屋の初めのころは「登山熱が盛んになったといっても、年間通してたった二百人くらいだった」と穂苅貞雄（槍山荘主）の話の頃とは比較にならない登山ブームが現出されていた。

そんなある日、中房温泉主百瀬彦一《ももせひこいち》の紹介で喜作がある名門の御曹子の山案内を依頼され、殺生小屋から中房温泉に向かったのは北アルプス夏のシーズン開幕を告げる七月三日の朝であった。

この紹介された名門の御曹子というのは学習院山岳部のOB板倉勝宣《いたくらかつよし》（北大）、松方三郎《まつかたさぶろう》（京大）、伊集院虎一《いじゅういんとらいち》（東大）のパーティーであった。ここではじめて聞いた彼らのプランというのは〈尖鋭アルピニストたちの垂涎する槍ヶ岳の未踏路北鎌尾根初登攀〉というものであった。

ヨーロッパ・アルプスの王座マッターホルンは例のエドワード・ウインパー一行

のドラマチックな初登攀（一八六五年）争いが行なわれ、これはいくつかの物語にも映画にもなって有名であるが、そのマッターホルンの北壁ルートは一九三一年のシュミット兄弟の挑戦まで実に数十年間ついに人間を寄せつけなかった。同様に槍ヶ岳もすでに一八二八年播隆《ばんりゅう》上人、一八九三年は英人ウェストン等によっていち早く足跡は記され、そのほか北アルプスでも最もけわしい穂高（三一九〇）や剣岳《つるぎだけ》（二九九八）の名岩場はすでに輝かしい新ルートが次々と開かれていたのに、どうしたものかこの槍ヶ岳北鎌尾根だけは若人の鋲靴の先端が届かず、バージン・ルートの名を冷然と保持し続けていた。

春日俊吉の『槍ヶ岳北鎌尾根に闘う』によると、この時喜作おやじは三人の計画を聞くといきなり「じゃ本当におやりんなるおつもりかね」といって意味ありげに微笑したという。春日はこの話を有明《ありあけ》のガイド中山彦一から聞いたと書いている。「いくら山好きでもこの難コースばかりはそう簡単には出来ませんよ」という意味である。もっとも松方三郎に聞いてみるとそんなことは知らないという。

いずれにしてもこの朝喜作たちが中房温泉で何を話しどんな作戦を練ったかはともかく、学習院板倉パーティーが喜作の案内で中房温泉を出発したのは七月四日の朝であった。

ところがこれとまったく同時刻、中房温泉のすぐ目と鼻の先の燕小屋（赤沼千尋所有）から、これまた奇しくも同じ北鎌尾根の初登攀をねらう三人組のパーティーが勇躍出発した。

このパーティーこそ舟田三郎《ふなださぶろう》をリーダーとする早稲田大学山岳部の麻生武治《あそうたけはる》と仏人ジャン・ジルベールの三人であった。この時の彼らはものすごい闘志に燃えていた。――その内幕は、舟田の話によると、なかなか梅雨のあけない長雨に閉じこめられて、一週間も燕小屋にいる間に中房から登ってきた登山者たちから、「学習院OBの公達《きんだち》一行が有名な山案内人小林喜作に伴われて北鎌尾根の初登攀を目指してすでに山に入っている」という情報を耳にした。またある者は「喜作以外に北鎌に入れる者があるはずはない」といった。これはあきらかに挑発的な情報で、これは血の気の多い早大側のプライドが承知しなかった。「案内者に導かれてくる板倉氏ら一行のアリストクラットに北鎌山稜の栄誉を引き渡してはならない」ことを彼らは堅く誓い合ったというのである。しかし外には無情の長雨が降り続いた天気待ち。もっともこの雨は学習院側にもまったく条件は同じで、したがってスタートは奇しくもこの朝同時だったことになる。

学習院パーティーは中房から燕小屋を経て喜作新道を大天井に向かい、ここで右折して牛首（二五二六）から貧乏沢《びんぼうざわ》（牛首南面から出る沢）に降り、天上沢に出て六、七丁（一丁は一〇九メートル）さかのぼったあたりから北鎌（北鎌沢？）にとりついて、夕方までにようやく二七〇〇メートルとおぼしきあたりにたどりついた。

松方三郎の語るところによると「ここは何しろハイ松のヤブがすごく、足が土につかず、道具という道具は何でも使った」という。また「喜作はこの時ワラジの上に、雪の上を歩く輪カンジキと金カンジキを両方つけて草場でも岩場でもそれを混用していた」という。「しかしさすがのハイ松も二七〇〇あたりまでくるとなくなり、それからは岩だけになった。ただこの辺は北鎌独標《きたかまどっぴょう》（二九一二）にさえぎられて槍は見えない。油紙の天幕でその夜は二七〇〇に幕営してあすにそなえた」という。

一方早大側は麻生武治の『北鎌尾根の思い出』によると、できたばかりの喜作新道をまるで駆けるような早さで歩いて、東鎌から槍の肩にたどりついたのが太陽はまだ高い時刻。槍の肩（現槍山荘の地点）に天幕を張って明日にそなえて寝たが、夜中に同行のジャン・ジルベール君が急病になり、登山ランプをつけて喜作小屋（殺生小屋）に運んだが、ここが満員で入れず、病人だと強いて頼みこんでかろうじてイロリ端に寝かせてもらって看護。翌七月五日、いよいよ決行の日である。病人を殺生小屋に残して、舟田と麻生は暗いうちに小屋を出て槍の頂上に立ったのは、東の空がようやく薄明るくなった時刻である。何の物音もしない静かな朝だった。

つまり早大側のコースは学習院パーティーとまったく逆で、まず頂上に立ってそこから北鎌尾根に下り、北鎌独標二九一二を往復し、再び槍にロッククライミング（岩登り）するというものであった。

これは「高瀬谷へと降下する山稜の部分はただ藪を泳ぐだけの単純な重労働に過ぎず意味がない」というリーダー舟田の見解にもとづくものであった。そして彼は気負ってこう書いている。

「未知な山稜へのエスカラド――しかも同じ山稜にその初登攀――を案内者喜作をつれた板倉氏ら一行と争わんとしたのです。――筋肉は躍りきっているのを感じつつ、また躍りきってくれることを願っていた。岩のけじめを次から次へと見出しつつ、足先は正確に移され、置かれ、また踏み耐えている友によって登山綱は堅く絶えず緊き張《ひ》られていた。そして山男の指先の触感と腕力の支持と綱の緊張とが堅く信じられて五十分の後、ぼくたちのすべての緊張が槍の穂の麓、断崖の陰にひとき解かれた。そしてそこが確実に北鎌尾根のひとつの涯なのだ」

また麻生武治は「三十メートルの縄の端と端に互いの体を結びつけ北側を降り始め、ぼくは舟田の確保に信頼して行けるところまで行くというつもりで下降した。しかし大事をとって縄いっぱいには間隔はおかず棚のようなホールドのいい処で舟田を待つことにして下り続けた。緊張は一時間で終った」と書いている。

舟田たちは二九一二の北鎌独標に達した時、鋭い感覚であたりをさぐったがどこにも人跡もなく、喜作たち一行の人影もついに見当たらなかった。そして再び槍の頂上に戻り午前中に終わった。その頃喜作を先達とする学習院パーティーは二九一二の独標の岩場にあえいでいた。板倉の報告によると、幕舎を出てから頂上に出るまで北鎌尾根だけに八時間、ヤブをこいだ二時間を引いても岩場だけで六時間かかっていた。つまりアプローチが長く苦しかったという意味である。それにくらべると槍の肩から頂上までのロッククライミングは話にならないほど楽なものだったという。

そして二九一二の独標を越すと槍の穂先が大きな仰角で現われて、おそらくどこからみた槍よりも大きく見えて胸がすくようだった。こうして人間の足跡を受けつけなかった北鎌尾根もいざ決死の覚悟で取り組んでみると、思ったよりたやすかった。こうして学習院パーティーが槍の頂上に立った時にはすでに完全に夜になっていた。

その頃には早大パーティーは槍の肩から大喰《おおばみ》、中岳、南岳と三千メートルクラスの稜線をゆっくり歩いて横尾谷へ下り、幕営し、次のコースへの闘志を燃やしていた。

学習院組はその夜喜作の殺生小屋に一泊して次の日上高地に下ったが、この時の様子を元読売記者だった春日俊吉は『槍ヶ岳北鎌尾根に闘う』の中に次のように書いている。

「七月六日松方公爵家の御曹子（三郎）、板倉子爵の御令息（勝宣）に加えて殺生小屋の主人（喜作）等学習院部隊が槍ヶ岳から意気揚々と下山すると上高地にとぐろを巻いていた各新聞の通信記者はワーッとばかり三人をとり巻いてしまった。『真偽の保証はできないが、早稲田の連中も登っているはずだが』という記者団の

鷲羽岳山頂から見た槍ヶ岳北鎌尾根

質問に対して板倉君は明瞭に『その跡を認めなかった』と答えたという。かくてもろもろの新聞紙上にはいっせいに学習院パーティー、北鎌尾根初登攀成るの大小活字が乱舞することになった」というのである。

しかしその次の年、大正十三年十月十八日、早大山岳部の藤田信道《ふじたしんどう》パーティーが、この同じコースを槍の肩から二九一二峰（北鎌独標）めざして進んで、肩から馬の背を越え、第一峰に達して小憩したのち、ふとケルンでも積もうと山頂にあった手ごろな石を取りのけると、その下から風雨にさらされた一枚の紙片が飛び出した。これには鉛筆で何か書いてある。読み下すと、それが実につぎの文字であった。〈七月五日午前九時二九一二米まで往復して槍に引返す　舟田　麻生〉無論まぎれもない舟田の筆跡だった。

山に捧げた若い情熱

ところがずいぶんうかつな話であるが、それより二年前の大正九年八月発行された日本山岳会の機関誌『山岳』の片隅に小さく書かれた〈会員通信欄〉に、次のようなつつましい土橋荘三なるものの報告が載っていることにだれも気づかなかった。

「小生去る七日友人信濃山岳会員二名と松本発信濃鉄道柏矢町《はくやちょう》下車、南安曇郡西穂高村牧より烏川一ノ沢を遡《さかのぼ》り、常念小屋泊り、翌日横尾二ノ俣《よこおにのまた》、槍沢を経て坊主の小屋泊。翌日、今日まで人跡未踏と称せられつつある―北鎌尾根を槍の絶頂より高瀬の渓谷に向い降下、尾根伝い縦走、最後の高峰より右方に折れ、断崖を降り、午後十時半天上沢《てんじょうざわ》の奥、貧乏沢付近に着、同夜はそこに露営。翌日は雨中を高瀬源流に沿いて降り、同夜はカラ谷の尻（湯俣、水俣の出合）に露営致し候。―中略―案内は南安曇郡西穂高村の小林喜作と申す者を依頼致し候、同人は地方に〈山の神〉と称せらるるほどの山にすこぶる明るき者にて候。ほかに人夫一名伴い候（九・七・一八、土橋荘三）」

また信州のローカル紙信濃民報（大9・7・9）は当時次のように報じていた。

「冒険的の槍登山、喜作の案内で
北鎌尾根より」（見出し）

「松本市六九町土橋荘三、山田利一の両氏及び南安曇郡西穂高村字牧寺島今朝一氏の三氏は七日烏川により北鎌尾根より槍ヶ岳絶頂の小祠の処に出る大冒険的登攀につきたるがこの登山は之れまで冒険家がしばしば企てたるも余り危険極まる為今日まで成功者一人もなき由なるが右三氏は牧区人夫組合の山の神様と称せられ居る喜作を案内者として登山せるが槍の穂先より見たる彼の絶壁を攀登する事なれば又冒険と云うべし」と。

またこの時常念小屋の宿帳には「大正九年七夕祭の日槍の絶頂肩より北鎌尾根に降り湯俣を経て大町に出づべし一行四人当房に宿る　大先達アルプスの名物小林喜作、強力浅川茂利、信濃の山の会員寺島今朝一、土橋荘三」と記されている、これは明らかに土橋の筆跡であった。

この土橋荘三（明25―昭35）は松本市六九町の若い洋服店主であるが、彼は冠松次郎が黒部渓谷を歩く三年も前にすでに数回にわたって黒部渓谷を探検し終わっていた隠れた登山家である。また山田利一は常念小屋主であり、寺島は喜作とともに高名な牧の山案内人であった。

ところが当時の日本山岳会ではせっかくのこの記録にふりむきもせず、片隅に小さく載せて、この号の目次はいたずらに陳腐な沢歩きの流行を伝えていた。

これは日本山岳会というものが華族や大学生なら大騒ぎするが、無名の地方人は無視する古めかしい事大主義・権威主義とみる者もあるが、もちろんそれもないとはいえない、がそれよりこの場合は土橋のやったロッククライミング（岩登り）という新しいスポーツがまだ理解されず、「こんなことは軽業師か曲芸師のやることで、むしろ登山の邪道だ」くらいにしか見られなかった当時の風潮によるものと見るべきであろう。

つまりこの風潮が槇有恒がヨーロッパ・アルプスから帰る（大10）直前までの日本山岳界の現状であった。

この土橋たちは北鎌尾根の早学戦（?）をどうみていたか知るよしもないが、その一か月後には彼らはその日本山岳会に挑戦するかのように殺生小屋を根拠地に、さらに前人未踏の難場中の難場〈小槍の初登攀（大11・8・26）〉を目指して黙々と挑戦していた。

それにしてもこの北鎌の早学戦ほど、日本山岳史の中にはなやかなものはないのに、少し突っこんで調べてみると、またこれほどはっきりしない話もない。当事者だはっきりしなかった。

まずこれらの人々はどの人も初登攀を争うというような気持ちはなかったと言っている。たとえば学習院側にしてみれば牧の喜作が案内している以上、すでに二年前に喜作の案内で松本の土橋パーティーが初登攀していることは当然前に聞いて知っていなくてはならないはずである、したがって松方のいうとおり初登攀なんという気持ちは毛頭あるはずがなかった。

そのことは板倉が当時慶応山岳部報『登高行四号』に発表した『槍の北鎌尾根』を見てもすぐわかる。初登攀なんて気負ったものはどこにもなく、本稿の初めに引用した『春の槍から帰って』という一文も板倉のものだが、これと似たものでどちらかといえば親切な北鎌尾根ガイドともいうべきものであった。これは早稲田側とはいい対照をなしていた。

すなわち舟田は早大山岳部報『リュックサック』に「正直にその時の気持ちには初登攀ということに馳られて、気は張り切っていました」とはっきり書いている。

ところがこれも少しつっこんでみると今われわれが考える初登攀というものとは少

し意味の違うものであることがわかる。

というのは舟田は雑誌『山と渓谷』一一四号にこう書いている。「あとで知ったのだが、板倉氏ら一行は自分たちの威信の為にか、新聞紙上に槍ヶ岳北鎌尾根の初登攀は我々のものであった。舟田、麻生組は失敗したと談話を交《まじ》えて大きく報道されていた。私たちはこれに敢《あ》えて抗議もしなかった。山頂の喜びはいつも（人に報せるものでなく）自己満足だから、巨《おお》き悦《よろこ》びを抱き得る者こそ幸なれ」

つまりこういうことである。舟田、麻生たちは「案内者に導かれたアリストクラットたちに山稜の栄誉を断然明け渡すな！」と誓い合い、ものすごいファイトで挑戦したことは事実であるが、それはその瞬間における所詮自己満足で、それが過ぎたらもう忘れてしまう性質のものであった。ましてや新聞記者に話して売名行為をする種類のものとは質が違うというのである。

だから上高地の宿舎清水屋に泊まったその翌日、学習院パーティー一行が清水屋に到着して、新聞記者を混じえてはなやかな宴会をしているのを聞きながらも何も告げず、彼らはそこを抜け出てさらに一か月も人のいない山を歩き続け、新聞のこともあとで人に聞いたものだという。

しかしこの舟田たちの挑戦を、板倉は後に友人へのハガキに「早大側の売名であり喜劇的である」と指摘していたという（安川茂雄『本邦アルピニズムの普及発展について』）。しかし槇有恒、松方三郎、春日俊吉たちの話を総合すると、「板倉という人間は個人的な名誉心やこせこせしたところのこれっぽっちもない、上流家庭のおおらかないいところだけ身につけた、天衣無縫な快男子で、売名などには用のない男だった」という。つまり新聞記事は板倉たちのあずかり知らないもので、松方三郎の話では彼らはだれもまだその新聞さえ見ていないという。喜劇的であり、一人角力《ずもう》だったのはどうやらこれはマスコミだったということになりそうである。

そして結果的には「北鎌初登攀はどうやら早稲田側の偏向現象、または一人角力」ということに山岳史上に評価されて終わったようである。それにもかかわらず北鎌の争いがいまだに話題にのぼるのはどういうことか？——。それは何といっても当時の学生山岳部の諸問題を象徴していたからである。何しろあのころ学習院、慶応山岳部等がめざましい活躍をしている後から早稲田が舟田をリーダーに山岳部をつくり、後進校ながら一騎当千の猛者をそろえ、プロレタリア的反発で、山における階級意識——をはっきり打ち出した論陣を張り、真っ向から対決するとともに、既成山岳会を痛烈に批判し揺さぶり始めた。その中には後進校らしいコンプレックスもあったであろうが、決してそればかりとはいえない。そこにはいかにも学生らしい若さと誇りが満ちていた。北鎌をめぐる早学戦はその象徴的なできごとであった。

すなわち初登攀などということはもともと両者にはどうでもいいことで、むしろ舟田たちの本心は「喜作に伴われたアリストクラットにあの北鎌の山稜を明渡すな！」という——おとなげないといえばそのとおりであるが——いかにも血の気の多い学生らしい向こう気の強さ、むき出しの挑戦であった。

つまり「真のアルピニズムはガイド・レス登山でなくてはならない」「喜作はパイオニアの栄誉を金で登山者に売っているみやげ物屋である」したがって「金のある者はヨーロッパ・アルプスのパイオニアにもなれる。それはガイドから高い金を出して買ったみやげ物である」というのが舟田たちの根本的な考え方である。

このアルピニズムの精神を失い「サルマタのヒモまで人から金を出してもらいヒマラヤへ行って見たところで、そんなチンドン屋行列のどこにスポーツ精神があるのか!!」といういかにも学生らしい潔癖さである。

それに北鎌尾根は実はウェストンが大正初期にすでに二回も岩登りしていることがわかった。

要するにこの北鎌尾根は初登攀ではなかったが、舟田三郎たち早大山岳部の高くかかげた新たな旗印は、まちがいなく早稲田パーティーの初登攀であり、日本におけるスポーツ登山のはなやかな幕あげであったことにかわりなかった。

またそういう中で今も人々の胸を打つのは、勝者も敗者もない、ただひたすらに何の報酬も求めずひたむきにあの山に捧《ささ》げた若い人々の限りない情熱とその闘魂である――それはとうてい今の学生たちには想像もできない世界であった。初登攀でもないのに北鎌の争いが今も人々の胸を打つ理由は実はそこにある。

もう一度その名をここに記録しておこう。W・ウェストン、土橋荘三、舟田三郎、麻生武治、板倉勝宣、松方三郎、伊集院虎一、藤田信道、加藤文太郎（昭12・3、北鎌に遭難死）、松濤明（農大・昭24・1・6、北鎌に遭難死）、そして一方の小林喜作、寺島今朝一、山田利一等々――ああこの北鎌尾根の英雄たち。

かくして殺生小屋の開幕第一年は、あたかも日本アルピニズムは、この殺生小屋をめぐって一度に開花したかに見えたほど、絢爛《けんらん》多彩な青春の花が北鎌・東鎌尾根をいろどり、そこに幾多の人間模様を織りなしたのである。

この大正十一年という年は関東大震災の前の年で、急速に明治の影が消え、巷《ちまた》には恋愛至上主義と享楽主義が横行し、カフェーとダンスホールが繁盛し始めていたが、一般的にはワシントン軍縮会議のきびしい制限ということも加わって失業者があふれ、不況は年ごとに深まっていった。

しかしここ槍ヶ岳殺生小屋はまさに別天地だった。古い山案内人の杉本為四郎（上宝）の話によると、「あれは確か殺生小屋ができた年だったが、オレがお客をつれて泊まった晩、殺生小屋は満員で米がなくなってしまった、さあ大変だ。まさかあんなに客が来るとは思わなかったのだろう。そうしたら喜作さはお客に夕飯を出しておいてすぐ山を下って上高地へ行き、米一俵を背負ってまた山道六里（二四キロ）を登って来て、朝早くたつオラたちの客に飯を炊いて間に合わせてしまったでね、えらいことせ。人間何でも、あれだけ熱心にやれば何やっても成功する。この殺生小屋は繁盛するぞとオラあの時すぐ思ったんね」と。

一男（喜作長男）がお客からもらったチップの五銭玉、十銭玉の穴あき銭を針金に通して腹に巻いていて腹を冷やしたなんて話が人のうわさにのぼったのもその時のことである。

また「喜作が殺生小屋でひと夏にもうけた銭をカマスに入れてかつぎ出して来た」なんて話も牧の村では大評判だった。

もっともこういう種類の話には眉つばものが多いが、話半分に聞いてもこの年殺生小屋の盛況さがわかる。

かくして華々しい殺生小屋の第一年は終わった。

秋十月、山小屋の戸を閉めると喜作は再び北アの猟師に戻っていた。

そして庄吉や一男たちとともに黒部の棒小屋沢へカモシカ猟に大挙出猟していったのはこの冬のことであった。

そういえば北鎌の英雄板倉勝宣が立山の松尾峠の吹雪の中に遭難死したのもちょうどその頃（大12・1・18）のことであった。

棒小屋沢の謎（第七話）

喜作の死には疑問がある

牧の喜作親子が棒小屋沢で遭難したのは、殺生小屋の登山シーズンが終わって正月をすませた後、つまり大正十二年三月のことである。

この喜作の死について断片的にふれたものは決して少なくないが、それらのものもよく調べてみるとほとんど噂話《うわさばなし》の域を出ないまちまちの記述が多く何が真実か迷う。

例えば喜作の死亡日（雪崩による遭難日）一つを拾ってみても、

松方三郎『アルプ記』は「大正十二年（一九二三）春」

春日俊吉『山岳遭難史』は「このアキシデントは一月二十三日の明け方のこと」

穂刈三寿雄『槍ヶ岳と共に四十年』は「大正十三年の三月」
木村殖『上高地の大将』は「大正十三年」
今田重太郎『穂高小屋物語』は「大正十三年（三月）」
杉田勝朗「炉辺山話」（『岳人』五十六号）はこの遭難事件の生還者大井庄吉から聞いた話として「四月十四日午后八時」

高須茂（『岳人』編集部）著『登山談義』は前記杉田のメモから割り出した答えとして「三月上旬から四月中旬まで四十日も風雪が続いたというのはどうもオーバーのように思える、十二日間くらいが妥当ではないだろうか」としている。つまり三月三日から十二日目——つまり三月十四日ということになる。

しかし穂高町役場の戸籍、牧の小林家の仏壇の位牌、当時の新聞記事などにより、喜作の遭難日は「大正十二年三月五日」であることは確かであり、これはほとんどが間違っていた。

また遭難場所についても木村殖『上高地の大将』のごときは「西岳の下の仮小屋で、雪崩のために息子とともに死んだ。もちろん密猟だ」などと書いているが、遭難場所は黒部棒小屋沢であり、またこの時のカモシカ猟は密猟ではなかった。当時カモシカはまだ狩猟禁止にはなっていない。アルプス暮らし何十年というようなキャッチフレーズの本に意外にもこういう間違いの多いのはどうかと思う。

ところが死因については不思議にどれも一致しており、口をそろえて「喜作の死には疑問がある」と書いている。

たとえば松方三郎は喜作を「剛腹な抜け目のないしたたか者であったらしいが、猟師としての腕は無類だったという。とくに槍、穂高周辺の山を縄張りとしており、猟師仲間では〝南のおやじ〟で通っていた。南というのは針ノ木以南の意味で、当時針ノ木を境界として猟師の縄張りが南北に二分されていた。その〝南のおやじ〟がいわば縄張りの外の北——五竜から鹿島槍へ遠征して、カモシカを追っていて——略——爺ヶ岳西面の棒小屋沢で父子もろとも、雪崩にうたれて死んだ——これは事件であった。しかもこの遭難は今にいたるまで真相が明らかにされていない」と書いている。

また穂苅三寿雄は「——このように喜作は金銭に対する執着が強かったから前記のように棒小屋沢で親子が雪崩のために圧死した時も、他殺ではないかと嫌疑のあったのもこのような性格の反映であったと私は思っている」

また冠松次郎は「――多くの獲物をとった喜作は、翌日は下山するつもりであった。その夜の出来ごとであった。大町の者が二人（著者注―四人）とも助かって喜作一族だけが犬までやられたということは何かの因縁であろうと里の者は語り合った」と。

この「喜作遭難死の謎」も今となっては資料といえるものもごくわずかである。その一つは杉田勝朗（名古屋）の前記『炉辺山話』である。これは昭和十年頃杉田が上高地にしばらく滞在した時、たまたま庄吉小屋に遊び、棒小屋沢の生還者大井庄吉から直接聞いた話を十数年後にメモしたノートを整理して『岳人五十六号』に発表したものである。以下これを『庄吉聞き書』とする。

この種のものはその性質上本人の勘違い、聞違いも多く、そのまま資料にはなり得ないが、それでもある前提をおいてみれば充分参考になるものである。もう一つは喜作の長男一男がつけていた『猟日記』である。これは鉛筆書きの簡単な覚書で、その上誤字も多く、判読に苦しむ個所もあるが、ただ一つまあまあ信じられるものといえるであろう。

以下この資料と新たに取材した関係者のうち生き残り人の徹底的聞きこみの資料を照合し、吹雪とナダレの恐怖にさらされながら、黒部《くろべ》東谷《ひがしだに》・棒小屋沢《ぼうごやざわ》をさまよう〈荒くれ猟師七人の生態〉を追求し、復元せんとするものである。

＊

この一男の『猟日記』は二月九日から始まっているが、その初めのページに次のような意味不明な数行がある。以下原文のまま、〇印は不明字と欠字。横の小文字は著者の判読である。

本日高瀬川川九里沢にて野口五郎滝に下ちて《（犬が落ちて死）》死

十〇《？》十〇《？》——

（数行アキ）

本日記（紀）元節祝（典）〇也

高瀬川川九里沢《かわくりざわ》とあるは燕岳から高瀬川に注ぐ沢であるが、これを『庄吉聞き書』によると山小屋のシーズンの終わった後十二月から一月の厳冬期こんな槍ヶ岳直下の奥、天上沢千丈沢、野口五郎岳（二九二四）直下の五郎滝、西沢の滝あたりにまで庄吉といっしょに出猟していたことがわかる。「五郎滝で死」とあるはこれで「喜作はいい犬を滝《たる》（滝のことを猟師はタルという）におとして殺した」と大町の西沢富次郎と遠山林平が話したのはこのことであろう。

また『庄吉聞き書』によると彼らはこの飛騨側あたりまで獲物を追ったが、この辺ではもうカモシカの姿はめっきり少なくなって、危険を冒して苦労したわりに獲物は少なかった。

これでは仕方がないから今度は北へ遠征しようと喜作が言い出した。庄吉も不猟続きで「これではマンマ（飯）食えない」とくさっていたからすぐ快諾した。

しかしあそこ（爺ヶ岳―二六六九―、鹿島槍―二八九〇―付近）は縄張り外だから、北の者も一枚加えないと、あとでことが面倒だろうと庄吉が言ったが、獲物の分配のことでなかなか結着がつかず、結局喜作の長男一男を加えるということで話がついた（これには異論もあり別記）。また〈一枚加えておく北の目付役〉には犬ノ窪の矢蔵（現大町市字平《たいら》犬ノ窪・荒井矢蔵）にきめた。これが棒小屋沢遠征のいきさつであった。

また〈庄吉聞き書〉のもとになっている未発表の杉田メモを後から見せてもらったがそれには次のような記述が見える。

「大正十二年二月六日　島々を庄吉出発し喜作宅に泊り
二月七日　牧附近に出猟す
二月八日　も附近に出猟す」

つまり庄吉は七日八日と喜作の家に泊まったが何もせずに泊まっていたのではなくて喜作と牧の付近で猟をしていたものらしい。おそらくこれはその晩出猟祝に飲む酒のさかなくらいな軽い気持ちのものだったと思われる。

荒くれ猟師、犬ノ窪に勢揃い

——二月九日——

『一男の猟日記』（以下同じ）

「大正十二年二月九日　晴

家十二時頃○《(発)》大町王子○《(宮)》前西沢柘《(つげ)》次郎氏宅に伯《(泊)》る本日信鉄本社え《(へ)》猿の小包お《(を)》出志《(し)》たり、手紙の出志方《(した人)》小林九一、山田弘、寺島勇三名に出志《し》○《た》り」

『一男の猟日記』の第一日は、夜中に牧を出て雪道を二十四キロほど歩いて大町の西沢宅で泊まったとなっている。林平《りんぺい》（遠山）の話では、喜作はいつもカモシカの皮で作ったツラヌイというものをはいたり、手袋にはめたりして牧から古い千国街道を有明—松川—常盤—と直線で歩いていたがだいたい雪道二十四キロ四時間くらいだったという。また泊まった西沢というのは元王子神社前にいた西沢柘次郎という有名な鉄砲カジで、戦後大黒町（大町）に移転した。

息子の西沢富次郎の話によると、

「うちの親爺と喜作さとは気が合う、性が合うというより、むしろこの二人は男同士ほれ合っていたというものでしょうね。喜作さは大町に来ると必ず猟の行き帰りに家に立ち寄りカモシカの肉か熊の肉で二人で一杯やるのが唯一の楽しみになっていた」という。

もちろん喜作の鉄砲の修理は全部柘次郎が引き受けていた。

「何でも喜作さはこの棒小屋沢へ行く時は、矢蔵さと約束した予定より数日もおくれてここへ来ました。というのはここへ来る前島々の奥で（一男の日記では槍直下で）熊を追っていたとき、確かに弾は当たって雪の上に赤く血をひいているのに、吹雪のため見失ってしまい、その上鉄砲をこわした。〈ダマスカス二連銃〉のユウケイ筒をなくしてきたが、これを一男が大町へ持って来てどうしてもすぐ直しておいてくれという。しかし急なことで金具だけは間に合わせたが、台座《だいざ》はついに間に合わなかった。もっともこれで撃つことは差し支えないので、三日後に喜作さはそのまま山へ持って行った」という。

またその時「矢蔵さは待ちくたびれてひと足先に棒小屋沢へ米をしょいあげに出

発して、オラ家《とこ》で一緒に勢ぞろいする約束が狂った」というのである。また、発送した小包みは注文された猿の頭で信濃鉄道の山口勝氏宛、また手紙の三人はいずれも牧の青年団役員と一男の友人（後記）へのものだった。

――二月十日――

「二月十日　曇
本日雨中富次郎氏宅十二時発志《（し）》鹿島〇《（附）》近来り荷物置き源紋犬久保（源汲犬ノ窪）荒井宅《（矢蔵宅）》に伯《（泊）》りたり。大町買物志《（し）》たり。其買物。米なべ〇《（?）》針金也。
小林正文より入〇《（?）》願也《（なり）》り」

　この日は午前中雨の中を大町で買物している。品物は米、鍋、針金、もう一つ不明字の何かを買い、早昼《はやひる》をすませて富次郎宅を出発した。それから荷をしょって鹿島近くまで来たら夕方からものすごい吹雪になって、前進不能となった。しばらく止みそうもないので、荷物を鹿島部落に置き、ひとまず同僚荒井矢蔵の家（源汲《げんゆう》犬ノ窪）に引き返す、ところが西沢の話によると意外にもそこに山へ行って留守のはずの矢蔵さがいた。聞けば山から帰って来たばかりだという。本当にこの時矢蔵が棒小屋沢に米を上げたのかどうかまだわからない。とすれば矢蔵はこの時どこへ行ったのか？　これはかなり尾をひく謎《なぞ》になった。しかし喜作たち一行にはそれはわからなかった。

ともあれ仲間に合流出来てよかったと喜んだ。

したがってこの夜は偶然による総勢四人の勢揃いとなった。

——二月十一日——

「二月十一日　曇
本日犬ノ久保《（犬ノ窪）》九時頃発志《（し）》、鹿島迄来たり荷物待《（持）》ち荒井《（矢蔵）》及大井《（庄吉）》我々四人にて鹿島小林区の事務所（現営林署小屋）え《（へ）》伯《（泊）》りたり」

総勢四人、それぞれの思いと運命をかけての出発であった。彼らの生活のすべてがこの鉄砲にかかっている職業猟師であった。少なくとも庄吉と矢蔵はそれ以外に生活のすべはなかった。また喜作は殺生小屋を完成して第一年に大当たりし、この猟を最後に足を洗おうと心にひそかに期しての出発だったという。また一男は後に記す理由で仕方なしの出猟とあり、それぞれに思いは別だった。時に親分喜作四十九歳、長男一男二十二歳、庄吉四十五歳、矢蔵三十七歳、いずれも血気さかんな荒くれ猟師どもで、北アルプス広しといえども彼らの右に出る猟師は一人もいなかった。

　こうして第一日は深い新雪に難行しながら前日鹿島部落に置いた荷を営林署小屋まであげるだけで終わった。この日特記すべきことは、一男が前日大町の文房具店で十銭で買った小さな手帳に、珍しく猟日記をつけることにしたことである。その手帳の初めに〈本日記《(紀)》元節祝○《(典)》也〉という一節がある。これで見るとどうやらこの日記は三日前に遡っていっしょにこの日まとめて書いたものらしい。

——二月十二日——

「二月十二日　晴
本日鹿○《島》川本沢中程迠《(まで)》米味噌お○《?》○○○ち待《(持)》きたり其の中程に猿居りたれ其《(ども取)》れざりき午後六時小屋に帰りたり」

鹿島川の支沢、ニゴリ沢と大沢の中間あたりと思われる地点までやっと荷をあげて、夕方六時にもとの小屋に帰ったというもので、猿がいたが「獲らなかった」ではなく「獲れなかった」であろう。

深い新雪によほど悩まされていることがよくわかる。

『庄吉聞き書』はこの辺から始まっている。それによると「旧正月をすませて二月五日早朝犬ノ窪を出発し吹雪の鹿島川をさかのぼり一号造林小屋に一泊」そして次の日はカクネ里から大川本沢を登り始めたが前日の夕方から新雪が深く、それに十数貫（六〇数キロ）の荷をしょっているので難行した。とうていこれでは五竜乗越えはむりだと思われたが、喜作は終始先頭に立って三人を叱咤《しった》激励し、強引に五竜の肩（二八一四）にたどり着いた。

この時にはすでに夕闇《ゆうやみ》が足元に迫っていた。仕方なし白岳（五竜岳のすぐ続き）寄りに荷物を残して、その日はひとまず朝出発した一号造林小屋（営林署小屋）に引き揚げたとある。

しかし、一男の日記は次のようにぜんぜん違っている。

――二月十三日――

「二月十三日　曇

本日前日の待（持）ち行き志《（し）》米奥え《（へ）》待《（持）》ちきな《（た）》り、岳《（白岳）》の下迠《（まで）》米〇《（持）》ち行き置き、午後三時十三分下り始めたり、午後六時十四分〇《（頃）》小屋に着せり　本日シシ一頭取りたり」

すなわち犬ノ窪を出発したのが一男は紀元節の二月十一日、庄吉は二月五日となっている。また一男日記では荷物を何回かに分けて十一日、十二、十三、十四と四日がかりで五竜を越えているのに、『庄吉聞き書』は一気に越えたようになっている。この点について現地にくわしい三人の意見は、

遠山林平（大出・猟師）「こんな沢は歩けるところじゃない、ましてや深い新雪の中を十数貫もの荷をしょって一日で乗越えなんてウソだ。喜作だったらおそらくこの遠見尾根を登るはずだ、またせっかく乗越まで登っておいて造林小屋にまた戻るなんて考えられない」

田中昌夫（大町・猟師）「あそこは二十四年の夏カクネ里に阪大の学生の遭難が

あって入ったことがあるが、あんな所はぜんぜん道はない、ひどい崖《がけ》になっていて歩ける所ではない、大川沢本沢の出合からカクネ里まで標高差にして二、三百メートルなのに六時間もかかった、冬なんかとうてい入れるとは思えない」

柏原正泰（爺ヶ岳種池小屋主）「五竜越えのあそこは夏でも特に悪い難場だでね。ましてや積雪期など今の岳人の技術でも登《はい》っていないところだでね。どこから出た資料か知らないが、おそらく知らない人のいうことだ。もっとも三、四日かけてというこことなら話は別だがね——」

喜作たちは実はそのとおり、三、四日かかっていた。おそらくこれは杉田の聞き違いと思われる。それが証拠には二月十四日に至って突然一男日記と日付が一致してくる。

そしてこの十四日は両者がいずれも補い合って微妙な核心に触れている。

すなわち『庄吉聞き書』は、

「翌十四日晴天に恵まれて一気に五竜を乗越し、黒部谷にのびる東谷山（二二九七）の尾根にさしかかる頃、またも夕闇のために前進不可能となり、森林限界よりやや上部に於てビバーク（雪洞宿泊）、夕刻より猛烈な吹雪となり間断なく襲う、カーバイトランプで雪洞（雪を掘って小屋にしたもの）内の暖をとる」と記している。

しかし一男日記は、

「二月十四日　晴
本日鹿島事務所《(宮林署小屋)》〇《(午)》前八時頃発志《し》荷物全部待《(持)》ち居〇《(登)》り岳下《だけした》の〇〇《?》〇?〇〇〇米〇日置《し》き所迠《(まで)》正十一時頃着せり、其れより岳《だけ》迄五時間要志《し》荷物上げたり、黒部谷川原小屋沢《(涸小屋沢)》に下〇《(り)》中途の尾根に伯《(泊)》りたり　其夜雪降りたり」

ようやく五竜を越えた後「黒部谷川原小屋沢《(涸小屋沢)》に下り、中途の尾根に泊りたり、その夜雪降りたり」ただそれだけで、両者の表現はきわめて対照的ではあるが、ここでは個々の事実に一つの食違いもみられない。

吹雪の中で獲った二十五頭

——二月十五日——

「二月十五日　雨
本日荷物待《（持）》ち下りたり中途にてシシ一頭取り、すぐさ○志《（がし）》て下げ小屋場○○○《（に至り）》雨降る中お《（を）》小屋がけ伯《（泊）》りたり」

この日は第一目的地である〈黒《くろ》部《べ》東谷《ひがしだに》〉に下る日であるが、両者の記録はこの日はぜんぜん違っている。庄吉の記憶では「未明に雪洞をとび出して待望の涸小屋沢と東谷本沢の出合の三角洲に進出、狩小屋を作ろうとすると、早くも猟犬はカモシカをかぎつけて四方にとびカモシカを追い出し始めた。そのため狩小屋をつくる暇もなく一挙に十二頭のカモシカを射とめて幸先よしと踊り上がって喜んだが——」とある。しかし一男の日記ではカモシカは山を下る途中でただ一頭だけである。これは違いすぎる。雨雪の降る中を荷物の移動と小屋がけで十二頭は、やはり杉田の聞き違いと思われる。

――二月十六日―十七日――

「二月十六日　雨

本日小屋にて休みたりシシの骨○《（煮）》て食志居《（しい）》たり信鉄《（信濃電鉄）》本社山口《（山口勝）》氏本日○○○○《（内祝？）》

二月十七日電《（雷）》連○○《（続鳴動）》す　本日小屋に休みおりたり、

本日山の神祭日也、牧分教場にて本○《（晩？）》な客○《？》が與挙《（余興）》するはず也」

不気味な雨と雪はもう四日も続いている。降り積もった山の雪に雨ほどこわいものはない。丈余の雪は水を含んでナダレの危機を含み一触即発、異変の前兆になることが多かった。十七日は雷も連続鳴っている。しかし喜作たちは目的地へついて二日とも休息している、その理由が疲労のためかそれともこの二日は旧暦大晦日と元旦のためか不明。また、この日は牧では山の神のお祭であり、分教場では今夜余興のあることを一男は思い出していた。牧の辺では毎月十七日は山の神の祭で仕事を休んでお祭をし、絶対に山に入らないシキタリになっていた。

喜作の育った牧の山崎木戸では各人が思い思いのご馳走を重箱に入れて持ちより、女房たちもいっしょになって酒を飲んで祝う。そしてこの時ばかりは人の女房もだれの亭主もおかまいなしの無礼講で、山の生活者にとって唯一の楽しみになっていた。しかも二月十七日は岩原の須砂渡（堀金村）の山の神に氏子総代が集まる年に一度の大祭だった。

この年（大一二）は牧の分教場で牧親睦青年団主催の余興があることになっていた。これは青年団の村芝居であるが、小林九一（牧）の話によると、演題は「新派悲劇・あだし恋」であったという。

一男は正月以来その芝居の練習を続けている最中に喜作おやじに強引に連れ出された。一男はこの日記を書き始めた二月九日の日、大町から小林九一ほか三人にはがきを出しているが、これは「余興の練習を途中でぬけ仲間に迷惑をかけて申しわけない」というお詫びと、「御盛会を祈る」という文面だったという。

この時一男は猟に行きたくないと何度も母ひろをてこずらせ、妹ひめの話では出発の晩など、玉隠居（喜作の父）を戸間口《とまくち》でぐっとにらみつけて出ていったという。

二十二歳の一男にとってこの山の神の余興のことがどんなに大問題であったか、

だれも理解できなかった。一男は雪に埋もれた黒部の猟小屋の中で一人でそれを思っていたに違いない。

また最近わかったことは、喜作が強引に一男を連れ出したのは珍しいことだと言われているが、これについてのっぴきならない理由が二つあった。というのは喜作は塚原の猟師望月金次郎から「今度行くときはぜひオラも一緒に連れて行ってくりょ」と前から頼まれていた。ところがその間際になって金次郎の母親《(ぎん)》が突然「オラそんな危いところへ金次郎はやれない!」と本人に無断で喜作の家に断わってきた。あわてた喜作は止むを得ず一男を強引に連れ出したといういきさつである(望月金次郎談)。もう一つの理由は、近くカモシカが狩猟禁止になるというニュースを喜作はいち早く耳にし、「よし、これは値が上がる!」と見たからである。

(カモシカが猟獣の中から外された、つまり狩猟禁止になったのは二年後の大正十四年十月十三日、天然記念物指定は昭和九年五月一日、特別天然記念物指定は昭和三十年二月十五日、などが考えられる。)

——二月十八日——

「二月十八日　晴
本日下の沢にて三頭シシ取りたり　取方(獲った方法)下の沢側尾根(庄吉)前大井○(と一男の)二人で大井氏(庄吉)登り中程より下○(の)沢横通り下にて一頭取り、私(一男は)尾根より下の方え追出志(し)下の方にて荒井(矢蔵)親爺(喜作)二人居り其方にて取りたり、其れよりシシ二頭待(持)ち小屋に置き奥の岳側(鹿島槍の側)にて(の)こ一頭取り暗くなり小屋に帰りたり
汁○(計六頭、内本日分)○本日四頭取りたり」

この日は〈下の沢〉で、まず三頭取った。これは涸小屋沢の下という意味で、東谷のことである。

その方法は沢側の尾根（五竜から東谷にのびる尾根）で庄吉が上にいて一男が中ほどより下の横通り下へ追い出して一頭、一男が尾根より下の方へ追い出して、下で矢蔵と喜作が二人いてそこで一頭、もう一頭は奥の岳側《だけがわ》の尾根で一頭、これをとったら暗くなったと言っている。岳側の尾根は地元大出の衆が中尾根といっている鹿島槍から東谷にのびているけわしい尾根である。

しかし一男の日記は〈シシ四頭〉と簡単に書いているが、実際にはそれが厳寒の

北アルプスの雪の中で行なわれる人間と野獣とのどれほど厳しい死闘であるかは前に書いたカモシカ猟のとおりである。喜作の猟犬ペス、メス、アカはこの豪雪の黒部東谷を走り続け、一男の狩猟日記は非情なほどに、その翌日も翌々日もまた続いていた。

――二月十九日――

「二月十九日　晴
本日○○《(鹿島)》槍より下り志《(し)》中尾根○○《(にて)》二頭取り○《(降)》たり我々三人にて奥沢に登り、沢則《(側)》にてシシ一頭取り其れより奥居《(にお)》り志《(し)》が一頭居《(お)》り親父《(喜作)》其のシシ追行き二頭取り帰りたり、荒井《(矢蔵)》と二人で白影《(日陰)》の方に下り二頭取り帰ル《(る)》、私の見たる本日シシ数八頭也《(その外に)》。本日合計シシ取り分七頭也。本日辷《(辷に五竜を越えてより)》登り志より計十三頭也、○《(腹)》子四頭、三方より一緒に小屋に帰りたり」

前日やった中尾根でこの日も猟は続いた。この尾根で二頭、奥沢にて一頭、喜作はこの沢をもっと奥へ追って行って二頭取って来たとあるが、この奥沢は東谷の源流に当たる鹿島槍直下の八峰キレットの絶壁に近い辺りである。こんなところへ厳冬に入って来た猟師はまずあるまい。おそらく未踏の猟場だったに違いない。そしてその日一日で七頭、計十三頭となったほか、腹子四頭、これは生まれる寸前の子で、高級品として扱われたという。このほか一男が見ただけでもこの谷にまだ八頭いた。そして夕方は三方からいっしょに帰ったとある。おそらく大猟の祝盃をあげたことであろう。

――ところがこれが『庄吉聞き書』では二月十五日――つまり四日前涸小屋沢に小屋掛けしている時に一気に十二頭獲っただけで、その翌日から吹雪の咆哮《ほうこう》は黒部谷一帯を荒れ狂い、気温はぐんぐん降下して、来る日も来る日も吹雪に暮れ、陰惨な谷筋は日々に積雪を増して、この吹雪が二月十六日から月末頃まで続いた。そして三月に入ってやっと小康を得たので、猟銃をもって涸小屋沢を上下してみたがさっぱり獲物に出くわさなかったと言っている。大分話が違う。庄吉も十数年たって話したことだから、一男の狩猟日記のような正確さを望む方が無理というものであろう。

しかし二十日前後の一男の日記を見ると、庄吉の話も印象としてはウソでないということがわかる。また庄吉が一気に十二頭獲ったといったのも一男日記でいう「この日までの合計十三頭」で祝盃をあげた日の喜びが強く後まで印象に残っていたものではあるまいか？——一男日記もその後は来る日も来る日も何もとれない次のような陰惨な日が続いている。

——二月二十日から二十四日——

「二月二十日　雹《（雷）》雨

本日小屋内に居りシシ皮四枚むきたり

二月二十一日　雪

本日シシ皮七枚むきたり。奥の沢則《（側）》に置志《（し）》シシ一頭待《（持）》ち行きたり其のシシ○《？》付きたり

二月二十二日　曇

本日小屋に休み居り

格別の業せざりき

二月二十三日　晴

本日下の◯《（沢）》行きシシ四頭取りたり　其の取方親父日彰《（日陰）》にて一頭取り、下の◯◯《（沢側）》にの白向《（日向）》にて大井《（庄吉）》と二人で二頭取り、荒井《（矢蔵）》と私《（一男）》の三人で白向《（日向）》にて一頭子シシ取《（獲）》りたり

二月二十四日　晴

奥の沢之荒井親父私《（矢蔵と喜作と一男）》三人◯《？》◯シシ二頭取りたり大井《（庄吉）》取らざりき」

このうち三日間は天候が雷雨と吹雪で外に出られず、小屋内で獲物の処理をしていた。これは天井や木の枝に獲物をつるして、皮をはぎ肉を刻み、大鍋で簡単にゆでて、それを焚火の上の大籠にのせて乾燥させ〈乾肉《ほしか》〉をつくり、メリケン袋に入れてしょい出す。毛皮は巻いてムシロに包み外に放り出して雪の中に凍らせておく。猟小屋の外は日増しにそのムシロ包みが積みあげられていく。しかし一男の日記はそれを何の誇張もなく修飾もせず「シシ皮七枚むきたり」と淡々と事実だけを書い

ているが、この日も外は吹雪や雷雨が荒れ狂っていたようである。
これが『庄吉聞き書』ではこの間が空白になっているが、しかし一男日記は十九日までに十三頭、二十三日四頭、二十四日二頭と、すでにこの日までに十九頭、腹子四頭計二十三頭、つまり遠征中の総戦果二十九頭（内腹子四頭）中二十三頭はすでに収めて凱歌《がいか》をあげたのである。

鳴動する恐怖の東谷

――二月二十五日から二十七日――

「二月二十五日　曇小雪
本日シシ皮二枚ぬ《(縫)》いたり小屋に休み居《(お)》りたり
二月二十六日　電《(雷)》
本日格別の業せざりき
但《(旧)》正月十一日也大町〇《(飴)》市《(市)》也

小林住治氏結婚の儀有る事お《（を）》思い居る

二月二十七日

前〇《（晩）》より大雪大風也

本日格別の業せず休み居りたり」

毎日来る日も来る日も猛吹雪で外には出られないということであろう。その吹雪の猟小屋の中で「シシ皮をぬいた」とあるは牧の夏雄さの話によって「縫いた」であることがわかった。これは皮を剥《は》いだ後、毛皮の破れや弾あとを初めに縫い合わせる仕事で、皮のやわらかいうちにしておかねばならない。これがていねいか粗雑かによって毛皮の商品価値が決まったという。

この二十六日のメモ中面白い個所は「旧正月十一日也大町の飴市《あめいち》也」である。これは気象庁でも確かめて間違いないというからこれで『庄吉聞き書』のいう「旧正月を終らし四日発つ」が誤りであることがわかる。それはまた小林志津子（牧）、加藤いと（喜作三女）等の話では喜作たちの出発の日は「旧正月の餅ではなくて八、日餅を食べて九日に出て行ったと聞いている」とのことで、これは一男日記と合致し庄吉の勘違いであることがここではっきりする。八日餅とは信州の年中行事で「事始め」ともいい昔は旧暦の二月八日だったが、当時は新暦の二月八日に行なわれた。病気神が通る日ということで、朝早く木戸口で胡椒《こしょう》とぬかを焼いて入らないようにした。またこの日は餅を朝早くつくものだとし、ぼた餅、黄粉餅などにして、新婚夫婦は里へ招かれて餅をご馳走になる、楽しい日でもあった。喜作たちは庄吉と一緒にこの餅を食べて次の日出発したのである。

また飴市はこれも信州の年中行事である。特に有名なのは松本の飴市、大町の飴市で、昔は塩市といい戦国の頃越後の上杉謙信が信州へ塩を送ってくれた故事にならったということになっている。しかし実態は年初めの初市でにぎわう日である。喜作たちは毎年この飴市に大町へ年始回りをした。大出の遠山品右衛門爺さや西沢柘次郎へである。また一男にはここに同年の親しい友だちがいた。品右衛門の外孫の林平と柘次郎の子富次郎である。

面白いのは一男にときどき悪いことを教えていたのは林平である、ある時などは一男を連れ出して大町で芸妓買いをしている。その時の様子はこんな風だったという。まず初めに女にチップをくれなくてはいけないと林平が教えた。生《き》まじめな一男は林平のいうとおり首の袋から金を出して三人の女に五十銭玉を一個ずつくれたからたまらない、女がワーと一男の首たまにしがみついて大もてした。それもそのはずで、一日働いても五十銭くらいしかならない時だ、しかし純情な一男は女がいくら酒をついでも飲めないし、顔もあげられずただもじもじしているだけで、ついに女の顔を見ずじまいだった。

「あれじゃ何のために芸妓買いしたのかわからん――」と林平は大笑いしたが、それが一年前の大町の飴市であるとともに二人の成人式でもあった。一男はあの時確かに酒も飲めなかったし、女の顔もよく見なかったが、それでも白粉の香りと白い女の手にさわられた感触だけはまだありありと憶えていた。一男はきっとこの飴市を吹雪の東谷で思い出していたに違いない。喜作も母親ひろもぜんぜん知らない一男のもった唯一の秘密であった。

一男と林平はこの時徴兵検査で二人とも甲種合格になったが、一男は幸いクジノガレで胸をなでおろした。林平は一月十日松本五十連隊に入営し、これが二人の別れとなった。

もう一つこの日の日記で興味ある記述は「小林住治氏結婚の儀有ることを思い居り」という一節である。これは近所に住む四歳年上の従兄の結婚式であった。その住治の話によると、

「一男は美男子だったが、心もやさしい人間で、そんなひどい吹雪の中でオレたちの結婚式のこと思っていてくれたかと思って、オラその手帳をあとで見せてもらった時は泣けたじ」ということであった。

この時黒部東谷一帯を荒れ狂う吹雪がどれほどものすごいものであったか、『庄吉聞き書』は前記のとおりである。

「吹雪の咆哮は黒部一帯を荒れ狂い気温はぐんぐん降下して来る日も来る日も吹雪に暮れ、陰惨な谷筋は日々に積雪を増していった」と表現している。しかしそんな時でも一男の日記はいっさい感情を持たない人間のように「前夜より大雪大風也、本日格別の業せず休み居りたり」とただそれだけ記している。

この連日連夜の吹雪の咆哮の中を喜作たちは何を考えていたことであろう。この時の涸小屋沢の三角洲に作った猟小屋がどんなものだったかはっきりしないが、古老たちの話を総合すると、おそらくわずかな材木を秋のうちに上げておいたものだ

ろうという。いずれにしても仮小屋だったことはまちがいない。ひどい嵐や吹雪なら当然それは小屋の中へ入ってくる。暖房は何か？　薪はあったか？　雪に埋まった小さな仮小屋の中で、もちろんふとんも毛布もない、ムシロだけがふとん代わりだったという。小屋の真中で火を焚き、その上に乾肉《ほしか》を入れた籠が載っていたと想像される。そのまわりに荒くれ猟師たちの顔が四つ――ものすごい吹雪の音を聞きながらどんな顔をして、何を話していたのであろうか？――

島々《しましま》の庄吉にしても、犬ノ窪の矢蔵にしても体一つだけが財産の山男である。この猟の成果が家にいる妻子にとって死活問題であった。彼らはいつもそのこと以外に考えることはなかったはずである。だからこそこんな吹雪の中の仮小屋にもじっと耐えてきたのである。しかし喜作は少し違っていた。昨夏大儲《もう》けした殺生小屋の皮算用だったに違いない。

「今年はもっと槍の登山者は増すだろう、オレは猟からこれで足を洗う」それが喜作の本音だった。

しかしだれ一人として数日後に迫った自己の運命を知る者はなかった。

この大正十二年という年は特に雪が多く、そのいずれも何十年ぶりの豪雪で、一月以来各地にナダレのニュースが新聞紙上をにぎわせていた。

〈信濃日報〉「大なだれで工夫即死八名、重傷二軽傷十一名・東信電気飯場の惨事」

〈信濃毎日〉「なだれの下即死・材木運搬人夫の奇禍・四人危く助かる」

〈信濃日報〉「雪のアルプス越え・五日以後消息不明・立山温泉立籠りか？」

〈信濃日報〉「頻々たる大なだれ・北陸線列車不通・貨物受付中止」

〈信濃毎日〉「北安地方はなだれ頻々起り・惨死者続出す」

〈信濃民報〉「女生徒二名・なだれに埋没・幸い無事救出・北安小谷小学校の災難」

ちょっと見出しを拾っただけでもご覧のとおりである。さてそんなころ黒部東谷でカモシカ二十七頭をとり凱歌をあげた喜作たちはその後どうしていたか？

——二月二十八日——

「二月二十八日　曇小雲《（雪）》
本日〇〇来日《（二月末日）》なり、本日小屋内に休み居りたり、小屋前の沢〇〇《？》雨で〇ぜ《（ハぜ）》出て
我々小屋に飛散志《（し）》来たり私共驚かせり」

前夜来の大吹雪がいよいよ新雪《わぼう》ナダレとなって崩れ始めたのである。「小屋前の沢」はもちろん涸小屋沢であろう。「〇〇雨で〇ぜ出て」は、「爆《は》ぜ出て」ではないかと教えてくれたものがある（島根県平田町の吉本郷文）。それでよく意味が通じる。とにかく一気に押し出して来て小屋の前に飛び散った。まさに命拾いというところである。それがどんなに恐ろしかったかは、今まで一回も感情を出さず淡々と書いていた一男日記が、ここではじめて「私共驚かせり」と感情をわずかに露出していることでもわかる。その夜喜作たちは何を緊急に話し合ったか？　は書いていないが、それは次の日の行動によく表われていた。

——三月一日——

「大正十二年三月十一日《（一日の誤り）》　曇

本日午後十一時五分小屋発にて四人荷物シシ皮待《(持)》ち防《(棒)》小屋沢の方の尾根登り、午後五時頂上登りたり荷物置き下りたり、午後四時十五分下り小屋着午後五時半也頂上着四時也、登り時間四時間五十五分也、下り時間一時間十五分、荷物別中復《(腹まで)》沾四十分也」

東谷《ひがしだに》を鳴動する大ナダレが、猟小屋近くまで襲って来てびっくりした喜作たちは、ただちに移動を開始した。行先は予定どおり棒小屋沢、まず荷を尾根に運び始めた。上り約五時間、この尾根は中尾根ではなくて、鹿島槍から来ている牛首尾根である。ここへ獲物を一応運び再び小屋場に戻り一泊。ところが『庄吉聞き書』ではこれが三月三日になっている。それによると、この日八峰キレット直下〈東谷奥沢〉に出猟していたが正午ごろ西斜面一帯が新雪雪崩《わぼうなだれ》となって喜作たちを襲い、この時矢蔵が雪崩に巻き込まれた。みんなの必死の捜索で救出することができてまずことなきを得たが、このことで喜作はもはやこの谷に見切りをつけて、棒小屋沢に移動の決意を固めたというものである。

また庄吉の記憶によると、移動に際して剛腹な喜作は一同の反対を押し切って一方的に意見をまとめてしまい、兢々《きょうきょう》たる矢蔵、庄吉をまくしたてての移動だったといっている。

またナダレに巻き込まれた矢蔵と庄吉が戦々兢々として、もうこんなに獲ったんだから帰ろう、こんなおそろしいところは早く逃げたいというのを、喜作は「何をぬかすかこの腰ぬけ野郎どもめ!!　こんなナダレにおどおどしてアルプスの猟師といえるか、さあ出発だ、出発だ!!」と。

喜作だったらそのくらいなことを言ったかも知れない。

ここでおかしいのは一男の猟日記が何の反応も示していないことである。喜作に直接向かってタテつけなくても日記には何を書いても自由で喜作は字が読めない。それを一男は書いていないということはそういう事実がなかったか、あるいは喜作に同調していたか？　後者だとすれば、さすがの一代の名猟師喜作の長男だけのことはある——。

野陣場小屋に待ちかまえる三人組

――三月二日――

「大正十二年三月二日　晴
本日荷物全部待《(持)》ち川原小屋《(涸小屋)》お《(を)》午前七時出発尾根登り中段迠《(まで)》九時着、頂上迠《(まで)》十時十五分着也。前日《(昨日)》上げし荷物と一所待《(緒に持)》ち坊《(棒)》小屋尾根さして下りたり、防《(棒)》小屋沢尾根中程にてシシ一頭取りたり皮と足肉三本待《(持)》ち下り小沢沢口にて荷物半分置き沢を登り坊《(棒)》小屋向い小屋に来たり見たれば源汲諸君三人其の内一人源吸《(汲)》犬之久保《(犬ノ窪)》平沢美津男氏居りたり、犬五頭共来たり居る。
七日前来たり居れ共シシ一頭も取らず居りたり。小屋の尾根雪になり居り○○《野陣場》小屋上に雪約三尺以上降り居りたり其の雪全部落志《(し)》屋根板取り其の夜休みたり今夜雪降り初めたり。親爺大井氏荷物全部小屋迠待《(まで持)》て来たり」

最後の目的地棒小屋沢の野陣場に入ってみたら、容易ならざる事態（？）が待っていた。

一男日記によるとまずこの日涸小屋沢《かわらごやさわ》の仮小屋を取り払って早朝に昨日荷物を上げておいた牛首尾根に来、その荷を一緒に背負い、棒小屋沢さして下り始めた——この尾根の中程でカモシカ一頭を取った。その処置が面白い。すぐその場で皮をはいで足肉三本だけもって尾根を下ったという。重くてそれ以上もてなかったのか、それとも後の一本は自分たちもその生肉を食べ、犬にも臓物をたくさん食べさせたというのか？　おそらくその後者であろう。

この辺の地形を知るには冠松次郎の『黒部峡谷』を見るとよくわかる。もっともこれは喜作遭難の八年後の昭和五年夏の紀行である。これによると黒部峡谷十字峡から棒小屋沢本沢に入り、さらにその支流コヤウラ沢を溯行する。

「コヤウラ沢は大きな谷である。入口から暫《しばら》くは滝はなく奔流となっているが、やがて牛首の方から荒れ谷が二つ入り山側はその方に急になっている。朝陽に咽《むせ》ぶ頂稜の美しさを見ながら上って行くと高さ十米《メートル》くらいの滝の下に出た。その左を累岩の丘を越して上に出る。この六月中尾根からこの谷を覗《のぞ》いたとき、一番下に大きな滝が見えたのはこれであった。渓水が全部まとまっているために幅はかなりある。当時は水量が多かったため大きく見えたらしい。谷筋は右へ右へと曲っている。七時四十分谷は漸《ようや》く狭くなった。そこまでで四つほど小滝を上った。岩壁の間も滝場も狭くなったが、高くないためザイルの必要もない。谷の勾配《こうばい》が急になったせいか、滝の上からじかに澄みきった蒼空《あおぞら》が拡っている。

やがて行く手で谷は急に左に折れ、そこで壁は高山両岸から肩を交えている。今迄にない悪場らしく、かなり高い瀑布がかかっているものと思い、荷を下ろして先を見せにやる。曲り目に十米くらいのが二つ連続して落ちているので、そこだけは上れないという。しかし滝の左の壁につづく小尾根を越せばその上に出られそうなので、急な崖を匍《は》い上って薮につき、林を分けて小尾根を越すと丁度滝の上の磧《かわら》に出た。——略——上流はずっと開けて偃松の尾根が見える。先刻から悪場が気になっていたが、この滝から上にはそう悪いところはないらしく、谷は悠々《ゆうゆう》と主稜に向って延び上っている」と。

これを要するに、いま喜作たちの越えていく渓谷は、滝また滝の続くひどい悪場で、今まで人間をはばみ続けている。その悪場を喜作たちは厳冬期に、冠松次郎とは逆に牛首尾根から棒小屋沢に下っていったのである。それがどんなにひどいものであったかが想像される。

かつてクロヨン（関西電力黒部川第四発電所）建設の基地だった作廊谷《さくろうだに》は牛首尾根の末端になるが、ここに長年越冬勤務した砂田二三雄（元クロヨン土木技師）の話によると、厳しく雪に閉ざされた黒部谷も春三月の声を聞くと限界十キロに及ぶ谷には午後はきっと轟々《ごうごう》と地軸を揺がすナダレで明けくれる、まさにナダレの交響楽となる。

ところがこのナダレの出そうな日はきまってカモシカが尾根に出てくる。だから基地の望遠鏡で尾根に出ているカモシカ夫婦の日なたぼっこを見かけたら、それはおそろしいナダレの前兆で、警戒警報に入ったというのである。

喜作たちが尾根で取ったカモシカが、実はそのナダレ警報だったのである。その時の恐ろしさを『庄吉聞き書』は次のように言っている。

「牛首を越え黒部谷側のトラバース（横に移動すること）にかかったが、この時先月十六日以来降り続いた積雪が脚下の黒部谷本流へ板状ナダレとなって次々と崩れ込むのをまのあたり見せつけられ、〈凄惨な大自然の脅威〉のあまりのおそろしさに思わずみんな立ちすくんでしまった。

その音はまるで百雷が一時に落ち、この世の終りかと思うようなすさまじいものだった。「喜作は今こそオレの度胸の見せどころと猛然と庄吉、矢蔵たちを叱咤した」

この時のことを庄吉は後で回想して「オレも長い間にはいろいろおそろしい目にも会ったが、この時ほどそらおそろしいと思ったことはなかった。そしてオレもえらい親爺（喜作）といっしょにのっぴきならないところまで来てしまったとその場で大いに後悔した」というのである。

ところがその恐ろしさの直後、ある意味ではもっと困ったことが待っていた。

――この時あたりはすでに暮色蒼然《そうぜん》、重い荷をしょって文字どおり戦々兢々、どこから崩れ出るかわからないナダレ地帯を通って持小屋沢（引用者注―小屋裏沢《こやらざわ》の誤り?）と棒小屋沢の出合まで来たら〈思いもうけぬ珍客〉が現われた。これは南のおやじ、つまり喜作たちが涸小屋沢方面に入ったと聞いて（?）源汲《げんゆう》や大出のシンマイ猟師三人が先回りして獲物を頂戴に来ていた。

「ここはオレたち北の縄張りだ、棒小屋沢で猟をするからにはオレたちにも平等な分け前をもらいたい」

もちろん「喜作は激怒してこの要求を一蹴した」というのである。

もっともこれは『庄吉聞き書』の中で杉田が言っているだけで、この劇的な一日のことも『一男猟日記』はいっさいふれていない。それは前記のとおり。「——野陣場小屋に来てみたら源汲の諸君三人が来ていた。そのうち一人は犬の窪の平沢美津男（仮）だった。犬五頭を連れて七日も前に来ていながらシシ一頭も獲っていなかった。屋根の上の雪をおろして寝た。この夜雪降りたり」ただそれだけである。どこにも喜作の激怒もなければ分け前要求もない。ただ少し変わったところは今までになく長い日記だということだけで、敵意などはまったく出ていない。

これは杉田のいうような事実がなかったからか、あるいは一男が無関心だったたか？　いずれにしても、三人の中の一人と一男が親しかったらしく、何一つ険悪な空気は見られない。

またこの時野陣場小屋に「待ち伏せしていた（？）三人」の名は次のような人々であった。

槌市千馬吉（当時六十歳）平村源汲《たいらむらげんゆう》上村四〇一五番地

杉浦猪之松（当時二十七歳）平村源汲上村四二一八番地
平沢美津男（仮名・当時二十歳）平村大出――番地

一男はこの人たちと何のわだかまりもなく屋根の雪おとしをしている。また喜作と庄吉は東谷からの移動中に途中において来た荷を夜になってとりに行ったが、矢蔵は行かなかった。また先に、大町の西沢富次郎の話で、矢蔵が先に棒小屋沢に米を上げていたと言ったが、珍客三人は米がなくて困っていたらしい。疑えば疑えないこともない。ともかく不思議な一日であった。

本当に『庄吉聞き書』のいう両者の対立があったとすれば、北の衆は矢蔵以下四人、南は喜作、庄吉、一男の三人、「激しく感情を対立させる荒くれ猟師七人。事態はまっ二つ」というところであろう。しかし一男の猟日記はこのナゾに何一つ答えようともせず、次のようにあっけなく終わっている。

――三月三日――

「二月《（三月）》三日　雨

本日夜明に越（起）き屋根お（を）ふき薪木切り休み居りたり」

これが一男の絶筆である。前夜、屋根板をとって寝たのを夜中に雪が降り出してまたもどして寝た。そしてこの日は薪を切って休んでいたという。この何気ない一文の中に何を汲みとったらいいか？　外には不気味なミゾレが降り続いていた。これから後は『庄吉聞き書』に頼るよりほかに方法はない。それによるとこの時の「野陣場小屋は棒小屋沢と鹿島南峰に深く食込む小沢（こやうら沢）と出合の三角洲の台上にあり、間口二間奥行三間で小沢側に入口があるお粗末な狩小屋であった」と。この野陣場とは固有名詞ではなくて「猟師たちの野宿場所つまり仮小屋の場所」の意味だという。

現地にくわしい大出の猟師遠山林平、田中昌夫、松川の猟師鬼窪善一郎、大町営林署の奥原幸作等現役ベテランの意見を総合すると喜作たちが使用した野陣場小屋の位置は二七三ページの図に示したとおりであるが、現在は長年にわたってくり返されたものすごいナダレで土砂が深い谷を埋めて地形も当時とはだいぶ変わってしまったということである。そして林平は「こんなところはナダレ前に小屋場にするところじゃねえ。二月下旬から三月上旬だったら、あれから百メートル位上《ばか》に品右衛門の野陣場がある。大きなブナの木にナタで印をつけてあるからすぐわかるが——喜作ならあそこを使うはずだ、おかしいな——」と首をかしげたが、大田実（源汲）の話では「喜作はこの小屋に入ったとたん『こんなところは危い、早くこの上に移らなければだめだ』と言ったが、しかしその夜の話し合いで移動より早く帰ることに一決した、ところがその夜の遭難だった」という。

「〈思いもうけぬ珍客〉たちが待っていた」とする『庄吉聞き書』を確かめるのには、まずこの野陣場小屋がはたしてだれのものだったか？　を知る必要がある。もし北の衆（矢蔵たち）のものだとしたら〈思いもうけぬ珍客〉は逆に喜作たちである。それにしてもこの源汲の三人組がここに来て待ちぶせ（？）していることを矢蔵は知らなかったのであろうか？　矢蔵は三人組と仲間ではないのか？——もしそうだとすれば涸小屋沢から棒小屋沢への移動について庄吉と矢蔵はなぜ反対して、東谷からもう帰ろうと言い出したのか？——何とも合点のいかない、つじつまの合わないことばかりである。

いずれにしても猟師のしきたりにしたがってもしこの際獲物を分配すると、犬一頭は人間一人と同等に勘定するというのが当時の猟師の掟であるから、犬五頭連れた三人の珍客と、犬五頭に四人の喜作たちの分け前比率は八人対九人となる。また矢蔵は北の衆だから南と北の比率でみると、北は四人と犬六頭計十人、喜作たち南は三人と犬四頭計七人。つまり十対七と喜作側の劣勢となり、これまで喜作たちが東谷で命がけでとった二十九頭のうち約十五頭が、この一頭もとらない北の珍客どもに持っていかれる勘定となる。「ふざけた野郎どもだ!!」と喜作が激怒した(?)のはそういう意味らしい。

これが喜作親子の死の直前、つまりナダレの来る前夜に想像される野陣場小屋の客観情勢である。

こうして喜作たちが東谷から棒小屋沢に移動したのが三月二日の夕方で、三日は吹雪で小さな小屋の中に荒くれ猟師七人が顔をつき合わせていた。一男の最後の日記はこういう中で書かれたが、四日の日記はない、書く時間は充分あったはずであるが、『庄吉聞き書』によるとこの夜はものすごい激突が起こったと推定される一夜で日記の書ける雰囲気《ふんいき》でなかったのかも知れない。

ここで『庄吉聞き書』は妙なことを言っている。来る日も来る日も猛吹雪で仮小屋に籠城《ろうじょう》しているうちにみんな全身に倦怠《けんたい》を感じ出し、感情的に行きづまり、もはやこの空気の中では喜作の統御も効果がなくなり、たまりかねた新米猟師たち（珍客三人組のこと）は、いかなることがあっても種池乗越《たねいけのっこし》で帰ろうといい出した。庄吉も矢蔵もこれに意を強くして喜作を説き伏せて、全員引き揚げに一決した。そして「そうと決ったら一刻も猶予せず喜作の気の変らぬうちにと出発準備した」とある。

一決したのは四日夜で、荷物を種池乗越にしょいあげたのはおそらくその次の日の五日であろう。

ただここでおかしいのは「喜作の統御もきかなくなり」といっているが〈珍客三人〉には初めから喜作の統御などないはずである。したがって帰るというのを喜作がとめるはずもない。それより分け前要求はどうなったのか？——どうもつじつまが合わないことばかりである。もちろん小屋の持ち主はだれともわからない。

——こうしていよいよ運命の時五日の夕刻を迎えた。『庄吉聞き書』によると夕方立山方面から黒部谷一帯にわたって急にナダレの修羅場と化し、いんいんと大地を揺がせて伝わって来たので、にわかに現在地が心配になり始めた。それで夕飯を早めにすませ、例によって入口から喜作、一男、庄吉、矢蔵の順で床につき、新米たちは火を絶やさないよう枕辺の炉の回りに集まっていたという。これでみると分け前のことはともかくとして、この時点ではある仮秩序はあったように見える。

いずれにしてもナダレの恐怖の前に各人思い思いの呉越同舟《ごえつどうしゅう》だったに違いない。しかし庄吉と矢蔵は、ひっきりなしに小屋を揺さぶって聞こえてくるナダレの音が心配で眠られず、炉のそばへはい出して来た。そしていよいよナダレの危険が迫っていることを直感した。

このことを喜作親子に報せたが、ぐっすり眠っている二人には通じなかった。つまり新米三人は火を絶やさぬように火の番。庄吉と矢蔵は炉のそばにはい出して来て起きていた。ということは喜作親子二人以外は全員がこの一瞬に火の回りに起きていたということになる。「起したがぐっすり眠っていて起きなかった」ということだが、こういう場合起こしたとは足か胸をつかんでたたき起こすべきものだろう。どうもその辺も疑えば疑えないこともない。

これが五日の午後八時ごろだという。これまで連続の降雪と、その日も朝から降り続いて、鹿島南峰から牛首にのびる広大な南斜面は新雪ナダレ（?）となって猛然とこの野陣場を襲い、一挙に小さな狩小屋を押しつぶしてしまった。それは、牛首岳、鹿島槍、布引岳等々の山に抱かれた、この南西斜面、つまりコヤウラ沢全域の広範な雪をことごとく狭い三角洲へ一気に押し出し、それがワックリ返ったというから目もあてられない。想像を絶する事態となった。

この時のナダレを新雪雪崩《わぼうなだれ》とみるものと、地こすりナダレと見るものと二通りあるが、庄吉はワボウと言ったらしい。また杉田勝朗に直接あって庄吉と話した時の様子を聞いてみると、何でも庄吉ははじめはなかなか話したがらなかったが、いったん話しはじめたら熱をおびてきて、日ごろ無口な庄吉には珍しくセキを切ったように話し続けたという。それによると、

「――この晩（ナダレの夜）瞬間の失神状態から覚めた庄吉は、しばらくしてわれに返ってみると下半身が何かに重圧を加えられていた。まっ暗で何もわからないが、片手の自由は奪われていなかったので、何とか切りぬけられると思った。喜作らしいうめきがどこからか聞こえてきたので庄吉は、

『おやじ!! どだやあ!!』

『矢蔵！ 矢蔵！』と連呼した。

喜作ウーンと一分間ほどうなる、一男うならず。

『切るものがあったら切って出よ！』と今度は矢蔵の声がしたので庄吉は元気づいて必死の奮闘を続けた。

埋まっている鼻先に屋根板らしいものが倒れかかっている。腹から下は身動きもできない。何度も何度も雪の中でもがいたが、しだいに絶望を感じだして来た。

――そのうちにすーっと霞のような乳白なもので目をおおわれてしまった。夢を見る、上高地へ行ったり島々へ行ったり、水を飲もうと起きようと思うが起きられないことに気づく、庄吉の前を二つの真っ白い燐《りん》か魂かがふわんふわんと飛ぶ、喜作と息子――のヒトダマか？――あとはまた意識を失った。

それからどれだけ時間がたったか――急に寒くなって来た。われに返って考えてみた、やっぱりナダレに埋まっているのだ。――最後の奮闘を試みたが無駄だった。

『南のおっさま大丈夫か』という声がする（庄吉のことを北の三人はそう呼んでいたらしい）、矢蔵の消息なし。

『そしてナダレの発生後十時間後の十六日（六日誤り）の朝がた奇跡的にナダレの底からはい出してしまった。どうやって出て来たか自分ながらわからなかった。

そして大気に会ってまた失神してしまった。やがて気付いた時には矢蔵と新米の三名はしきりに輪カンジキを作っていた』と」

また一人で脱出して急を知らせにもどった矢蔵については途中扇沢の上（棒小屋尾根八合目の誤り）でまたナダレに巻きこまれるが、それでも必死にはい出しているというところを見ても、鹿島槍、爺ヶ岳一帯にわたるこの日の凄惨《せいさん》な情景が想像される。

「身心ともに疲労困ぱいの極に達し、散々の体で矢蔵は犬ノ窪のわが家へ馳け込んだ。矢蔵はこれまで道々すすり泣きをしていたが、いよいよ家が近くなるにつれてだんだん大声で泣き出して、よろけるようにして犬ノ窪のわが家にころげこんだ」

牧の丸山貞一の話では「矢蔵さという男はオラいっしょに鹿島川で土方もやっていたことがあるからよく知っているが、ウソいえばジャイアント馬場くらい大男で荒っぽい大将だった」という。そんな荒っぽいジャイアント馬場が、すすり泣きしながら犬ノ窪の家へころげこんだと聞いただけでも、この時棒小屋沢のおそろしさが想像されるというものである。

村ではただちに半鐘が乱打され、消防組を主体とする救援隊が組織されてその夜のうちに籠川谷を遡行《そこう》し、棒小屋乗越から現場に到着、屋根板の下敷きになって眠ったように死んでいた喜作親子と、彼の愛犬を発見したというものである。ただしこれはあくまで庄吉が杉田に語ったという遭難模様で、それがはたしてどこまで真実かは不明。

犬だけは裏切らなかった

この喜作遭難の記事がいっせいに新聞紙上に報じられたのは、冷たいみぞれが松本の町々をぬらしている朝だった。

そして同じ紙面には先日松本に起こった「博労町のママ子殺し、毒饅頭事件」と、二日後に迫った三月十日の陸軍記念日に松本連隊が城山で大模擬戦をやることが報じられていた。

〈信濃日報・大12・3・8〉

「大雪崩夜中に小屋を潰す・埋没した猟師七名
猟犬七頭と共に生死不明・村民総出で発掘中」（見出し）

「北安平村《（長野県北安曇郡平村）》猟師槌市千馬吉、荒井猪之助《（杉浦猪之松）》、平沢美津男、荒井弥三《（矢蔵）》及南安《（南安曇郡）》の猟師三名《（喜作●一男●庄吉）》もこれに加わり猟犬七頭を連れて本月一日猪狩《（くらししがり）》をすべく出発し針ノ木方面から黒部山《（谷）》に亘《（渡）》ったが食糧欠乏したので五日下山すべく高瀬川《（黒部川）》入りの硫黄小屋《（棒小屋）》まで来た処が一行中槌市が急に腹痛を催したので、下山することができず当夜はその小屋に泊ることとなり、一行皆枕をそろえて眠りについたが夜中頃に至り大ナダレが襲来して小屋は滅茶滅茶に潰されてしまった。もちろん人も犬もその下敷となったが、幸いにも一行中荒井弥三《（矢蔵）》は小屋の最も隅に寝ていたので即死するに至らず、ようやく雪をかきわけてはい上り、この急を告ぐべく六日夜急ぎその村に至りことの由を告ぐるや村人はスワこそと半鐘を打ち鳴らして人々を集めほとんど全村民山仕度をととのえて時をうつさず現地に至り目下ナダレを発掘中であるが、生死のほどはまだ知れない」（大町電話）

〈信濃毎日新聞・大12・3・8〉

「猟師六名猟犬十頭・大雪崩で惨死す

十数丈の雪の下・掘り出す術《すべ》もなし」（見出し）

「北安曇郡平村字源汲及犬ノ窪の猟師七名は二月中に相前後して二隊となり籠川入りより針ノ木峠を越えて越中地籍日本アルプス黒部付近の山奥に猟に出掛けたるに相当の獲物をなし五日より帰宅の用意を為し六日将《ま》さに帰宅せんとて一同小屋に休憩中後の山上より大雪崩が落下して来り、無残や一同は小屋と共に押し潰された。一行中猟師荒井矢蔵（三五）なるものは小屋の傍に居たため雪崩の下に押しこめられたるもかろうじてはい出したるが一行六人は拾数丈の雪崩の下に埋没され生死不明となった。直に急を七日午後平村に報じた。平村にては急を聞きさっそく人夫を集めて現場に急行するはずであるが現地は同村より八里（三二キロ）の山奥である上に拾数丈の雪の下となりたる為おそらく惨死したであろう。これと同時に愛犬十頭及び一切の用具も共に埋没した」（大町電話）

〈信濃日報・大12・3・9〉

「雪崩の下に五人は無事でいた

小林喜作父子の惨死

悲しみと命拾いの喜び」（見出し）

「アルプス山中における猪狩《くらししがり》の猟師及び猟犬が大雪崩の為に埋没した事件につき村人は大挙して現場に至ったことは既報のごとくなるが現場に至った村人はようやく其雪崩を掻き分けて見たところ南安曇郡西穂高の小林喜作（五一《（四九）》）及同人の長男《（二〇）》一男《（二一）》の両名は既に梁《はり》の下にあった為絶命していたが他の五名はいずれも無事であったので一同大喜び、八日午後ようやく下山したので命拾いの祝盃を挙げた。而して棒小屋沢は（昨紙は誤り）越中地籍に入る為同地の警察へ検視を仰いだが、八日中にはまだ検視済には至らなかった。

なお小林氏父子はかつて有明温泉付近においてクラ猪《かもしか》を獲りこれを松本なる信濃山岳会に送り松本館に催したシシ鍋会に出席して猟のもようなど話して聞かせた人である。而して氏の猟犬はなかなかの忠犬で氏の死骸の傍に居て容易に人を寄せつ

けず救助隊の人々を感動させ話題をよんでいる」（大町電話）

〈信濃民報・大12・3・10〉

「惨死した喜作父子

槍・穂高の精通者・登山者に不便」（見出し）

「去る六日《（五日）》夜日本アルプス山中高瀬川《（黒部川）》奥棒小屋で雪崩の為惨死した山案内小林喜作《（四七）（四九）》及長男一男《（二二）》両人の死体は遭難が富山県の地籍である為まだ検視の運びに至らず、したがってそのままとなっている。右につき信鉄《（信濃電鉄）》山岳部の山口勝氏曰く『喜作さんは殺生小屋の経営者にて毎年七月から九月までそこに閉じこもり登山者の便宜を与え槍・穂高、烏帽子の縦走に最も精通し、同方面の主《ぬし》と云われた山案内人である。この人の死は今後登山家にとっても不便とする処が多いわけである云々』」

＊

山の神といわれた牧の喜作さえ、山では遭難することもあり得るということは、山にどれだけでも関心をもつものにとって大きなショックをあたえた。

それにも増してこの「喜作の死をめぐる黒い波紋」は波紋をよんで拡がっていった。そんな中でわずかに人々をほっとさせたのは、喜作の猟犬が主人の死骸の傍をはなれず、救援隊の人々さえ近づけなかったという插話は、黒い疑惑のうずまく中に唯一の光明として里人たちの素朴な感動をよんだのである。

大正十二年三月――つまり関東大震災の六か月前の春まだ浅い信濃路の話題であった。

黒部別山壁尾根から見た黒部の谷。奥は十字峡
写真：王鞍彗介

恐怖の野陣場小屋（第八話）

ペスは走る、走る、走る——

それは山が怒り出したとしか思えなかった。そうでなければ狂い出したのである。ごうごう山は鳴動し、谷々は逆流し、それはとどまるところを知らなかった。はじめは立山の御前谷や、剣岳の平蔵谷あたりの崩れる音が遠雷のように響いていたが、それまでは何といっても不気味な対岸のお祭りにすぎなかった。ところがやがて、それに答えでもするように、鹿島槍を主峰とする後立山《うしろたてやま》連峰の八峰キレット辺りがまず崩れだしたのを合図のように、すぐ五竜から鹿島槍全面に伝わって、西面（越中側）も東面（信州側）もいっせいに崩れだしたのだからたまらない。黒部谷一帯はもはや収拾つかない修羅場と化したのである。

降り積もった雪が春の陽か雨で表面がとけてまた凍り氷板《アイスバーン》になる。その上に雪が降り積もるか、雨で雪が重くなると全体のバランスが崩れてくる。もうこうなったらナダレのきっかけは、木の枝の雪がぽとんと落ちただけでも、小鳥がその雪の上を飛んだでもいい。それだけのショックで全山が動き出す。極端なことをいえば、だれかが大声を出して山彦があった、風が吹いた、付近の人の足音、犬の足音がした、それだけの衝撃で大ナダレの原因には充分だというのだから手がつけられない。

この日後立山《うしろたてやま》の全容をゆるがせたナダレは、尾根伝いの雪庇《せっぴ》の崩壊だといわれているが、これは風雪の強い尾根に雪の庇《ひさし》ができる。これが雨で重くなるか、気温がゆるむとバランスを失って崩れ始めるもので、大ナダレのきっかけとなる。その崩れるさまはまるで巨大な建築物が爆弾でいっきに崩れ去るのをスロービデオで見るのによく似ていた。

こうして黒部谷《くろべだに》一帯はどこもここも鳴動し出し、文字どおり修羅場と化したのである。

――そんな中を一匹の犬が走り続けていた。

それは修羅場の中の粟《あわ》一粒にも当たらなかったが、とにかく犬はその中を走り続けた。

狂った山、怒り続ける山容、それでも犬は走り続ける。雪に埋まり、雪とともにくずれ、波打ち、埋もれ、わき立ち、それをまたはい出して、それでも犬は走り続けた。追いつ追われつ、ナダレと犬の鬼ごっこであった。それはあたかも大きな白熊が小ネズミ一匹を追うのに似ていた。上から白魔が全身で覆いかぶさる。その下からネズミは雪煙をたててのがれる。また追う、また覆いかぶさる。埋もれながらも、そこをまた脱出する。ようやく犬は鹿島槍・爺ヶ岳の連なる尾根にはい上がった。ほっと息をついて再び犬は走り続ける。尾根の雪は固く安定して犬のスピードは増した。

犬が走る――走る――走る――走る――。

この後立山連峰を越えて尾根づたいを狐のようなさしヽヽ尾で走り続ける犬は、それはまるで精悍《せいかん》なオオカミを連想させた。

どこから来たのか、どこへ行くつもりなのか、だれも知らない。だいいちこの犬が野犬か、飼犬かそれさえわからなかった。しかしこんなおそろしい黒部の修羅場に人間の飼犬がいるとは思えない。それにしてはみごとな面《つら》だましいの猛犬であった。

この犬を大出《おおいで》（大町）の衆が見かけたのは、三月七日午後だという。よほどお腹がすいていたものであろう。農家の庭先にかけてあったイワナの干物をかっぱらい、竿に掛けてあった氷餅を引き砕いてその場で食いちぎり、これを見つけた農家のばあ様が猛犬にびっくり仰天「こら――どろぼう」と追ったころにはもう犬は二、三百メートルも彼方を走っていた。

しかしこの犬が喜作の猟犬ペスであることに気づくものはなかった。ペスは尾をぴんと張ってどんな獰猛《どうもう》な大熊にも一対一で立ち向かってゆくほどの猛犬で、実は喜作を一代の名猟師にした功労犬であるが、それにしても棒小屋沢で喜作と共にナダレに埋まったものをどうやって脱出したのかわからなかった。またこういう場合に犬はどの経路をとるものか興味深い。

喜作たちの黒部谷への進入路は鹿島から、五竜越えであるが、ペスはこの進入経路を逆に帰ったのか？　それとも爺ヶ岳の種池乗越から扇谷《おうぎだに》へ向かったものかはよくわからない。黒部のベテラン猟師田中昌夫の話によると、おそらく進入路だろうというが、喜作が何回も黒部に入っている以上、必ずしもその道ともいえないであろう。

いずれにしても、猛犬ペスはまもなく人間の住む人里大出に現われて走り続けていた。ここも雪は多いがそれでも人の通る道だけは開いていた。ペスはその道をものすごいスピードで走り続けた。ろくに食べ物も食べていない。農家の庭先で水を飲んだくらいのもの、おそらくこの時体重を測ったら、たった一日二日で二十八キロのペスが二十キロ以下にも減っていたことであろう。ペスは走る――走る――走る――。もう何もさえぎるものはなかった。ここまでくれば何度も主人喜作と通った勝手知った大出から牧への道である。大姥様の前を一気に走りぬけ、野口橋を渡り、高瀬川の土手道づたいに大町を通り抜けて、常盤村から松川と雪に埋もれた安曇野を、ものすごい早さで走り続ける猛犬ペスに人々はいちように振り返ったが、暮れるに早い冬の日はもう夕闇が迫り、これら通りすぎる村々にはすでに黄色い電灯がついていた。

大正十二年三月七日の夕暮れのことである。

牧に着いた三つの悲報

ちょうどそのころ、何も知らない牧の喜作の家には、ある小さなトラブルが起きていた。それは三月七日の宵の口である。

この夜喜作の家のハゴヤの陰で激しく言い合う人声を聞いたものがある。その言い合いが激しさを増したかと思うと、その後は二人の泣き声に変わり、またすさまじい言い合いとなる緊迫した空気が流れていた。暗くて何も見えないが女同士であることは声ですぐわかった。

そのうちにもう一人の女が加わった。二人をなだめたのであろう。ようやく静まり、今度はそのまましばらく沈黙が続いた。

いったいこの家に何が起こったのか？

それはともかく激しく言い合っていた女は喜作の妻ひろと次女みつの（一七）だったという。

しかもおかしいことは娘みつのが何かやって母親ひろに叱られたものではなく、

逆に、怒っていたのは娘で、叱られていたのが母親のほうだった。

しかししばらくすると怒っていた娘がしくしく泣き出し、あとから加わったなだめ役が今度は母親ひろに怒り出して三人が泣きだして収拾つかなくなっていった。

見るに見かねてその仲に割って入った人がある。

「まあいったいこれは何の態《ざま》だや、お父様《とつさま》たちがるすだというに……」

みつのは父親喜作を心から尊敬していた。農学校（北農）を卒業して冬は裁縫を習いに通っていた娘である。このみつのがまた何で母親に怒り出したのか。

村人の話を総合すると、喜作が猟に行ってすでに予定日を過ぎているのに何の音沙汰《さた》もない。おまけに毎日いやなナダレのニュースが伝わってくる。みつのは心配で眠れない。そんな時みつのの理性を狂わせるようなことが起こったというのである。

その夜小林家に起こったトラブルが何であったかは、その後多数の人々の証言によって、ほぼわかったが、くわしいことは後にゆずり、ここでは結論だけを簡単にいうと、

「母親ひろの、ある秘密をみつのが見てしまった」というショッキングなもので

ある。しかしそれがどの程度のことをさしていたかはよくわからないが、喜作を敬愛してやまない十七歳のみつののショックがいかに激しいものだったかが想像される。

「これじゃお父様があまりにもかわいそうだ！」みつのはそう言って一晩中泣き明かしたという。

このみつのがだれにも告げず「私さえいなかったら家はおだやかでいられるずら――」と書置きを残して家出したのは次の日の朝である。

この夜のことが若い娘の運命を狂わせたことはいうまでもないが、それとともに母親ひろの生涯をも大きく支配したといわれている。

――走り続ける猛犬ペスが――雪まみれ泥まみれになって、ただひたすらに走り続け、息も絶えだえに、しかもやつれはててようやく喜作の家にたどりついたのはこの時である。つまりこれが喜作の遭難を報せる棒小屋沢からの第一報だったのである。

しかもその第一報は皮肉にも家族が人間ナダレのように混乱し、狼狽《ろうばい》し、泣きわめいている渦中《かちゅう》であった。

その悲嘆にくれる一家に、雪まみれになったペスだけが狂ったように一晩中家の回りを泣きわめき、ひろの雪袴《ゆきばかま》のすそをくわえて山のほうへ引っぱり続けた。

しかし家族は初めペスが何をわめいているのか気づかなかった。いつもと少し違うおかしいなとは思っても、それがまさかお父様《とつさま》（喜作）たちが山で遭難した報せと家族に気づくには、何といっても喜作の長い山生活のキャリアはあまりにも大きく、家族の判断を狂わせた。

それにしてもペスの様子はどうしてもただごとではないと気づいたのが八日の朝になってだという。

一晩中狂ったようにペスは雨戸を叩き続け餌を与えても食べず、悲しげになき続けていたというのである。それればかりではない。普通なら犬が帰ったらその後二、三時間して、おそくも半日後には喜作たちが帰らなくてはならないはずなのに朝になってもまだ帰らない。これはただごとではないと心配になり出し、ひろが親しい身内衆と相談しているところへ喜作の死の電報が届けられた。大町犬ノ窪荒井矢蔵からのもので、俄然《がぜん》牧は大騒ぎになった。しかもこの時、学校友だち丸山ナミノに托したみつのの置手紙が家に届けられた。八日の午後二時である。

つまり犬《ペス》の報せの解読、学校友だちに托したみつのの家出の置手紙、矢蔵の電報、この三つの悲報はまったく同時刻に小林家を襲ったのである。いや矢蔵の電報は「キュウエンニムカウ」と「シス」の二本が一緒だったから四つの報せである。

しかし深い事情を知る由もない新聞は、みつのの家出を次のように報じた。

〈信濃毎日新聞・大12・3・10〉

「親子惨死の日　娘の家出で騒ぎ

補習学校よりの帰途手紙を遺して上京か」（見出し）

「既報日本アルプス黒部谷棒小屋付近に於て雪崩の為め惨死した小林喜作及び長男一男の一家は妻ひろ子《ひろ》長女ひね《ひめ》（二一《二〇》）外に男二人の子供あり実父玉蔵（七九）は全く気を失い、一家悲嘆に暮居り又これと同時に気の毒なことがある。それは喜作らの死んだ八日午後同人の二女みつの（一七）は村の補習学校（裁縫学校）から帰りに、東京に勉強に行くと称して、友人に手紙を依頼して、家出をしてしまったことである。元来喜作が登山者の案内である関係から東京方面の有名な人々にも相当に知られているので、それらの人々と父との間に往復せる書面を持っていったものらしいから、多分父が最も親しくして居た吉田画伯を頼っていったものらしく、家では娘の家出と惨死電報で天と地が一度に裂けた様な大混乱をしている。ちなみに喜作の一家は地価数百円を所有し、且登山案内及猟によって多大の収入があるので生活はきわめて楽な方である」（大町電話）

その吉田画伯は高名な山岳画家で喜作とも北アルプスを歩いて親交があり、実は〈喜作新道〉の命名者でもあった。その未亡人吉田藤尾（東京三鷹）の話によると、「あの時電報が続けざまに二本来て、初めは娘さんがこちらに来ていないかというもので、その後すぐ続いて喜作さんの遭難の報せでびっくりしました。娘さんは駅で汽車を待っているところを村人に発見されて連れ戻されたと聞きましたが、あの時は私どもの家でも喜作さんと主人との関係は世間に知れていましたので、新聞に遭難の記事が出ると、一月ばかり間は人は訪ねてくる、電話は次々とかかってくる、何だか自分の家の不幸のように大騒ぎでございました」

救助隊悲壮な出発

「オラ喜作《きさ》の死んだ知らせの来た時は家で藁《わら》仕事していたわね」と小林住治（牧）はいう。「八日の昼ごろだったと思ったが。喜作の女房《かかさ》が泣いて来て『これはただごとではないと思うからすぐ来《え》て《ん》くりょ《で》』ということで、オラたち身内が集まって話しているところへ大町から電報が来ただいね。いっしょに行った仲間の矢蔵という者からせ、電文は喜作たちがナダレに埋まって今救出に向かっているという電報と、死んだというものといっしょせ」

たちまち村中は大騒ぎとなった。

牧という村は当時西穂高村といい、草深、荒神堂、本牧、山崎等五つの木戸（小字）に分かれていた。喜作の生まれた山崎木戸はこのうち一番奥の山際にあり、当時三十四戸、この全戸に突然緊急の布告《ふれ》が回ったのは八日の夕方である。つまり五日の夜ナダレに襲われてから七十時間も経過していた。しかもこの集会は〈男役〉ということで、この村に籍のある一人前の男は全部義務として集まらなくてはならなかった。

それでこの頃牧の男たちは、ほとんど浅川山や満願寺の所有林《やま》を買って炭を焼いていたが、その炭焼場へ迎えがいっせいにとんだ。里へ仕事に下っているものにも家族から迎えが出た。しかしその男役の会合も、集まってはみても実はうまく進行しなかった。それもそのはず、男役で救出するといっても、実際問題として冬山に入れるという人は、いくら牧でもそんなに多くはない、しかも、

「山の神といわれた喜作ささえ、生きて帰れないような恐ろしい雪の山へはオラ行けない、オラが死んだら女房《かかさ》や子供《がき》は生きていけない、どうしても男役で出ろというなら、死んだら後は村でめんどうみてくれるという保証をしてくりょ」

と上の松原節市という者が言い出して大混乱になったが、それが多くの人々のいつわらざる気持ちだったであろう。「しかしそんなことができるはずもなし」、結局身内のものを主体とした屈強な十人ばかりが急遽選ばれ、支度をととのえて出発したのが、ようやく十日の早朝であった。五日のナダレの夜から丸四日余、電報が来てからも一日半の時間が経過していた。

「――え、え、それはまるで騒動みたいでござんしたんね。さあ大変だ、喜ゝゝ作さ

が雪崩《なぜ》にやられて埋まったつう。掘りに行かにゃならない。それでいくらでも向こうに行って仕事の出来る人はみんな義務で行ったでござんすんね。行くにはそれただじゃ掘れない。それでトビをもってせ、それからカンジキとか金カンジキってものをもって、足はミゴとキレでこしれたハバキで足ごしらえをして、はきものはつまがさをつけたスッペソというワラジをはいて、ミノカサ着て、トビをかついで出掛けて行くさまは、さながら昔の騒動（百姓一揆）そっくりでござんしたんね」（丸山ちよ乃・牧）

　みんな生きては帰れないかも知れないと家族で水盃で出発したという。小林住治と結婚してまだ二十日目だった花嫁小林きくじ（牧・山崎）の話はこうである。

「ワシは花嫁といってもまだ何も知らない子供（一七）でしたので、あるいは生きては帰れないかも知れないといって、水盃で出かけていくのをただおどおどしているだけで、その時は何もわからず、行ってしまってから私は毎日泣いていました」という。

　この救助隊が大町へ着き、野口橋を渡ってまず犬ノ窪の荒井矢蔵の家に立ち寄り、遭難の様子を聞き、ここで死んだのは喜作親子二人だけで後は全員無事帰っていることを知る。牧の救出隊はここで呆然とたちすくんだ。救助隊はたちまち単なる遺体搬出隊と変わった。この夜搬出隊は矢蔵宅に一泊。

矢蔵の話では「三間もあるナダレの雪に埋まったがあおぬけになって順にナタで雪を削って足で踏みつけやっとはい出てきて助かった」という。

また丸山貞一はこの時矢蔵と顔を合わせてはじめて「おや！」と驚き合ったが、二人は前に大町の水力電気の工事場で半年もいっしょに土方をしたことのある仲であることに気づいた。

「やい丸山、これはおぜえことになってしまったが、まあこっちへ来て話してくれや」と別室によばれて話した。この時矢蔵は「いい親父（喜作）を殺してしまって、オラ片腕とられたような気がする」と話した。

次の日現地を知っている鹿島の案内者二人を頼んで牧の搬出隊は翌早朝出発した。経路は犬ノ窪から籠川をさかのぼって（だいたい今のクロヨン大町ルートに沿った道）扇沢から爺ヶ岳南面を棒小屋乗越を越える予定で、牧の遺体搬出隊のまず第一夜は扇沢の営林署小屋に泊まった。

その晩の様子は丸山貞一の話では、

「営林署小屋は九尺に十二尺（約二・七×三・七メートル）くらいの小屋だったが、ちょうどこの晩はあいにく先客の学生が大勢入っていて、こちらから行った者は入りきれず、それでオレと小林秀治さと本家の兄さん（丸山慶一）と若い者二人はひと晩中そとで火をたいて夜の明けるのを待っていた。ナダレの危険が迫っているということで、小屋にいても気が気ではなく不安な一夜だった」という。

だから牧から来た搬出隊も一般はこの小屋までで、ここから先は山になれたベテランでなくては危険ということで話し合った挙句、五人だけが選ばれて早朝出発した。これはもう救助隊ではなくて明らかに二重遭難を覚悟しての遺体搬出の決死隊であった。その氏名は次のとおり。

小林住治（当時三十歳・生存）、小林秀治（当時三十五歳・死亡）、丸山貞一（当時二十一歳・生存）、小林九一（当時二十五歳・生存）、小林兼二（当時三十歳・死亡）。この屈強な若者たちは、その頃牧が選び得る最強チームだったという。ミノ笠をつけ、ロープで身に巻き、トビをもった第一次搬出隊は扇沢から雪の上を輪カンジキをつけて一足一足登って行った。この時のことを小林住治は、

「――オラあの時は兄弟三人（住治・秀治・九一）で行ったが、決してかたまっ

て歩くな、寝るにもいっしょに寝ないように申し合わせて、先頭を行く者、中ほどを歩く者、後尾を行く者、いつでも必ず分かれて前進した。オラ兄弟が一番おそれたのはナダレによる一家全滅だった。かたまるな、分かれて歩けと声をかけ合ってそれは悲壮なものだった。何しろ行く道々にナダレが、

ど!!——ど!!——ど!!——ど!!

——とたえず地響きをたてて落ちてきて、それ、それ、またきたぞ!! 逃げろ!! また来た!! とみんなで声をかけ合って、その小ナダレの間を走って通り過ぎたが、そのおそろしさといったらなかった」

という。

山は絶えずごうごうと生きもののように鳴動し、地軸を揺がす遠雷が伝わって来たかと思うと、今度は目の前で大砲を発射したような音が聞こえて来た。

「これはえらいところへ来てしまったと思ったね。とても生きて帰れるとは思えなかった。何しろ雪煙《ゆきけむり》で一寸先は見えなくなってしまう。行く道はナダレで埋まって進んでいる前の人がすぐ見えなくなってしまう。

前の人が雪に埋まったのかどうかもわからない。みんな輪カンジキをはいて藁ミ

ノを着ているがこれがガツガツに凍ってまるでそれは白いよろいを着たようだったんね」

こんな寿命の縮むような扇沢の上あたりを爺ヶ岳の南面を上っていったが、しばらくいくと妙なことがおこった。「それがおかしいだいね」と住治はいう。

「平村《たいらむら》から連れていった案内人が一人はまだ乗越に行かないうちに、まもなく雲がくれしてしまい、もう一人は、棒小屋乗越《のっこし》までは行くには行ったが、そこから先は『あの辺のとこだ、あのあたりだ』というだけでさっさと帰ってしまった」というのである。もっともこれには異説もあり別記する。

またこの棒小屋乗越で彼らは意外なものをみた。それは喜作たちが命がけでとった二十九頭のカモシカの毛皮で、数個のムシロに包まれて乗越の雪の上にほうり出されていた。

その付近には乾肉《ほしか》が麻の大袋に四袋とカモシカの角が一袋ころがしてあった。いずれもみごとな毛皮と角であった。

「ああ——喜作たちはこれをとるために命をかけたのか——」いい知れぬ感動が身内衆の胸をよぎった。とその時九一（弟）がもう一つ別な包みのあることに気づいた。中をみたら中くらいのカモシカ一頭が丸身《まるみ》（皮をはがず肉のまま）でコモに包んであった。これはその夜矢蔵の家でみんなで煮て食ってしまったが、その時矢蔵の話では喜作は「この最後の一頭を〈須砂渡《すさど》の山の神〉に供えてこれでオレは猟はやめる」と、みんなに話していたということであるがそのとおり〈最後の猟〉になった。

——しかし搬出隊はいつまでもその乗越の荷物をみているわけにはいかず、先を急いだ。

小林九一の話では「乗越から先はいよいよ黒部棒小屋沢だが、遭難現場まではここからまだ六キロほど、それはおそろしい地獄の道で途中に五十間（約九〇メートル）もある大きな滝《たる》があったり二間も積もった雪の段をとび降りたりしてどんどん山を下っていった（引用者注—ギジダル沢）。ここ辺の雪は堅かったから輪カンジキをはいてどんどん進んだ。それでもオラあの時はこんなにどんどん行くばか行っても、向こうで泊まるわけにもいかないのにどうするだやと心配しながら、ひと足ひと足、棒小屋沢本沢を下っていったわけせ——」。案内人からは逃げられてしまい、はじめての人だけで乗越からいよいよおそろしいナダレのうず巻く棒小屋沢本沢をおそるおそる下って行く人々の顔が見えるようである。

「そのうちに突然半道（二キロ）ほど離れたところから犬のなき声が聞こえてきた。これでやっと喜作たちのいる場所がわかっただいね、あれは犬がいなかったら絶対わからない——。それからオレたちが胸おどらせて、遭難現場にたどりついてみたら、驚いたことに喜作の猟犬が死体の上に乗ったり降りたり狂ったように吠え回り、オラたちを一歩もそばに寄せつけず、近寄る者にはおそろしい形相で食いつきそうだった」というのである。

怖れをなした搬出隊はしばらく遠くに離れて、まずこの犬の慰撫《いぶ》対策から始めなければならなかった。この時選ばれた者が小林兼二だという。彼は喜作に信頼され、まるで家族同様に喜作の家に出入りしていた若衆《わかいしゅう》だったから、犬も兼二を少しは覚えているずらということだった。

しかし当の兼二はぜんぜん自信がなくこれもおそるおそる近づいていった。というのは、仮に犬が兼二を覚えていたとしてもすでにこの犬は興奮状態にあり、喜作に近づく者は何人《なんびと》もすべて主人の敵と思いこんでいるふうで、狂犬とみなして差し支えなかったからである。

実はこの二日前にも犬ノ窪の救出隊が来た時、雪の中から出て来たこの犬もいっしょに連れて帰ろうとして、みんながずいぶんこれには苦労したらしいが、ついにそれをふり切って喜作父子のいるこの穴ぐらへ戻ってしまったということである。あれからまた二日間、何を食べどうやっていたのであろうか？　いずれにしても、あの犬はこのおそろしい地獄の谷に、ただ一匹で主人のお通夜をすでに五日もしていたことになる。もう動かなくなった喜作、ものを言わない一男、食べものをくれなくなった主人たち――をどんな気持ちで見守っていたのであろう――この猟犬こそペスとともに喜作の育てた名犬中の名犬アカであったことはいうまでもない。

悲しい声をあげながら、今もせわしく死体の埋まっている穴を出入りして死んだ主人を守っているこのいじらしいアカを見て搬出隊の人々は異様な感動に打たれたという。

兼二はそういう全員の輿望《よぼう》をになって、弁当箱のふたをとり、右手で差し出しながらもう幾日も食べていないであろう餓えた犬に、おそるおそる近づいていった。

「おいアカ、アカ、お腹がすいたずら――アカさあこっちへ来て食べろ、アカさあ食べるんだ、アカご苦労だったな――アカ、アカさあ来て食べろ――」兼二はやさしく、しかし必死で呼んだ。

ところがこれが意外にうまくいって、犬はすぐ兼二をみつけて尾を振り、悲しげな声をあげて近づき、弁当を喜んで食べ始めた。お腹がすいていたらしく弁当を食べおわるとアカは兼二にからだをすり寄せて来た。

「おう――アカ――淋しかったずら――おう、よしよし、淋しかったずら――ご苦労だったなアカ」

兼二は思わず犬を抱きしめた。悲しげになき続けるアカ、兼二も犬も、牧から行った屈強な男たちも、さすがにこの犬だけには泣かされた。てれくさそうにだれもが涙をふいていた。

犬は決して狂ってはいなかった。

遭難現場で見たもの

アカをなだめてつなぎ牧から来た搬出隊がまのあたり見たその遭難現場は次のようなものだった。

〈小林九一・牧〉の話。

「あれは岳頭《だけあたま》（鹿島槍の頂上）からの雪ずらいね、どうで一面に押して来て、それがこっちからこう押して来て、これへぶっつけた爆風でこんな木（直径三〇—五〇センチ）が三、四十本も折れていただいね、喜作たちの小屋といっても、オラの見たところでは小屋というようなものじゃなかったじ。あれは堅い雪のところを掘って入ったものにオラには見えたわね。その下へ三間（約六・五メートル）も掘った雪の穴倉みたいな感じだった。つまりワシの思うには、雪の穴を掘って上に棒三本ばかり渡して青葉で屋根にしてしゃがんでいたものせ。

それで驚いてしまったね、このくらい（一メートル）ばかりのくちから、どうせ一丈（約三メートル）も深い穴の中にオラとび下りたんね。穴の底せ。そこに喜作たちは死んでいたわね。あれでも畳二畳くらいあったかナ。下は氷が張っていたんね。おやこんなところに住んでいたのかなと思った。カモシカの皮を着ているからああいうところにもいられたかも知れないが、下は土ではなくて氷だったんね。そして二人の間に七、八貫（約三〇キロ）もある大きな犬（猟犬メス）が死んでいた。その横に喜作の鉄砲が一挺置いてあった。ワシらは一見してこれはどうしても彼らがしめし合わせて小屋の外に出て、上からどすんと踏み落としたものじゃないかと話し合った。それでもっとくわしい現場検証をしたいと思ったが、こちらから行った時にはすでに手を加えてあり、何もわからんようになっていた。その深い穴は、掘ったもので全部雪をとって穴だけあいていた。行ったらすぐ死人が見えた。しかし死骸は不思議に凍っていず真っ赤になっていて自由に動いた。

(一見して疑問をもったということは?)ナダレの跡はあるが、それは四、五日前のナダレではなく、押し出した木や雪はみんな少なくも二十日も一月も前のものとワシたちはみて来た。つまり喜作の小屋はナダレでやられたものではなく別ものだった」というのである。

〈小林住治・牧〉の話。

「現場は三間(約六・五メートル)もある雪を掘ったらしく、まるで深い雪の穴のような中に喜作たちはアオヌケに寝てムシロが着せてあった。そして寝ている地面には火をたいたあとがあり、付近はいちめん氷が張っていた。

一男は心臓の上を一辺にやられてクロネになり、あれは即死したものせ。胸のところが真っ黒になっていたいね。しかし喜作《きさ》（牧の同年輩のものはキサクとはいわずキサというものがいる）はよほどもがいたものずらいね、胸の皮とお尻の皮がそっくりむけて、むごたらしくなっていた。手も強く押えられていたらしいので、いくら喜作でも出られなかったずらい。

喜作と一男の間に犬が一匹死んでいた。これは雌犬で〈メス〉といい仔《こ》を生んでいた。上から押さえられたショックで仔がえみ出してしまっただね。メスの死骸は雪の中に埋めて帰ったがね、それに喜作の鉄砲が一挺横においてあったな。

死んでいたところはよほど低いところだったね、雪の上をずっと下に降りて行った。上から三間も掘りこんだものだわね、あれはナダレで押して来てワックリ返ったという話だったが、そんな形跡はさらになかったいね。本当にナダレが斜面を押して来たものなら、付近の木が折れているとか、その周囲の状況ですぐわかるわね。第一その小屋だってそこにはなくてどこかへもっていかれているはずだ。木材も付近にはろくに見当たらなかったからね。

何でも矢蔵の言うにはナダレに押しつぶされたが三間もある雪をアオヌケになって、ナタで順に削ってやっと出たといっていたが、現場を見たものにはすぐわかるがそんなことのできる法のもんじゃねえだいね。

ナダレの雪はたちまちカンカンに堅い氷になってしまい、その下で手を動かして三間も雪を切って出られるはずがない。また仮にナタでそれを切ったとしても切ったその雪はさあ後どこへやるだい。順にそこにつまってしまうじゃねえかい。ばかこいちゃいけねだいね。オラたちの見たものは絶対に押し流して来た雪ではなかったということせ。その屋根の雪については何とも言えないけれども新しいナダレの雪を掘ったのでない。これだけはまちがいない。

それにもう一つおかしいことがあっただいね、一男のガマグチと喜作のインデン財布《せえふ》をいっしょにひもでくくって、それを死んでいる喜作の頭の上にのせてシャッポかぶしてあった。そして中身は二十六円さら入っていなかった。喜作の女房《かかさ》の話ではどうしても四、五百円は入っていたはずつうが、財布にだけ手をつけてあったというのはおかしいじゃないかね（同様な証言が小林九一、丸山貞一からあったが略す）。そんな大金をどうして持っているかというと、喜作というヤツはおかしい話だが、自分で猟をするだけではなくて、人の獲った毛皮をその場で安くツボ買いした。それにはいつでも現金をたんともっていないとうまみがない。

猟師なんてものはみんな貧しいから、すぐ現金になる話なら少々安いと思っても売ってしまう。それをなめすといい金になったでね。喜作はその皮のなめしも自分でやったんね。それで爺ヶ岳行きには仲間も多いこと、それを全部買い取ってくるには大金がいる。そういって家から持っていった。その金がなくなっていた。喜作がその金をもって来ていることは猟師仲間は知らねえはずはない。喜作がいつもねらわれたというのもそういう大金を持っているからさせ。

結局オラたちの結論は、矢蔵の言った三間もあるナダレの雪を切って出られるはずがない。出られたとしたらその人ははじめから小屋の外にいたもので中は喜作親子だけという判断をして帰っただいね。そうでなければ喜作親子だけが死んで、後の者はクソッカワ（皮膚）一つもむけていない。そんなバカなことがあるかい――あんな小さな小屋に七人でいて、喜作たちのようにいたってすばしっこい二人が逃げる暇もなく、犬まで即死するほど一挙につぶされた小屋の中にいて、他の人間が何のけがもない、そんなことはだれも信じないだいね。

（庄吉は少しけがをしたと聞いたが）いいや、あれは後からの凍傷で、ナダレのけがでなんかないいんね。

あれはたしかに庄吉たちは小屋の外にいたものせ。そうでなくてはどうしてもつじつまが合わねえだいね。あんな狭い小屋の中で入口は助かって奥は死んだなんて話にしても、それじゃ五人みんな入口にいて、喜作たち二人が奥ということか。あんな小さな小屋に入口も奥もないんだいね。あれは五人が外にいたものせ。

オラたちが矢蔵の家に泊まった時に庄吉は寝ていてついに挨拶にもこなかったが、さすがに体裁が悪くて顔向けできなかったものせ。もっともいくらか手を痛めたとはいっていたが、そんなもの誠意さえあれば何とか方法もありそうなものじゃないかね」

〈丸山貞一・牧〉の話。

「あれがどういう小屋かといわれても、オラ二回行ったけれども正直言って今だにわからないわね。だって早い話がここらで小屋が一軒つぶれたといえば柱でもタルキからケタから屋根板まで、それは決して少ないものじゃないわね。それを喜作さたちの小屋というものは、丸太のこのくらい（直径一五センチ）のが折れたのが一本あったし、屋根板の新しいのが五、六枚雪の上に出ていたが、その他で小屋の材料らしいものといえば三升炊《さんじょうだ》きくらいの鍋（出発時大町で買っていったものだろう）が一つころがっているぐらいのものだったんね。

その深い穴の中に喜作さたち二人はシシの皮を着たまま死んでいた。

そんなふうだもんで、オラ小屋の形がどうかといわれても何ともいいようがないし想像もできない。しかし強いていえば小屋らしい形跡はさっぱりなかっただいね。

矢蔵のいうには、こう来たナダレがここで止らず逆のタテにつき上げてわっくり返ったものだと聞いたが、そんな形跡はさらになかったいね。

入口にいたものは助かり奥に寝ていたものは助からなかったと矢蔵や源汲衆はいうが、オラたちがあの現場をみていちように考えたことは、喜作さたちを一番奥に寝かしておいて、寝ついたところを外の者は小屋から出てしまい、雪の積もった屋根を支えている縄を切ってポンと柱をけってはずせば、ちょうどあんなふうになるということだ。そのことをみんなで話し合ったが、そうでも考えなければあんな犬ノ窪のシンマイ（平沢美津男）や六十歳の老人（槌市千馬吉）さえかすり傷一つ負わないのに、よりにもよって殺しても死なないような喜作さと一男の二人と犬までが即死するなんて少しうまくいきすぎている。実際に彼らの言うとおりなら当然一人や二人手を折るとか足を折ったというものがあってもよいはずだが、それがないということは、いくら偶然にしてもやはりおかしい。そう考えるよりほかにオラたちは考えようがなかっただいね。

それにもう一つどうしても納得のいかなかったのは、五日の晩にナダレにあったものが、連絡のあったのは八日の夕方だんね。矢蔵が家に泣き込んだのが六日夕方というから、その時からも丸二日以上もたっているだんね——。あの時矢蔵のいうには〝一時《しとつきり》も早く親方（喜作）を助けねばいけないと急いで行って掘ってみたが、すでにいけなんだ。それでやっと通知した〟ということだったが、急いで救出ということと、電報をだれかに打たせるということはいっしょにできないというのはおかしい。なぜもっと早く、山を下った時にすぐ沙汰してくれなかったのか？——肉親がそう思うのは当然だろう。これはどうしたって早く知らせてはまずい事情があったに相違ない。ワシらは今もそう思っている」

〈小林琴治・牧〉の話。

「あの時は爺ヶ岳の裏でやられてオラ掘りに行ったワ。第一回も二回目も両方行った。ハリの下敷になっていた。ハリは真中で折れていた。あの時は第一回では上がらず、第二回にもち帰って、これは越中から来ているカリマ組（大倉組の誤り）の腕ずくの衆十人も頼んで、そんだの衆にやってもらって運び出したが、あの時は二十日もかかったぞ。矢蔵という男の家で泊まって行った。現場の疑問？――そんなことはきかない。オラ知らない。オラ忘れた。知らない。そんなことはオラ知らすか!!」

――これが遭難現場へ行った生存者全部の証言である。――

この時現場を見た牧から来た五人の搬出隊は、想像を絶した現実に茫然《ぼうぜん》とし、初めはみんなでしょって帰るつもりであったが、これではとうてい搬出など思いもよらないことがわかり二人の髪の毛だけを切ってもち帰り、改めて出直さざるを得なかった。

持っていった線香をあげて五人が形ばかりの焼香をすませたら、もうゆっくり仏と話している心の余裕もなく、あわただしく現場を引きあげていったのである。

これについて当時の新聞は次のように報じていた。

〈信濃毎日新聞・大12・3・15〉
「死体搬出にも決死隊の大危険
二十七名の搬出隊が現場に行ったのは僅五名」（見出し）

「日本アルプスの山男として有名なる小林喜作さん親子が鎗ヶ岳の棒小屋沢で、大雪崩のため惨死したるにつき、喜作さんの郷里南安曇郡西穂高村では大騒ぎをし死体搬出する為に近親者の者や村の者から屈強な大男十七名を選抜し、尚北安曇郡からも強力十名を雇い都合二十七名の一隊は去る十日に登山した。然るに折柄の悪天候と途中の雪崩の為め、死体掘出しに行くものが却って生埋めになる様な危険に遭遇、現場まで行った者は僅かに五名で其の他の者は現場まで行くことが出来なかった。付近に於ける大雪崩は相変らず続いて恰《あたか》も大砲を撃つような大音響をたてて谷から谷へ雪崩落ち物凄いこと云わん方なし、死体を掘りだしたところで到底安全に持ち来ることは不可能であるという見当がついたので残念ながら更に天候の恢復を見定め安全なる方法を講じ再挙する外はないと決し十三日一まず村へ帰った。警察署の方でも死体の場所や当時の有様は遭難者の話で判っているから大町迄《まで》持ち下って検死をしてくれることに交渉が済んでいるから何分にも前記のような仕末で如何ともすることができない、目下第二の決死的搬出を組織し出かけることに就いて親類や村の者が相談している」（松本電話）

検視・死因――窒息死

山を下った牧の人々が第二次として出発するまでには、ちょっとしたトラブルがあってなかなか出発できなかった。それは現場をみて来た第一次の人々が山を下りながら考え続けてきた二つの問題をめぐって意見の対立があったからである。

一つは〈死体搬出の延期の件〉これは無理にこのまま強行したら必ず大量二重遭難のおそれがある。それだけは絶対に避けるべきだ、安全な四月下旬まで待とう、現場で髪の毛を切って来た時から、すでに彼らの腹にきめて来たことで、今考えてみても実に冷静な処置だったと思われるが、これがうまく行かなかった。

もう一つは「遭難現場はどうしてもわれわれは納得できないものである。警察の厳重な現場検証を訴えよう」というものだった。これは五人がよく現場を見てからみんなで決めたというわけでなく、牧へ帰って話し合ったら一致したという種類のものである。このうち搬出延期の方は、止むを得ないということで全員一致でナダレの終わるまで待つことに決まったが、警察に訴えるという件は、玉隠居《たまいんきょ》（喜作の父、弘化二年生・当時七十九歳）の猛烈な反対にあって親戚会議に出る前にもみ消されてしまった。理由は「そんなことしたって死人が生き返るわけじゃなし、よけい悲しくなるだけだで止めてくりょ、オレが頼むから決して外でもそんなことは二度と言ってくれるな!!」というものだった。一同は玉隠居の心中を察して以来沈黙してしまった。もっともこれは異説もあり、その方がかえって彼らの心の火をかきたててしまったものか、数十年たった今だにふしぎな火が燃え続けている。

それはしばらく置くとして、差し当たって牧の衆は搬出延期の件だけについて、翌日五人揃って大町警察に行き現状を説明了解を得ようとしたが、意外なところでこれがうまくいかなかった。

大町警察署長はもと豊科《とよしな》警察にいた人で、喜作をよく知っていた。その署長が言うには「身内がそんな雪の中に死んでいるというに人情としても捨《ほ》ておくわけにもいくまい。人夫がいるなら、斡旋《あっせん》してやるからどうでも早く出せ！！」という強硬なもの。

そして署長の息子が大町営林署にいるから、その関係で大倉組の屈強な人夫を雇ってやってもいいというものだった。牧から行った人々はそんな金のかかることはすぐ自分たちが決めるわけにもいかないし、だいいちこのうえ村人に二重遭難が出たら警察は責任をとってくれるのか？　そんなことを考えながら途方にくれていると、さらに係の部長だという人が妙なことを言った。

「何もそんなに考えることはないだろう。喜作は毛皮でたんまりもうけているんだからそのくらい金を使ってもいいだろう」と皮肉を言った。

この部長は横田秀五郎といってやはり豊科警察にいて喜作をよく知っている人だった。というより喜作にまんまと一杯も二杯もくわされた経験者で、それはこういう話である。

ある時猟期外にカモシカを追って密猟している喜作をつかまえたところが、喜作がかえってひらき直って「こんなもので猟ができると思うかよく目を開けて見ろ‼」と手に持っていた猟銃を渡された。みるとその銃は二つにも三つにもバラされていて一見して、使いものにならないものだった。なるほどこれでは猟はできない、失礼しましたとあやまって別れた。ところが警察に帰って話したら、同僚はみんな喜作にその手を食っていて、喜作はすぐ直後その銃を組み立てて発砲していた。これが巧妙な喜作手づくりの密猟銃だったというのである。

もう一つ横田が経験したのは喜作が毛皮を持って山を下りてきたときだ。現行犯でつかまえたのに、あくまで前に獲ったものを山に置いてあったものだといいだくって（言いとおして）しまった。横田の完全な負けで喜作にまんまとしてやられた体験者であった。

このにがにがしい経験――それがこういう皮肉を横田に言わしめたものだとわかった。

「喜作は警察に憎まれていただいね。それが大町警察にいってよくわかったね。これでは訴えてもだめだと思ったくらいせ」

同行者小林住治の述懐である。

しかしこの大町警察の意向を帰って伝えたところ、ここでまた大きな壁に突き当たった。これまでも大分金を使ってしまったのにこのうえ人夫まで雇って大部隊の搬出をしたら大きな経費がいる。一家の大黒柱二人を一挙に失って途方にくれている一家にとってこれ以上のものいりは止めてもらいたいと喜作後家《きさごけ》（喜作の未亡人）のいうのは無理はなかった。

「大町警察は出せ出せというし、キサゴケはやめてくれというし、オラたちはその板ばさみせ」その上二重遭難でも出たらどうするか？　それが人々の心配であった。

これはもちろんキサゴケが薄情だとかいう問題とは関係のない別の次元の問題だった。それもそのはず、当時喜作の残した貯えはみるみるうちに減っていった。喜作の長女ひめ（当時二十歳）の話によると、その頃穂高郵便局に郵便貯金があってひめがときどき払い戻しに行ったが、「あの頃三千円と少しあったが、お父様《とつさま》たちの搬出が終わったら半分になっていた」という。

その頃の千五百円というものは今の金に見積もったら大変な金額である、キサゴケがやめてくれといったのはむりはなかった。

しかし大勢はキサゴケの思うようにはいかず、搬出隊の準備は進んでいた。それにしても棒小屋沢は大町からでも峻険な雪道を三十数キロの彼方、搬出隊は連絡本部を大町ホテル（大町市九日町中村利男経営）に移し、二反田太一（牧山崎）と小林兼二を会計の責任者としてすでに出発準備は整った。

行く人にしても、行って貰う人にしても、だれも彼もが止むを得ない成り行きであった。

新聞の報ずるところによると「十五日出発した第二次決死隊二十七名は折から悪天候をおかして十七日夕刻扇沢まで引出すことに成功して、十八日大町まで運んで富山県の嘱託により大町警察が検死の予定」（信毎）と報じていたが三月十九日信濃日報は「搬出は思いのほか難航してまた一日延びそうだ」と報じていた。

搬出隊の生き残り者数人の話を総合するとこの時の状況は次のようなものである。この日は天候がゆるんでいてナダレの危険は第一次の時よりはるかに増大していた。

それに驚いたことは第一次で行った時とたった一週間ばかりの違いなのに山の様相はがらりと違っていた。もっとももこれは山の様相というよりむしろ雪の様相で、つまり歩いた道もそれは夏だったらとんでもない谷底である。そこに降り積もった雪の上を歩いていたので、陽気がゆるんで雨でも降るとがらりと山容が変わっているのにふしぎはなかった。

棒小屋沢の下りなんてものは雪が多くてのびあがって越えたり、とび降りたりそれはひどい道で、こんなところは遺体を運び出すこともできない。牧から行った衆は人夫の背負ってくる道づくりにかかった。

遺体は谷底に静かに眠っていた。こちらから持っていったキサゴケの炊《た》いた握り飯や、玉隠居が水筒に入れた井戸の水や花や線香を付近の雪の中に立てて、白いサラシ木綿で遺体を巻いてその上を厳重にムシロに包んで屈強な人夫が順ぐりに背負い出した。しかしこれがどうしたものか生前の体重（喜作十七貫、一男二十貫）以上に重くなっていて、さすがの人夫も少し行ったらすぐ交代しなくてはならなかった。それで朝早く出ているのに棒小屋乗越まで約六キロを、その日にあげることができず、「爺ヶ岳の五、六丁下（約六〇〇メートル）まで来たらへえ暗くなってしまい、大きい栂《つが》の木の下へ喜作たちの遺体を置いて、その日は朝来た籠川の営林署小屋へ引き返して翌朝また出直した」（小林九一）。

そして二日目の乗越最後のピークには、大倉組の人夫はハイ松を切ってシバゾリを作り、その上に遺体をのせ、ロープとマンリキを動員して、爺ヶ岳の上からそれを巻いてようやく尾根に引き上げたという。この日もすでに日は傾いて、尾根の下りは、シバゾリの前に一人、あとに二、三人が引いてそろりそろりと扇沢を下ってきたという。

この夜のことを丸山貞一は、「仏様は小屋（扇沢営林署小屋）の入口に並べておいて、人間はみんな中へ入って寝たが、何しろこの晩は雨がひどく降ってナダレがあちこちで起こっており、おっかなくて外にも出られなかった」と言っている。それに「搬出作業が予定より二日も遅れたので途中で食糧が欠乏し、あすの朝の米がないという騒ぎで、その晩のうちにオラ兄（丸山慶一・没）と秀治さ（小林秀治）と三人で雨の中を大町まで食糧を買いに下った。それで遅くに米と魚と卵を持ち上げた」という。

あくれば三月十九日。ようやく雨は上がって遺体は籠川の営林署小屋からハイ松のソリに乗せて平《たいら》村大出にある大姥《おおば》様に運んだ。これは素朴な村はずれのお堂で、かつて天正年間羽柴秀吉の軍勢に追われた富山城主佐々成政が、近親数名とともに立山から雪の針ノ木峠を越えてこの村に下り徳川方に救いを求めた。この時北隣の遠山家（品右衛門宅）にたどりつき、村人の保護を受けた。そのお礼として村人安泰の守り神として立山の大姥様を寄進していったというものである。喜作たちの遺骸を運んで来たシバゾリの道がその道であった。

大町警察署の検視はこの西正院大姥堂で行なわれた。住治の話では、警察からは横田秀五郎部長、警察医は荒井という大町の老医師で、まず体に巻いてあったサラシをとって裸にしてみた。一男は胸のところが全部黒ネになっており、喜作は胸の皮がべろりとむけ手の皮も少しむけていた。いかに強い力が上から加わったかわかる。外に傷はなかった。こうして検視は終わった。

終了後大姥堂前で死体搬出隊全員の記念撮影が行なわれた。小林九一のメモによるとそれは次のような人々だった。

（親戚者）小林平一・小林九一・小林琴治・長崎高市・新木嘉太郎・小林兼一・小林住治・小林兼次郎・長崎種市・小林秀治・長崎桒・小林政市。

（近隣者）丸山貞一・寺島良一・中村申丸・高山佐賀治・丸山長治郎・丸山惣市・丸山相蔵・丸山慶一・藤田六衛門・渡辺重雄。

（大倉組人夫）大倉長吉・大倉与三松・大倉市郎・青嶋由・長津喜三郎・長崎仁太郎・長崎俊雄・谷口三蔵・谷口直平・宮坂伝重・竹村今朝吉・

以上。

しかし検視は終わっても住治たちは「これはあんまりだから警察へ言おうと話し合ったくらいで、オラたちは何ともガマンならなかった」と言う。「それに警察は管轄《かんかつ》違いの事件だしまるで逃げ腰で、おまけに北の連中によろしくやられているという印象をぬぐい去れなかった」という。

「だいたいあれは警察がおかしいだいね」と丸山貞一もいう。

「玉隠居が止めようとどうしようと、警察だって当時変なうわさは耳に入ってないはずはないのに警察はただ座っていて、出してこい、持って来い、検視してやるでなんてことはそもそもおかしいじゃないか、そんなことはオラ変だと思うわね。

そんなことで人間一人が葬られてたまるものかね。あの状況下においては家族の意向なんかとやかく言っている時ではない、警察が現場へ行って検視すべきものじゃないかい。だいたいオラに言わせると家の衆だって変だ、オラ親戚ならどこまでも現場へ連れていくな。玉隠居が止めたなんてこともはっきりしたことは判っていないことだんね」

またこの検視を傍に見ている大出の人々の話は――

遠山はるえ（大出）「ワシはまだ娘のころせ。あの年はナダレの多い年で、牧の喜作さ親子の遺骸をシバゾリに乗せて引っぱって来たのは憶えている。検視かどうかそんなくわしいことは知らないが、ワシらはただ大騒ぎをして引っぱって来たのを遠くから見ていたわね」

高橋光男（大出）「オラあの年養子に来たばかだったたからよく憶えているが、検視は大姥様でやったといっているが実際はそうでなくてあのすぐ西のお墓の広場だんね。大姥様は警察衆や偉い人の控室せ。オラそれで明けの日に村の衆に頼まれてハイ松のヤブゾリを片づけてあそこの田圃でみんな集めて焼いたが、それは大変なゴミで、あれでも半日ばかかかったんね」

藤井しず・高橋よしの・遠山静和布（大出）「たしかにそういうことがござんした。山庄屋といわれた喜作ささえ、ナゼには勝てないものだ、山はおそろしいと思って遠くから見ていました」

こうして警察の横田秀五郎部長と荒井警察医立合いのもとで喜作と一男の死亡診断書並びに埋葬許可証は無事に作製された。そこには、

〈死因——窒息死〉と簡単に青インクで記入されていた。
時に大正十二年三月十九日午後二時。

無念の墓（第九話）

烏川土手に続く提灯

今までがらんとしていた信濃鉄道（現国鉄大糸線）穂高駅待合室に、ものものしい身仕度をした数十人の男女が、突然どやどやと入って来たのはだいぶ夕日が傾いてからである。

別に電車に乗る人たちではなかった。いったい何があったのかよくわからないが、その服装からして、この人たちがアルプス山麓の山家《やまが》衆であることはすぐわかった。その話している荒々しい言葉使い、はいている藁靴《わらぐつ》、雪袴《ゆきばかま》にはんてん、雪やけした顔には男も女も手ぬぐいでほおかぶりしていた。しかしその服装に似合わず、どの人も静かに話し、何かじっと待っているふうだった。

そして一人の持っていた新聞を幾人かが回し読みしていた。そのよれよれの新聞には、

「山男喜作の死体検視、決死隊本日帰らん」の見出しで次のような記事がのっていた。「北アルプス棒小屋沢でナダレのために最期をとげた山男小林喜作父子の死体についてはその後富山県から大町署に委託されたので大町署では大倉組の人夫十名をもって決死隊をつのり十七日登山したが、検視の上多分本日（十九日）帰山の予定」（信濃日報・12・3・19・大町電話）

待合室に入ってきた人々は、いうまでもなくその牧村の出迎えだった。もの静かにしていたのもそのためだったであろう。しかしここでみんなが熱心に回し読みしている新聞記事は実はそれではなかった。

「ママ子殺し、毒饅頭事件、鬼女房十九日公判、彼女は妊娠五か月!!」の見出し

で、既報の毒婦丸山ひさえの公判が本日（十九日）午前九時から松本地方裁判所で開廷されること、二百枚の傍聴券を求めて群衆が前夜から並んで騒いでいること、しかし当のひさえはいっこう平気なもので、罪の意識もなく食欲も普通、――それにしても彼女は妊娠五か月だというが、こんな母親から生まれる子供が可哀想だということ、などが書いてあった。

やがて駅員が改札を始めた。大町発の上り松本行電車が入って来たからである。出迎えの衆もいっせいにざわめき出した。

あわただしく乗り降りする人たちに混じって、その時電車の後ろにくっついていた一両の貨車の戸が開いて、中からいっせいにとび出た荒くれ男たち。これはまた何とも物々しいいでたちで、ホームに現われて人々をびっくりさせたが、それもそのはずこの人たちこそ黒部棒小屋沢から喜作親子の遺骸を搬出して来た決死隊の面々だったのである。

その人たちの肩に大事に支えられて貨車から降ろされた大きなコモ包み二個！ああ、このコモ包みこそ北アルプスきっての山男〈牧の喜作〉と長男一男のあまりにも変わりはてた姿だったのである。

「あ──」と嘆声とも悲鳴ともつかない声があたりに起こったと思うと、待合室にいた村人が駅員の制止するのもきかずたちまちレールを乗り越していっせいにホームになだれこんだ。

「喜作《きさ》──キサ──」

「一男──一男──」

ホームの中は泣き叫ぶ身内と出迎えの村人で埋まり、その間を必死に制止しようとする駅員の声が入り混じって騒然たる風景を呈し、電車はなかなか発車できなかった。

すでにあたりは薄暗くなって、民家にはぼつぼつ電灯もつき、静かに夜のとばりが下りようとしていた。

大きなコモ包みはようやくホームから駅前の広場にかつぎ出され、その周囲を野次馬が幾重にも取り巻いた。その中でいよいよ最後の搬出コースのことが話し合われていたが、この時どうしたものかなかなか出発できなかった。

この前後の事情を丸山貞一は、「あの日大姥様で検視が終わって、大八車で一里半くらい大町の駅前まで曳き、ここからは鉄道貨車に乗せて穂高駅まで搬《はこ》んできたが、あの時はへえ暗くなっていたんね。駅には木戸からの炊き出しが出ていて、それをみんな食って、オラ一番先にかつぎ出したわね。ところが重いのなんのって、へえ少し行ったら動けなくなって高山三蔵さに代わってもらったが、三蔵さなんか十メートルも行ったら道にしゃがみこんでしまったんね。どうしてあんなに重くなってしまったものかね。それで仕方なし棒をみつけて来て真中に通し二人ずつ交代でかついだわね。ここでえらく時間をくってしまったんね。オラほうへはあのころまだ車が入らなかったでね、みんなかついだもんだんね。オラあの時で忘れられないのは、ムシロ包みの中から出ていた一男の腕せ。（検視終了後の荷造りは簡単だった）それがもうムクンで腕時計が肉の中に深くめりこんでいるのを見た時せ。それまでは夢中で棒小屋から搬出して来て涙も出なかったが、この時になってオラ実際可哀相だなと思って男ながら声を出して泣いたじ、それはそのはずせ。オラ一男とは実の兄弟より仲よかったでね。『一男なんで死んだ！』オラそう言いながら泣いて時計の皮を切ってやったじ――」

屈強な若者たちにかつがれた二個のコモ包みの周囲には提灯《ちょうちん》が幾つかとり巻いて前進を始めた。

烏川橋を渡って川原の土手に出たら、遠く牧の灯がもう見え始めた。春三月とはいってもこの川原を吹きぬけるアルプス直下の風は真冬と少しも変わらなかった。ピューピューと音をたてて幾度でも行列の提灯を消して通りすぎた。

喜作が猿の頭を馬につけてこの川原を下ったのは一月十七日のことだが、この日は三月十九日で二か月前のことである。そしてあの日松本博労町の生薬屋《きぐすり》岡野の店先で会った〈ママ子殺しの毒饅頭事件〉の毒婦丸山ひさえは、きょうは第一回公判が開かれていた。人間の運命はまったく一寸先がわからない。喜作は死のムクロとなって同じ烏川の土手道をいま村へ帰っていくのである。

みんな寒い風に身をかがめ、息をころして黙々とその行列についてゆく。土手道を過ぎたら雑木林になる。牧への道は風の音と枯れた櫟《くぬぎ》の葉のカラカラ鳴る音よりほかに何もきこえない淋しい六キロの雪道であった。ただ提灯だけが生きもののように烏川の土手道に動いていた。

その時のことを小林繁治（牧）はこんなふうにいう。「――オラあのころ五、六歳だったからよく覚えてはいないが、何でもだれかにおぶさって村はずれまで迎えに行った。烏川の土手を提灯の灯が幾つか続いて、こっちへ上って来るのをいくらか憶えてるんね」

また上村せつ（松本）の話は、

「喜作さたちがかつぎ込まれて来た時のことははっきり記憶にあります。あの時はみんなで村はずれまで見に行った。今でも忘れないのはあのコモ包みを家へあげて縄をほどいた時、ひめさとみつのさが『お父様《とつさま》』『兄さん』としがみついたあの二人の泣き声が今も私の耳もとに残っています。みつのさはあの時家出したはずだが、どっかで新聞記事でも見たのかあの時は家に帰っていましたね」

はたして喜作の仏ごころか？

喜作の出猟前を考えてみるといろいろ心当たりのことが少なくなかった。次に掲げる満願寺文書もその中の一つである。

証

一、大傘　一本付属共

右者当山什物トシテ御寄付ニ相成《あいなり》美段《びだん》洵奇特ノ至《いた》リ仍《よっ》テ永代院号居士大姉号授与《いんごうこじたいしごうじゅよ》
可到右《いたすべくみぎ》　如件《くだんのごとし》

大正十二年二月三日
満願寺　住職
丸山忠龍
小林喜作殿

満願寺碑文（抜）
当山永続基金寄付者芳名
小林喜作　金参拾円
丸山忍龍代
大正七年十月　企画
大正十五年八月完結

これはいったい何であろうか？　菩提寺である栗尾《くお》の満願寺に大傘一本を寄付さ

れたから今後小林家の戒名は永代にわたって院号・居士・大姉の称号をつけてやると約束した一札である。

もう一つは今も満願寺の前に建っている碑文の中に見える一節である。これも菩提寺満願寺への寄付金で大傘と一緒に大正十二年二月三日に寄付されたものである。この寄付は最高の百円とそれに五十円が少数あり、三十円は全体からみたら上位五、六位に属するものであった。

これらのものを並べてみると、だれもおや——と気付くことがある。つまりこの二月三日という日はどういう日であったか——それは喜作が棒小屋沢に出猟していった二月九日の六日前ということである。

いったいこの頃の喜作はどういうつもりだったのか？　はたして何を考えていたのであろうか？——歳は四十九歳というが四十五歳の庄吉、三十七歳の矢蔵も、二十二歳の一男でさえ太刀打ちできないくらい血気盛んで、みんな喜作に叱咤激励されて新雪の五竜を越え、敢然吹雪の黒部谷へ挑戦していった喜作である。まさか仏《ほとけ》心《ごころ》でもあるまいが——

と思って調査を続けてわかったことは、やっぱり予想どおり満願寺への寄付も、仏心や自分の死期の近づいたことの〈虫の報せ〉なんかではなく、実は四か月前（大11・10・4）に喜作の母親オカ婆さが死んでいること、それで喜作の家はここ数年土地も買い「シンショ上げている」ので、ここらでお墓の戒名をよくしておく必要があって菩提寺への寄付に及んだものと思われる。お寺は寄付すれば必ずいい戒名になる。地獄の沙汰も金次第とはここから始まったくらいのものである。つまりこれは喜作の仏心ではなくてもっと現実的なものだったことは明らかである。

またこれを最後に猟師を止めるということにしても、棒小屋乗越《のっこし》にあげてあった丸のカモシカや、大町の鉄砲鍛冶西沢柘次郎に話した話などから察してまず間違いないが、しかしその理由も決して仏心なんかではなくして殺生小屋の予想以上の大当たりであると見るべきであろう。

ただ一つだけわからないことは次のような話である。それは出猟一、二年前のことらしいが、「喜作さのお母様のオカ婆さから聞いた話だが、何でもオラ喜作《きさ》はな（うちの喜作はな）この前《めえ》に山でソラ寝（ウソ寝入り）していたら、仲間が大勢で『喜作《きさ》のヤローあしたは撃《ぶ》ち殺してくれずにな！』と猟師仲間がひそひそと話しているのを聞いてしまった。それで喜作さはソラ腹病んできょうは腹が痛いで猟は休む、みんな行ってくれと小屋を出し、そのるすに持っている米をみんな炊いて、尾根伝いにやっと逃げて来たつうんね、それからは生きて帰れるかどうかわからないでと言って出るたびに水盃をしたってますンね」

　こういう話を聞くと、喜作はすでに相当の覚悟で出猟していたことがよくわかる。猟が好きだと解すべきか――生活に困るわけではなし、何もそこまでして猟をしなくてもよさそうなものであるが――。（この話はごく信頼できるある身内衆から聞いた話であるが、事情があって名は秘す）

　それからは喜作は猟には必ず一男を連れて行くようになったということである。

　いったい喜作は何を考えていたのかこれだけではよくわからない。

「欲」か、それとも「猟師の執念」か？――

　そう言えば喜作の村にちょっとしたトラブルが起こったのも、棒小屋沢に出猟する二十日ほど前の晩であった。

「やい喜作《きさ》表へ出ろ！　この野郎ぶち殺してくれずにな!!　やい!!　おれの熊出せ!!」

　雪の降っている外で酔っぱらいがどなっていた。Kさの声である、そして止めているのはS隠居だった。Kさが前にみつけた熊を喜作がきのうとってしまった。この泥棒野郎というのであるが、そんなこと怒っても仕方がないことで、見つけただけで所有権のあろうはずがない、熊は家畜ではないのだから、獲ったものの所有で、喜作に怒るのはスジが違うとS隠居がなだめていた。

そんなことはKさだってきのうきょうの猟師じゃあるまいし、いくら酔っても百も二百も承知の上である。承知していながらどならなくてはガマンできない何かが残っていた。オコシン仲間で今夜一ぱい飲んだ勢いでどなりこんで来たという次第である。

ところがこれが何と予想もしない意外な結末に終わって、両者とも泣いたり笑ったりして別れたというのだからどうかしている。

順序だてて話すと、

穂高の裁縫学校へ通っている次女みつの（一七）がこの日学校で毒饅頭事件を聞き、新聞を買って来た。それをイロリ端でみんなに読んで聞かせた。ところがそれを聞いていた喜作が、それまで下を向いてイロリの灰をいじりながら黙って聞いていたが急にその手がとまって、大きな涙をひと粒その灰の中に落とした。珍しいことだった。
喜作の座った横には、そのママ子と同じ八歳の利喜蔵がイロリ端で飯を食ってい
た。
表でKさの怒鳴り声が聞こえたのはそんな時である。
「やい喜作！　出てこいこの泥棒野郎！」
しかし喜作はしばらくそこに黙って座っていた。――この時喜作は何を考えてい
たか、静かに立ちあがると奥へ入っていった。妻のひろや玉隠居がまさか鉄砲でも
持ち出すじゃないかと心配しておどおどしていたが、奥から出て来た喜作がもって
いたものは、意外にもきのう獲ったばかりの熊の皮だった。まだ生々しく血がつい
ていた。
唖然《あぜん》として見ていた玉隠居が、
「喜作《きさ》そんなものどこへ持っていくだ!!」
「う、ちょっと――」喜作はすたすたと着流しのままで表に出て、どなっている
Kさの前に立った。
「Kさの見つけた熊とも知らずに獲って悪かったな、さあこの熊はもっていって

くりょ」
Kさも S隠居もことの意外にどぎもを抜かれて、そこに立ちすくんだ。穴があったら入りたい心境とはまさにこのこと、Kさの酔はいっぺんにさめてしまい、雪の上に座ってたわいもなくあやまり出したというのである。喜作の死の二十日前の晩のことであった。

御悔受納帳にみる

喜作、一男父子の葬儀が行なわれたのは出猟の日から約四十日後、すなわち三月二十日午後二時出棺だったことが〈御悔受納帳〉に残っている。

それがどんなものであったかははっきりしないが、それを今同家に残っている〈御悔受納帳〉から想像すると次のようなものである。

まずこの御悔受納帳とは信州で別名香典《こうでん》帳とか音信《いいしん》帳とかいわれ、和紙を二つに折って横綴じにして、毛筆で書いた古めかしいものであるが、どこの農村でも大事なものになっている。

親戚にお義理のあった場合には必ずこれを出して来て「あそこからはいくら貰ったかな？」とこの帳簿を見て検討する。したがってその金額は両家の親交の深さの基準に基づくもので、決して彼らの自由意志で勝手に多くも少なくも出来なかった。

　貨幣価値の変動の少なかった時代は結構それで通用したものであろう。また名前が二つ並んで載っている人もあるが、これは喜作と一男二人別々な包みにしたのでその人柄が想像される。

　そういうことを念頭においてこの帳面をたんねんに見ていくと、一代の山男牧の喜作の葬儀というものがどんなものであったか目に見えるようである。

金壱円	高山長次郎
金〃円	高山長次郎
金〃円	丸山長治郎
金〃円	松原　節一
金〃円	小林　森吉
金壱円五十銭	山田田丸

金五十銭	中村　初市
金壱円	寺島　良市
金拾円	小林　政蔵
お供共	
金壱円五十銭	松原幸太郎

金伍拾銭　寺島 万弥
金拾円　小林 九一
金四円也　長崎 亀吉
御供共
金弐円　小林 琴治
金壱円　小林 琴治
金壱円　高山今朝吉
金壱円　宮島 三郎
金五十銭　宮島 三郎
金四円也　小林 平一
金参円也　小林 住治
金弐円也　高山佐賀治
金壱円也　丸山 惣市
金六十銭　山田 弘

金壱円也　丸山 相蔵
金八十銭　丸山 すが
金弐円也　扇町 大田 練吉
金壱円也　丸山 慶一
金七拾銭　丸山 貞一
金四円也　小林 兼一
御供
金拾円也　小林兼二郎
御供共
金拾円也　多田末次郎
金拾円也　中房温泉
金弐円也　山口 勝
金弐円也　中村五一郎

金弐円也　藤内六右エ門
金弐円也　藤内　太郎
金壱円也　宮島　角市
金壱円也　古畑　弥久
金五円也　長崎　種市
外
御見舞弐拾銭同人
金弐円也　牧親睦青年団
金弐円也　二反田宇之吉
御供共
金壱円五十銭　丸山《タケノス》英市
金壱円　丸山《満願寺》　忍龍
金五十銭　香料　満願寺

金伍円也　信濃山岳会
花輪　松本　山田　利一
土橋　荘三
金壱円伍十銭　金森《ミミズカ》　甚市
故喜作殿
金壱円也　金森　甚市
故一男殿
御供共
金弐円也　金森《ミミズカ》　数衛
金壱円也　藤原嘉門次
金壱円也　赤沢　才吉
金弐円也　中沢《カシワハラ》愛吾
金弐円也　山下千代吉
金五十銭也　降旗　要

金壱円也　降旗　茂一
金壱円也　浅川　茂利
金参円也　東京　吉田　博
金五十銭也　降旗　折女
金壱円也　日本赤十字社　南安曇委員会
金壱円也　宮島　浅十
金壱円也　宮島五一郎
金壱円也　宮島　文治
金壱円也　浅川　浅吉
金壱円也　藤原　為一
金壱円也　渡辺　寅十
金壱円也　古畑　秋夫
金壱円也　藤原　朝一
金参円也　北海道　酒井菊之亟
金壱円也　宮島　金一

金壱円也　古畑　弘
金壱円也　宮島　正雄
金弐円也　友和　会
金五十銭　降旗　春男
金六円也　小林玉三郎
金五十銭　宮島　英雄
金弐円也　マッカワ　宮田　浅市
金壱円也　遠藤　喜助
金弐円也　函館市君松町技工館　光　村菊衛
金四円也　北海道　中村長治郎
金弐円也　勘野外治郎
金壱円也　島川村扇町　唐沢加門次
金弐円也　穂高　小平　文雄
金壱円　水野栄一郎
金壱円也　北海道　池田仁三郎

金五拾銭　鶴見《南穂高》和十郎
金参円也　松島《北海道》喜多
金参円也　市原《越後》久一
金拾円　新木嘉太部
金壱円　西田三次郎
金壱円　高山　三蔵
金壱円也　藤巻《トキワ》直人

―葬儀後の別口―
金弐円也　荒井《平村》弥蔵
金弐円也　大井《島々》庄吉
金弐円也　川上《中央線村井》源水
金五十銭　浅川《柏原》栄三郎
金参円　（伊藤《柏原》・森山・浅川）三人
金壱円也　田畑《東京》宇了太郎
金弐拾銭　小林おじお

この中には本書にたびたび登場する懐かしい人々の名前も幾つか見える。

小林住治、小林九一、小林兼二（兼二郎）、丸山貞一等々。これはいうまでもなく棒小屋沢に決死の救出、搬出に向かった人々である。中でも住治は一男メモに「本日小林住治結婚の儀あるを思いおり……」と記されている人であり、また兼二は第一回救出の折り、現場で狂った猛犬アカをつないだ人だが、この人も香典十円を供えている。

また古畑（丸山）周一が喜作新道の開道作業をしていた時、「兄さんがシベリア出兵から帰って来たからすぐ下ってこい」と迎えが来たことがあったが、あの時のシベリア帰りの兵隊というのは実は丸山慶一だった。この人も金壱円を供えている。また次に出ている丸山貞一は駅前で一男の時計のバンドを泣きながら切った友人である。

それから「山口勝金弐円也」も見えている。この人は一男メモに「信鉄山口氏に猿の頭を送る」とあった人である。また「牧親睦青年団金弐円」というのもある。これは一男が雪の猟小屋で山の神の余興のことを心配し、いつも思い出していた懐かしい人々である。おそらく山田弘たちが代表でこの香典をもって来たのであろうが、山田は別に個人で六十銭の香典を供えている。この時会員数人が列席したというが、ほかのどの会葬者よりも心から亡き友を悲しがり、終始一男の名を呼び続けていたということである。

またこの喜作の葬儀に唯一の花輪と金五円を贈ったのは信濃山岳会のメンバーである。土橋荘三、山田利一、この人たちはおそらく喜作の生前最も関係の深かった人たちであろうが、それにしてもまだそのころバスもハイヤーも乗り入れられないへんぴな牧村にどうやってそんな大きな花輪をもって行ったか、いずれにしても喜作の葬儀は牧村始って以来の華やかなものとして、長く村人の記憶に残ったようである。

この信濃山岳会の人たちはこの年の正月、松本市の料亭松本館で新年会を開いたが、喜作も招待されて山の話をしている。この時喜作はカモシカ一頭を丸のまま寄付してそれを料理して食べながらみんなで楽しそうに記念撮影をした。このことは余程印象が強かったとみえて、松本館では今でもこの夜のことが語りぐさとなっている。喜作の死はこの夜から二か月後のことだった。彼らもさぞかし大きなショックを受けたようである。なぜなら山の神といわれる喜作さえ遭難するということは彼ら山男にとってまさに大事件である。この山田利一はもちろん常念小屋の主人であり、もう一人の土橋荘三はかつて喜作に案内されて槍ヶ岳北鎌尾根初登頂に成功し、さらに引き続いて小槍に初登頂した人である。

その次に出ているのは吉田博、これはいうまでもなく喜作を熱愛した高名な山岳画家で、かくれた大登山家でもあり、実は喜作新道の名付親だったことを知る人は少ない。この人も香典三円を供えて葬列に加わっている。

そして最後に記されているのは平村《たいらむら》の荒井矢蔵と島々の大井庄吉であるが、いうまでもなく彼らは共に棒小屋沢へ行った仲間である。これがなぜ別な紙に別筆で記入されているのか家族にただしたら、これは葬儀当日の列席者ではなく後日お墓参りに来てくれた人だという。二人はそれぞれ金弐円の香典が記入されていた。またこのほかに相当数の北海道名があったが、これは喜作の妻ひろの実家関係者（金沢から北海道移住）であることがわかった。

香典人員九十七人。列席者総数約百五十人。香典最高拾円─六人。最低弐拾銭。平均約弐円。香典金総額百六拾八円五拾銭、ほかに花輪その他。

これは特別多いという金額ではないが、山崎木戸としては列席者数とともに最高のものであったとのこと。また香典人員と列席者数の違いは一家で二人のものが近親者と木戸内衆に多かったことによるものであった。

牧は常念岳の山麓の台地であるが、山崎木戸はそのうちでもまた山寄りの木戸である。その道端に巨大な自然石の念仏塔や地蔵尊が五つも並んでいる。よくみるとその石には次のような文字が見える。〈南無阿弥陀仏─元禄十六年亥十月吉日〉〈尊立地蔵尊─享保十八年三月、祖諦信女、妙貞信女〉等々──名刹栗尾《くお》満願寺への道筋である。

喜作の葬列は長々とこの山麓の道を進み、やがてこの念仏塔の前を右に回って行った。小林家の墓地はそこにあった。

うわさという奇怪な生きもの

この葬儀には山崎木戸としていろんな面で異例のことが多かった。とりわけいたるところで〈奇妙な立ち話〉がささやかれたこともその一つである。会葬者のだれもかれも機会さえあればひそひそと何か話していた。

台所で洗いものをしている木戸内《きどうち》の女衆でも、納屋わきで天ぷらをあげている人々も、二人以上寄れば必ずそこでひそひそ話をしていた。はなはだしい者は僧侶《ぼうず》がお経をあげている時でさえ、後ろのほうではひそひそと話し合っていた。しかもその立ち話はいずれもかんばしいものではなかった。たとえば、
○「あれは北の連中に謀殺《てぐまれ》たものせ、それはもう間違いないんね、北の衆の恨み

だっつうね！」

○「ナダレの跡なんかなかったそうじゃないか？　それにハリの縄は全部切ってあったという。えらいことをしたもんせ」

○「なにしろ屋根に雪をうんと載せておいて喜作さたちの眠っているところを縄を切ってハリを落としたものだっつうぜ!!」

○「またそうでもしなきゃ喜作なんてものは殺したって死ぬ人間じゃねえもの」

○「そうそう。まともに向かったら喜作一人にあと六人いっしょに向かっても喜作はやられることは絶対にないが、あれは謀殺《てぐまれ》たものさ、それよりほかに考えられない」

○「いたってえらい衆二人だけが死んで、あとの者は六十の爺《じっ》さまで無傷なんてばかなことをだれも信じるものはないさ。あれは殺されたものにまちがいない。何もかも喜作《きさ》たちが一人じめしたからさ、天バツよ」

○「だいたい喜作なんてものは欲が深すぎたからよ、罰が当たったのよ。あんなものは大きい声じゃいえないが、因果てきめんって奴さ」

○「欲をかいてもこの騒ぎじゃたちまち金も消えたろう。こうなると喜作もかわいそうなことをしたものだ」

○「オラ聞いたには北のヤロドモ（源汲衆）は喜作死んでお祝いをしたって話だよ、そんなもんだろう。ヤロドモは喜んださ」

○「オレはたしかな人から真相を聞いたが、あれはやっぱり殺されたものだつうはな。前の晩に分け前のことでいざこざがあった。そこで怒った北の連中が喜作たち二人を寝かしておいて、爺ヶ岳の峰へ上って雪ころがしを落としてナダレを起こし、やっちまったということらしいな」

この人工ナダレについて、劔持和雄（三郷村教育長）が面白い話を聞かしてくれた。それは昭和三年の夏、学生時代穂高岳へ行った時、寒くて眠れないのでハイ松の枯枝を集めてきて焚火をしながら一夜を明かしたが、その時ガイドの矢野口司（穂高町有明）から聞いた話として、雪の東鎌尾根を矢野口が喜作と一緒に歩いていたら、突然喜作が、俺が今ナダレを起してみせるから見ていろ――と言って、そこらをつついたら、たちまちナダレが起ってびっくりしたというのである。

人工ナダレということも不可能ではないことは確かであるが――。

○「それに大金がなくなっていることだし、当然これは事件にしなくてはならないのを、喜作は警察に憎まれているからそれができないそうだ」

○「おや、それは違うだろう。みんな事件にするかというのをやめさせたのは玉《た》蔵《ま》隠居らしいぞ。身内としちゃ無理ないさ、生き返るわけではないもの――」

○「人夫を雇って無理に死体を引き出したのは喜作の金を使わせるために仕組んだことさ、これで使い果たしてしまったらしいからな」

○「大町警察は署長以下喜作にこっちで一杯食わされていたらしいぞ、毛皮でうんともうけたじゃねえか、出せ出せ！　といったそうだ」

こういう立ち話は際限もなく拡がって、もうだれも手のつけようがない奇怪な化けものに変わっていた。無責任な、勝手気ままな放言であり、だれ一人その結果の責任をとれるものではなかった。言っていることも支離滅裂でもちろん何の実証性もなかった。

ただおかしいのはこの話をしている時の村人がだれもかれもが今までになく生き生きとして、それまで生気もなかった人まで喜作謀殺の話になると急に活気づいて話し続ける。そこにはだれもが何か「喜び」のようなものを否定できなかった。それは今も本質においてそんなに変わったとは思えない。いったいこのような変化は何であろうか？　喜作親子の死は村人に何をもたらしたのであろうか？

喜作の生まれた山崎木戸は田んぼもろくにない山里、喜作が猟をしていたことは、初め耕す土地もない貧乏人を意味しているが、ところが喜作は猟がうまくてたちまち金持ちになった。それに村人がどんな反応を示し、また喜作の遭難が村人に何をもたらしたのであろうか？——

——いずれにしてもこうして喜作の葬儀は終わった。ところがさらにぞっ、とするような奇怪なことが起こって、人々をふるえあがらせたのはその葬儀の直後だった。

喜作・無念の墓

小林住治の話—この辺では葬儀が終わって一般会葬者が帰った後、身内衆だけで新仏の墓へ行ってオタナアゲってことをするだいね、おそろしいことが起こったのはそのオタナアゲの後せ、満願寺の和尚《おしょう》のお経も終わってみんな帰りかけた時、突然新しい喜作の墓がもくもくと盛りあがって来て、そこに供えてあった花でも白木の膳《ぜん》でもくずれ始め、後ろに立ててある塔婆《とうば》や千本施餓鬼《せんぼんせがき》がガタガタ揺れるじゃねえかい。オラ見ていてこれはえらいことになった、喜作《きさ》が墓から出てくるわナと思ったじ。みんなびっくりして腰をぬかし、女衆なんかはぶるぶるふるえ出し一日市《ひといち》のおば様（肉親）なんかワーワーと泣き出した。和尚は少し帰りかけたのをまた戻って来て、まっさおな顔で念仏を唱え出し、みんなもそれに和して墓の回りで念仏を唱えた。そしたらまもなく墓の動きが静まった。その時喜作の兄の玉三郎が「おお、いいわいいわ、この仇はきっととってくれるでな、喜作《きさ》成仏しろよ！」と泣きながらお墓を抱くようにして、倒れかかった千本施餓鬼やお膳を直していた。――いいや、あれは地震や風やそんなもんじゃないんね。オレもこの年までお墓が揺れ出したなんてことははじめてみたが、事実は事実だ。オラおこしん仲間で親しかった小沢繁一なんかワーと泣き出したじ、北の姉さん（丸山ちよ乃）なんかもそばにいたで、知っているはずだが――。あれはどうしたってオラ霊の作用だと思うがね。

喜作が嬉しくて動いたのか、それともくやしさ無念さで動いたのか、まあ多分無念さだとオラ思うね。

小沢繁一の話（松本）―お墓が動いたってのは本当だんね、それは間違いない。葬式《ふこう》が終わったあとすぐ引き続いて近親者や近所の人だけで〈ひと七日《なぬか》の法要〉をあの辺ではするだいね。これは本来なら七日目にするものを簡略して当日いっしょにすませるわけせ。喜作さのお墓が動いたってのはその後だんね。何でもあの時喜作さと一男の墓は一緒に並んで土葬し、二つの土饅頭の上に新しい位牌《いはい》を置いて、その回りをシカバナや造花で飾って念仏を唱え法要は終わったわけだが、お墓が動いたのはみんなが帰り始めた時せ。あれでもまだ十人くらいは残っていたかな。何しろ二人のシカバナ四本ずつ八本と、施餓鬼旗《せがきばた》がこのくらいガタガタと揺れただでね。土が盛り上がった？　さあーそれは憶えてないが、何しろみんなおどけちまって泣き出すし、その声に引き返して来た者も少しあったが喜作さという人は猟がうまくてねたまれていただね。そのためにいくらでも助け出せるものを二人だけは助けなかったのではないか？　つまり二人は亡くなった時にはさぞ無念だったのだろう。それで墓が揺れたと私は思いましたね。

小林琴治の話―喜作《きさ》の墓が動いたって？　そんなバカなことがあるもんか！　そんな気がしただけだ。びくびくしておっかながっているからそう見えるだ。死んだ者が出てくるはずがないじゃないか。そんなヤツは何か気がとがめていることがあるずら――。良心がとがめるだ。みんな神経さ。

小林九一の話―琴治は見ていないから知るはずがない。喜作の墓が動いたのは本当だじ。満願寺の和尚がお経をあげたら嬉しかったずらいね、風のないのにガタガタと揺れたでね、喜作の兄が泣きながら「キサ、無念だったずらな、よしよし、この仇はきっととってくれるからな」と言ったのをよく憶えている。

丸山貞一の話―それはほんとに動いたんね。五色の紙を切った施餓鬼旗が風もないのにガタガタ揺れて墓が動き出しただね。えらいことせ。そしたら九一さ（玉三郎の誤り）〝おお無理ゃねえ無理ゃねえ、この仇はきっととってくれるでな〟と言ったのを憶えている。

丸山もよの話―私は死んだ姑様（丸山のぶ）からたしかにその話は何回も聞いています。喜作さのお墓がこう盛り上がって来て今にか喜作さたちが出てくるかと思ってぶるぶるふるえていたと聞きました。

小林繁喜（喜作の二男、現後継者）の話―自分は何でも実際に体で確かめたものでないと信用できない性分だが、オヤジのお墓が動いたことはウソでも何でもない。この目で見た。それはまちがいないんね。あれはお棚《たな》上げといってこの辺では魚をつるしてやるが、その時オヤジの墓がぐらぐら動き出してえらい騒ぎせ。風なら片側にだけなびくはずだがそれが何だか墓の下のほうから動き出して来たように見えたんね。

下山作一の話―オレもその墓にいたが動いたことは確かだんね。いーや風でも地震でもなかった。死体に何か物理現象が起こったせ――、時間的にいってちょうどそんなころですよ。喜作もあれで成仏したというもんさ。オラそう見ている。いずれにしてもそのほうがはるかに自然ですよ。だいたい〈無念〉なんてものは生きている人間の世迷い言じゃないか。そんなものをあの世へまで荷物にもっていくほど喜作という男はバカじゃないものね。

＊

霊の力か自然現象か？　いずれにしても喜作の墓が動いたことはどうも事実らしい。それにしてもそのことが「喜作が喜んで成仏した」とみるか、「無念」とみるか、人それぞれ見方は違うであろう。ただここではっきりいえることは、それもみんな話している人自身の心の反映であって当の喜作とは何の関係もないということである。気まぐれなうわさと同じように――。

裏山に埋めた桜餅

葬儀が終わったあとにがらんとした家族の心を吹きぬけてゆく心の風は、たとえようもないものだった。それは十日も二十日もたってはじめて実感として味わうものだった。「まだ小学校五年生だった繁喜（喜作二男・現後継者）が学校帰りに突然『お父様《とつさま》も兄さんももういない！』と泣き出して学校の帰り道でいっしょにもらい泣きした」と話してくれた崖ノ湯温泉のモタイ武の話もおそらくそのころのことであろう。

しかもそれはただ淋しいという種類のものだけではなかった、経済的にもぽっかりと大穴があき、そこに村人や親戚に対する不信感がどうしようもないものとなっておおいかぶさっていた。

喜作の死後一家の柱石となって働いた娘のひめの話では「女ばかりになってすべての人がこわくなったんね。村人も親戚の人も口先で言っていることと腹がみんな違うし、それはいうにいえない、いろいろのことがありました。それで私は夜中にぽっと目がさめて眠れないことだって何回あったか知れません」。それに死因についての疑いも深まるばかりであった。

喜作の二男で現当主の繁喜の話では、

「あの時犬を五、六頭も連れてオヤジたちが出かけて行くのを、雪の中で見送ったことを今も少し憶えているが、それを庄吉さという人はどういう人かね。オラ今だにわからない。ここであの人は二晩も泊まっていっしょに出かけていったものだんね。それをここを何回通ってもオラ家《とこ》へ寄って線香一本も立てに来なかったでね、これはおかしいじゃないかい、良心がとがめると見るより仕方がなかった」という。それで警察に頼んで「一度こっちへ話に来てくりょ」とことづけしてもらってやっと会って話したという。これは娘ひめの話である。香典帳の最後に庄吉と矢蔵の香典が別筆で記入されているのはそのためであった。

「その時庄吉さんは『何とか庄吉さたちを助けようと思って一生懸命骨折ったが、それが出来なくて申しわけない』なんて言っていましたが、ワシらはそんな言葉だけではどうしても合点がいかず、それで、

『おじさんたちはそんなに達者で帰ったでいいけれど家のお父様や兄さんはみんな死んでしまっていけねわね、オジさんたちはさぞこれからいい暮らしが出来るずら——』」

とひめは万感の恨みをこめて泣き伏したという。その時庄吉が仏壇に供えた桜餅があったが、子供が欲しがるのを、

「そんなもの毒が入っているかも知れねえで食べるじゃねえぞ！」と言ってひめはさっさと裏の畑へもって行って埋めてしまったというのである。当時松本に〈ママ子殺し毒饅頭事件〉というのがあって、芝居にもなって松本では、一時饅頭の売れ行きがとまったといわれたほどであった。

それにしてもこの桜餅を埋めた事件は、葬儀後極端な人間不信に陥り、いつも何かにおびえて暮らしていた喜作一家をよく現していた。

北の衆の縄張りにて（第十話）

北の衆の故郷

「喜作はカモシカを獲りすぎて猟師仲間に恨まれていた」

「縄張り外の北へ行って喜作は謀殺された」

「喜作はいつも大金をもっていたのでねらわれた」

人の口には戸はたてられない。うわさはうわさを呼んで、それはまるで安曇野《あずみの》を吹きぬけるきまぐれな春風のようにいつまでも春浅い信濃路を吹きまくっていた。

そのうわさからもう五十年。当時の遭難者五人の行方は役場の戸籍によると次のとおりである。

○杉浦猪之松―昭四三・八・三〇、死亡。（八十一歳）。杉浦柾男届出。

○槌市千馬吉―昭一七・六・一九、死亡。（七十九歳）。槌市源一届出。
○荒井矢蔵―昭二四・六・三、死亡。（六十二歳）。荒井かねよ届出。
○平沢美津男（仮名）―行方不明。
○大井庄吉―昭一九・一一・一五、死亡。（六十四歳）。大井代次郎届出。（ただしこの人は南の縄張り、島々）

また遭難現場に第一陣に乗り込んだ人ではすでに生存者はなかった。結局当時の話は扇沢の営林署小屋まで男役で出た人たちと、家族などから間接的に聞き集めるほかなく、何とも歯がゆいものであったが、その一つ一つの破片を丹念につなぎ合わせる作業はあたかも縄文土器の復元作業に似ていた。

みんな貧しかった鉄砲撃ちたち

鹿島川（鹿島槍に源を発する川）に沿って北から鹿島、源汲、犬ノ窪、北条屋敷、大出等々小さな藁ぶきの村々が続く。いずれも昔から開かれた五竜、鹿島、爺ケ岳登山口であり、ふしぎにまだ古い面影を残した静かなたたずまいが見える。ここが北の衆の故郷である。

爺ケ岳が目の前に見える源汲橋に近い戦後の開拓村、その中の一軒家が棒小屋沢の遭難者杉浦猪之松の家である。赤いリンゴが庭先に実っていたが、すでに長男柾男の代に変わっていた。

秋の穫り入れも終わり、そこここに藁を焼く煙が立ちのぼり、山の向こうからは猟銃の音がときどき聞こえていた。

これまでに三回この家を訪ねたが、初めは田植えころの雨の日、二度目は田草取りのころで、この日も雨だった。そして三度目は米の供出で車に米俵を積んでいた。しかしやっと会えたその人は知らぬ存ぜぬ、忙しいの一点張りで、うるさそうに質問を振りきって、いくら後を追ってもついに返事は聞けなかった。ほかの家族はもっとひどく、まるでオシかツンボのように知らぬ存ぜぬの返事さえもなく、とりつく島もなかった。その理由が、ただ忙しいのか、それとも触れたくないのか、本当に知らないのか？　無表情なこの人たちからは何一つ汲みとることはできなかった。

いずれにしても、過去によほど深い心の傷を負わされたのかも知れないと思い、これ以上追うことをあきらめて引きさがった。

ただこの開拓村からの帰途、乗り物もないままに長い単調な道をとぼとぼ歩いていたら、急に後ろで車がとまって、大町まで親切に送ってくれた人があった。よく見たら先ほど私の取材を逃げたはずの人、素朴でたくましそうな村の若者だった。この人が猪之松の孫に当たることは車についている名札でも知れた。

そして村人が語る杉浦猪之松は次のような人だった。

「あの人は荒井英吉さの家に働いていたが、まあどちらかというと当時はその日暮らしという立場だったが猟が好きでよく鉄砲撃ちをしていた」と大田実（源汲）はいう。「猪之松はナデに埋まった時、妻子のことを思い『オラどうしても死ねないぞ！』と泣きながら屋根板で雪をついていたなんて話もあったが、そのお陰で一番先に救出された。しかし外へ出たとたんに安心したのかふらふらとそこに倒れてしまった。この時荒井米吉が、『そんなことでどうする！』といって背中を強くどやしつけて梅漬けをくれたらやっと、しっかりして来たそうな。この時猪之松の話では、喜作親子だけ返事がないが外の衆はまだ全部生きているようだということだった。それで中の様子もだいたいわかったので救出隊は元気を出してまた掘り始めた。

オレはあの時猪之松のことで忘れられないのは、この人だけはあの頃奉公人で親戚もなかったからだろうが、掘り出してからは人があまり面倒をみなかった。それで荷物も鉄砲も自分でもって下って来た。途中まで迎えに出た主人の荒川英吉がそれを見つけてポロポロ涙を流し、『おおかわいそうにな、お前は荷をみんな自分で持って来たのか！　どれオレによこせ！』そう言って荷をとりあげて自分の肩を貸し歩き始めた。オラ傍に見ていて、これまで自分の身内のことばか気を使っていて猪之松の鉄砲一つ持ってやらなかった自分を心から恥じた。オラ今だにあの時のはずかしさを忘れねじ」

矢蔵のヒゲに氷がさがっていた

また初冬のある日川端で菜洗いをしている婆さんに道をたずねたら、その人が荒井矢蔵の未亡人かねよであった。

「――オラお父様《とつさま》がナゼに埋まった晩は妙な予感がして、一度寝たが、夜中にミ

シンミシンと屋鳴《やな》りがしてせや——どうしても寝ていられずとび起きたら、姑《しゅうとめ》が起きて来て、

『アネ、ワリャ気でも狂ったかえ、何も音なんかしねじゃねえか。何をとぼけたこというだ。そんなことでどうするだバカめ!!』と叱られてまた寝床に入ったが、今度は広津のお母様《かさま》（里方、北安曇郡広津村）の夢を見てせや、雪の中を野口橋の向こうのフタテヤの村中ワシの家をさがし回って迎えに来ている夢せ。目がさめてみたらしっぽり汗をかいていた、これはただごとじゃねえ、きっと山で何かあったにちげえねえと思ってオラじっとしていられなかったじ。

そのころワシは大出の向こうの川原（高瀬川）でバラスふるいを七年もやっていたが（注—この仕事は普通なら女のできる仕事ではない。金網のふるいで川原の砂利をふるって天ビン棒でかつぐ仕事で、屈強な男でも重労働中の重労働である）、この日もワシは暗いうちに家を出て雪の川原で凍《し》みた砂利をふるっていたが、二背《ふたし》負《よい》しょって三背負めになったらどうしても体がきかねじゃねえかい。こんなことでどうするだと思い、それでワシはその頃信仰していた神様のところへ行かっかと思い、仕事を三背負いで切り上げ、二ツ木のあささに神様のお賽銭《さいせん》を三十銭借りて家

を出た。何しろあの日はえらい大雪で神様の方へ行く道はまだだれも通っていず、それでオラ仕方なし二尺（約六〇センチ）もある雪を押しわけて行くと、向こうからだれかこっちへ近づいてくるじゃねえかい。おや、だれか来るわやと思って歩いていったら、それが今にも倒れそうにふらふらになってくるだンね。よく見たらオ、い、ラとこのお父様《とつさま》じゃねえかい。おどけてしまってせや、『おや、お父様どうしたい?! しっかりしましょ!!』思わずとびついていったが、それでオラを見て安心したか、ふらふらと雪の中にしゃがみこんでおいおい泣き出して……。

あの時のお父様の泣き声を今でもオラ忘れねじ。寒さでひげもまつ毛もみんな白く凍って、ひげに氷がさがっていたじ。さあ大変だとオラ泣いて家へかつぎこんだ。もう薄暗くなっていたが、それからせ、裏の井戸端へ連れていって水を汲んでどんどんぶっかけたわね。お父様《とつさま》は驚いて、

『何するだ！　おみゃアはオリョを殺すつもりか?!』と怒ったけんど、

『まあお父様しばらく待っていましょ。このまま暖めたらみんな手足が腐ってしまう。しばらくのガマンだで』ってオラどんどん井戸水をぶっかけてから家へかつぎこんだが、それを北の家へかつぎ込んだ島々の庄吉さはすぐ火に当てたので手足

がくさって歩けなくなってしまったわね」

この時矢蔵の棒小屋沢からの脱出経路について平林高吉（大町）は「あれは扇沢回りじゃねえんね。爺《じい》ケ岳の尾根をつめて白沢天狗《てんぐ》から源汲部落のお宮の上へ下って来たもんだんね。これが一番早い。矢蔵はこれを下ったとオレに話した。これもいわゆる喜作街道といわれている猟師の秘密の道だがね。猟師というものは喜作ばかりでなくてみんな少しは後ろ暗い（密猟）ところがあるからこういう道を持っていた」という。

「あの時のことで忘れられないのは」と荒井かねよはさらに続ける。「ミツさのお母様（平沢美津男の母）が泣いて来て『オラ美津男《みつ》はもう生きちゃいめ（生きてはいないだろう）ワーワーワー』と家の前で大声で泣かれた。オラとこのお父様（矢蔵）が連れ出したからこんなめにあったというわけだが、そんなこと言われたってオラどうしていいかわからねえし、お父様はやっと寝かしたが、死ぬか生きるかもまだわからない。もう少し静かに寝かしておきたいのに——あんな困ったことはなかったンね。

それからみんなでなだめて帰したが、しばらくたったら今度は源汲の救出隊の衆がこれから掘り出しに行くが矢蔵さも案内にえんでくりょと迎えに来られ、さあこれはどうしたものかとオラ心配しているにお父様はそれでもすぐ起き上がって支度し、その晩すぐにまたあの恐ろしい棒小屋沢へみんなの先頭にたって出かけて行ったじ。オラお父様がかわいそうでひと晩じゅう泣きあかしたんね。えらいことだと思ってね。

そうやって救出に行ったに喜作さたちはハリの下にいて助からなくてお気の毒なことをしましたが、あの時のことで思い出すことがあるだいね。でかける前の日のことだが、あの晩（二月十日鹿島から吹雪で引き返して来て矢蔵宅に泊まった晩）喜作さたちが、『北の家《え》（大田耕隆）へ行って、葬式《ふこう》の余り酒がきっとあるからどうでも借りてこい』っていうんだんね。これから猟に行くつうのにエンギでもねえ、葬式《ふこう》の余り酒なんかオラやだ酒が欲しいならワシ酒屋へ行って買ってくるで銭《ぜに》おくれと言ったが、この辺では酒屋は野口橋を渡って一里（四キロ）も行かなければならない。それにあの晩はひどい吹雪で二、三時間もかかるで、それじゃ待てないというわけせ。どうでもすぐ北で借りてこい、葬式がすんだばかりだからきっとまだあるからとワシを借りにやったんだんね。その時喜作さの言った言葉をオラ今でも忘れねが、『祭の酒でも葬式《ふこう》の酒でも酒は酒だ。ナニかまうもんか、早く行って借りてこい』牧のヤロドモはそういうことこいたんね。それだであんなめにあう。それから後で掘り出しに行く時（牧から来た死体搬出隊）もみんなここに泊まって支度をして行ったが、オラあのころは銭《ぜに》もなくて神様のお供えのつもりで借りた金まで出して、かんづめや酒を買って来たことを憶えているが、それをオラお父様がその後喜作さのお墓へ線香あげに行ったら、喜作さの女房《かかさ》が『オラ一男たちは北の衆に殺された』とおっかねえ顔でにらめつけて、さっさとどこかへ出て行って、それきり帰って来なかったつうね。オラお父様はえらいめにあったもんせ」

　これが矢蔵の妻のかねよの話である。

　しかしこの話のうち「葬式《ふこう》の余り酒をすぐ借りてこい」と言った喜作の言葉には疑問がある。喜作をよく知る幾人かの人々と検討したが、それによると喜作は自分の家でも他人の家でも酒の催促をしたことがないし、だいいちそれほど酒を飲まなかった、また飲んでもいい機嫌のほろ酔い程度で、酔っぱらったということがまったくない。したがって「葬式の余り酒でも酒は酒だ」という言葉はいかにも喜作らしい発想で、彼の言ったことにまずまちがいあるまいが、「どうでもその酒を借りてこい」はどうも喜作の言葉とは信じられない。これはおそらく婆さんの亭主矢蔵の言葉としたほうが自然であろう。

つまり矢蔵がその借りてきた〈葬式《ふこう》の酒〉を喜作たちに一杯さしながら「フコウの余り酒で申しわけないがまあ一杯」と出したのに対して、喜作がそれを受けながらお世辞に答えた言葉が「フコウの酒でも祭の酒でも酒は酒だ、どうもそれはごちそうさま」ということだったと推測される。喜作はそんな矢蔵の北隣に葬式があったかどうか知るはずもなく、つじつまが合わない。また婆さんがこんなことを言った積重なりは、その後南から伝わってくるいまいましい風聞に対する感情的反発が長年にわたっての固定観念になったものか？——

それでもジジは生きていた

来る日も来る日もうっとうしい雨。

訪ねる源汲の部落は田植えの盛りだった。アザミの咲いた畦道《あぜみち》づたいにたどり着いた一軒家が槌市千馬吉の家。槌市つる婆ちゃんがイロリ端でお茶を飲んでいた。

「――千馬吉爺《じい》さはワシのしゅうと様だ。もうジジは二十八年前に死んだ。その息子がワシの連れ合いだが、それもみんな死んだ。

雪崩《なぜ》に会った時のことはよく憶えていますとも――。ワシの実家はアオクのミヤサだがあの時はミヤサの兄様《あにさま》の婚礼の時で、何でも旧正月の十九日だと思ったが。ジジはそれまでにはきっと帰ると言って米三升ばか持ってシシ撃ちに行ったもんだが、それをいつまでたっても帰らんで、そうかといって婚礼は前から日の決まっていることだでジジを待っているわけにも行かず、姑のババを一人るす番に残してオラ婚礼に出かけてしまっただ。

雪のたんと降った年で越後だか越中だかのブン小屋（棒小屋沢）という所があって、そこでこの辺の鉄砲撃ち衆が秋のうちに小屋を作っておいてシシをとるということで行っただ、その時雪がたんと降ってどうしても帰れず、食べ物がなくなってしまい、ジジたちはおぞい暮らし（悪い生活）をしていたそうな。それでも帰る時にはムスビを握ってこにゃなんねえで米をいくらずつでも食い残してお天気になるまで小屋にしこりこんでいた時に、奥からナゼ（ナダレ）が来て小屋をつぶしてしまった。それでもオラジジはまめったくて（丈夫で）生きて帰り、その話を聞いたけんども、犬ノ窪の矢蔵さという人が、小屋の口元に焚火を消さないように傘でこうやって立ちはだかってあおっていた。その時山へぶっかかったナゼが一丈（約三メートル）も盛り上がって小屋をぶっつぶしてしまったそうな。

　夜の八時にそういうめに会って、矢蔵さのはい出たのが明けの朝で、一丈もの雪をこうやってナタで切り開いて出て来たつう。その時出ちゃ見たけれども吹雪が大変で、カンジキもミノも食べ物も雪に埋まってしまい、家に帰るラチもあかない。しかたなし檜《ひのき》だか栢《つげ》だかの枝を折って輪カンジキをつくり、帯をひっぱいで、カンジキのひもにして、それで山を越して夕方四時に家にたどりついた。

　そして鉄砲撃《てっぽうぶ》ち衆（猟師）が山奥で雪をかぶって死んだか生きたかわからね、消防団長からみんなえんで（行って）もらいてえというわけで、オラよとなの衆（近くの人）がそこで評定《ひょうじょう》（相談）して、二人雪の深い四里の道をえんで（歩いて）オラ婚礼の家へ報せに来てくれただ。

　夜中の一時ごろでオラ寝ていたが、『今晩は今晩は』と戸を叩く者がある。何事かと思ったら、よとなの衆じゃねえか！　オラすぐジジのことが頭に来て、『オメたちよく来てくれただいな、オラのジジどうしたかな？』と思わず大声で言ったが、その時よとなの衆の言うには『どうも今度はジジが小屋でもって亡くなったらしいで、矢蔵さが報せに来てくれたで、すぐ沙汰に来たぜ』と。

さあ大変なことになった、それでオラとこの亭主はすぐ支度をして出たが、オラ子供連れだで夜中の三時時分に出てシンヨウで夜が明け、家にたどりついたのはもう昼頃になっていた。（つまり四里の道を九時間もかかったことになる、いかにその時の雪が深かったかわかる）

家に着いたらババから『われなジジはどうせブンゴヤ（棒小屋沢）からその身じゃ持ってこられねえで紙とカミソリをもってヒゲ一つだけもって来いよって兄（亭主）をやったぞよ』って聞かされた。

何でも後で聞くと、犬ノ窪から源汲へ沙汰のあったのが夕方の五時、いっけい衆（身内衆）が寄り合って評定し、その夜のうちに一番立ちが出たが、この一番立ちは夜通し歩いてブンゴヤに着いたのが夜明けだっつう。まずひと休みしてムスビの一つも食べて掘り出すめえか、と言って腰をおろした。その時ごそごそと何か音がしたっせ。それで『さあ大変だ、生きているわナ、こりゃムスビを食べちゃいられねえ、早く掘るめえか』というわけでシャベルで掘り始めたら、すぐ屋根板が出て、それからこれはと思って掘ったら猪さ（杉浦猪之松）の頭が出たっせ。外へ出たがよろよろと倒れかかった。『しっかりしろ』と支えたが、その時『外の衆はどうした？』と聞いたら、

『音はしていたが、ずっと下のほうで生きているようだ、オレ出る時にはいくらか音がしたけれどもわからない。オレは女房《かかさ》や子供が待っているで、どうでも出なければならねえと思って出て来た』ってそう言ったそうな。

　オラジジはその時うつぶせになってナタ柱の間《ええさ》にこうなっていたってせ。ナゼが来てその時火が消えたって。消えてよかったが、消えたばかりの時には煙で苦しく、それでも死ななかった。そのうち体温でいくらか雪がとけて楽になって来た。犬はジジの股へメッタにもぐり込んで来た。牧の衆の声は何も聞こえない。それでジジの言うことに、牧の衆がオレたちをこういうめに会わせておいて逃げ走ったと思った。外の衆もみんなそう思ったってせ。みんなで呼ばり合ったが音もないので、それからオメ死ねかや、ワレも死ねかやって、死ねるものならオネライ様早く引き取ってくりょと、みんなで泣いて騒いだってせ。これは牧のヤロドモ（喜作たちのこと）がオレたちをおいて逃げ走ったとその時は判断したゾよ、とジジが話した。

それから救援隊が雪を掘ってみたら、牧の衆は親子があおぬけになったままハリの下に心臓を打たれて死んでいた。犬（喜作の猟犬、メス）はその二人の間につぶされて腹から仔《こ》が産み出していたって――。

そのころ家《うち》では親戚や消防団長や村の衆が集まってごった返していたわね。村内《むらうち》の女衆が集まって飯を炊く者、ムスビを握る者、ムロブタでムスビを背中にしょって雪が降る中を順に山へ送ってやったが、そのうちにムスビの連絡のお返しに、『爺ッさ達者でいるでな案じることはないねゾい』といって来た。またしばらくすると、今度は『生きているぞ、遅くも五時頃にはここへ来るぜ』と伝言が来てみんな万歳を叫んだが、オラ何こくだ、あんなこと言ってオラの張り合いのいいように言っているずら、そう思っていたんね。そのうちに、

『ジジが帰って来たぞ！』というだれか大声で家へとび込んで来た者があって、それで表に出て見たら、あの向こうの道をうちの犬が先立ってジジは大勢の真中に囲まれてとぼとぼと歩いて来るじゃねえかい。そのジジはぬれた綿入れをわっぱって（着て）、みじめな格好だったが、たしかにオラジジは生きていた、ウソじゃなかった。

そして家が近くなって来てオラたちの顔を見たらジジは急にきゃきゃって泣き出したじ。うれしいっていって、死んだ者が生き返ったってこのこんだっていって泣いたじ。あんな心配したことないがあんなうれしかったこともなかった。

掘り出された時に北条屋敷（犬ノ窪の隣部落）のトラさ（吉沢寅之助）が自分のシャツ一枚ぬいで着せてくれ、水筒に入れていった酒を、掘り出した者に一杯ずつ飲ましてくれたが、あの酒の味は忘れられないと、オラジジは死ぬまで言っていたじ。

またセツナかった話といえば、牧の衆はシシをたんと獲ってその骨を煮出して濃い汁を飲んでいるに、こっちから行ったジジたちは一つも獲っていないので意地悪されて、それを飲ましてもらえない。その煮出した骨のカスをもう一回雪を入れて煮出し、おぼしめしに飲ましてもらったってせ。本当はジジたちはもっと早く帰る予定だったのを、山が荒れて七日も外に出られなかった。本当に死にぐるみになって帰って来たと話した。（この件については異論もあり。別記する）

それから小屋がつぶれた時のナデは、向こうにこう山があるだ。その山へナゼがこうぶっつけて来て、たまりきれなんだもので、向こうの山は高いけれどもそれでもその山を乗り越えてきたナゼが小屋をつぶしたものだと聞いた。それからあの時ナゼの本場へ乗り込んでいってくれた人（第一次救助隊）の名は、オラ親になってくれているいちのさのジジ、お向こうのジジ、オラ新宅のジジ――このジジは道まで行ったつうが本場までは行かなかった。何しろあんなブンゴヤまでは鉄砲撃ちでもなけりゃ行けるもんじゃねェ、このほかでは荒井ユキマサ、荒井今朝吉、荒井カミ三郎、荒井ヨウジ、それにもう一人いったナ。これは営林署に行っていた北条屋敷のトラさ（吉沢寅之助）。

もうこの人たちはみんな死んでしまった。生きているのはオムスビを運んでくれた人だけだ」

ナダレの修羅場に向かった人々

「――あの晩村の半鐘を打ったかどうかはよく憶えていないが、何でも消防組が主になって働いたのだから半鐘ぐらい打ったかも知れないナ。オレに連絡のあったのは夕飯の少し前だった」と大田実（源汲）はいう。

彼の話によるとこの村では〈男役〉というもので出たわけだが、村うちの仕事には〈村分〉〈男役〉の二通りあって、村分は一軒の家でだれか一人出ればよいが、男役は、〈男人別〉といって、村に籍のある十五歳から六十歳までの男は病人を除いて全部義務として出なくてはならないというものだという。この時は五十戸ばかりの源汲で、猪之松と千馬吉爺さ二人がナゼに埋まって生死不明ということだから大騒ぎになったはずである。

すぐ救出に出発しなくてはならないが、「いくらこの辺でも厳冬《まふゆ》の岳《だけ》へ行けるという人はそんなに多くはない、それにはカンジキから違うでね。食いこみがこのくらい（一〇センチ）あるんね。こんな道具を持っている者はこの村でも山人《やまんど》だけで」。山人とは狩猟や山仕事をする人のことである。

しかし一時《いっとき》を争うことで、とにかく十人ばかりの第一陣はその晩のうちに出発し、第二陣は翌早朝、これは村中全部がいっしょの出発ということで、ひと晩じゅうまるで戦争のような騒ぎであった。

この第一陣としてナダレの現場へ乗り込んだ人々はもちろん山なれた山人の中でも特に精鋭を選んだものだった。

救援隊長は荒井米吉、隊員は古畑マタジ郎たちであるが、この人たちはいずれも父親を棒小屋沢で失っていた。

明治の中頃、源汲の鉄砲撃ち三人が棒小屋沢のナゼに埋まってついにその死骸さえも見つからなかったことがある。それは次のような人々である。

荒井治郎吉（米吉の父）、古畑甚五郎（マタジ郎の父）、古畑貞治、これらの人々の戸籍から調べたところによると、この時のナダレは明治二十七年三月六日であったことがわかった。これは喜作の死亡日三月五日と一日違い、棒小屋沢で一番ナダレのおそろしい時期であることがよくわかる。つまりこの人たちにとっては棒小屋沢で死んだ父親の命日であった。

だから彼らはまるで親の仇討ちにでも行くような悲壮な出発だったという。身内はみな水盃をして送った。この第一陣が現場に着いたのが翌七日の夜明け、矢蔵が泣きながらよろよろと家にころげこんだ時刻が電灯のついた時分というから六日の夕方四時ごろ、つまり矢蔵が知らせてから十二、三時間で救援隊は現地に到着して、まず猪之松が救出された。

大田実は「風邪をひいて心ならずも第一次には参加できず」、第二次の朝方出発だった。何でもその時現地へ行った人たちからの報告によると、小屋の大ハリが真ん中で折れて幾つかにさけたその下に寝ていた喜作親子は死んだが、外の衆はみんな入口かはしに寝ていていくらかずつはずれていたので助かったという話だ。結局、喜作の〈山庄屋としての威厳〉が喜作を真ん中に寝かせて、それが死の原因になったと大田実はいう。つまり本来ならば他人の小屋（矢蔵たちの北の衆の小屋）に入って来て、そんないい場所に寝るというのがそもそもまちがいだが、そこがそれ山庄屋の威厳というものだという。

またこんな話もあった。矢蔵ははい出してはみたが、ナダレに埋まって何の道具もない。それでカモシカの毛皮が木に干してあるのに気づき、その皮を切ってカンジキを作り、それで帰ってきたという。またあとで猪之松から聞いたところによると、矢蔵が出た時みんな「あんなずうずうしい野郎は毛皮をもって逃げておそらくここには帰っては来まい」と話し合っていたという。その矢蔵が救援隊を連れて来た。「何しろ矢蔵はえらいめに会ったもんせ」と大田はいう。「喜作の親戚や南の者が〈北の衆〉を疑ったり恨んだりしているという話を聞いたが、とんでもない誤解さ――。考えてみてもわかるだろう、牧のヤロドモなんか電報が着いてからでも村うちがまとまらず、二日も後でなくては出発できなかったじゃないか！　それと比較してみたらすぐわかる。特に矢蔵のごときはあの日雪の山道を遭難後に食いものも食べず二往復もしているだでね。喜作たちが助けられなかったといってもそれは結果論で、あれだけ救援が早ければ普通なら助かったはずだよ。

そんな危険な救援活動をしながらだれも一銭のお礼ももらった人もいない。もっとも猪之松も千馬吉爺さもそのころは貧しいその日暮らしの生活でそんなことのできる立場にはなかったし、ましてや牧の喜作さの家族親戚衆からもはがき一本の挨拶ももらったことがない。それはいいとしてもこちらの衆が喜作を殺したではないかと疑っているという風聞のごとき、命がけであのおそろしい棒小屋沢へ救援におもむいた亡き人々のためにも、私はどうしても許せない気持ちである。これはみんなあの悲壮な救助活動を見ていない人々の考える妄想《もうそう》ですよ。牧のヤロドモも実際にあれを見ていたらそんなバカげたことがいえるはずがない」

源汲、犬ノ窪、北条屋敷、大出と当時を知る幾人かの古老と話してみてだんだんわかったことは、平沢美津男をのぞく外の人はどの人も当時は生活は楽でなかった。それでいながらどの人も殺生（猟）ということがまことに好きで、千馬吉や猪之松はイワナをとるか、青物（ウド、ワラビ、フキ）とりなんかしてほそぼそ生活をたてていた人々だったらしい。それで千馬吉爺さなんかは結局この青物とりに行って山で死んでいる。

またもう一人平沢美津男の兄岩雄は弟が棒小屋沢に行ったイキサツについて「名猟師喜作のカモシカを獲るところを一度実際に見たいということで行ったもので、みんなズブの素人みたいな衆せ。特に家の美津男なんかは一度カモシカの肉を食べてみたいといってみんなについて行ったもので、縄張りだの、分け前要求なんてとんでもない」という。これは杉田勝朗のノートとも『庄吉聞き書』ともまったく合致する。

喜作ははたして恨まれていたか？

「喜作は北の猟師仲間に恨まれていた」

「縄張り外に行って北の衆に謀殺された」

こういう風評に対して遠山林平の話はだいぶ違っていた。彼は喜作とも親しく、特に一男とは同じ年で、いっしょに芸妓買いもしたことのある仲で、リンペイの愛称で喜作亡きあとは遠山富士弥たちとともに北の鉄砲撃ち仲間のリーダーであるが、彼の話によると、

「オラ軍隊から帰った時に、喜作は謀殺されたといううわさが上高地や槍ではもっぱらの評判だったが、オラいっしょに行った北の連中をよく知っているでそんなことぜんぜん信用しなかった。それはそうさ、考えてみてもわかるだろう、こっちにだってベテラン鉄砲打ちはいるさ、その人たちが縄張りを主張したというならまだしも、あの連中（珍客三人組）なんか、そんなケンカのできるような度胸のある連中は一人もいないわ。それにだいたい仲間のうち矢蔵はいくらか鉄砲を撃つことは撃ったが、平沢美津男やその他の衆はまったくのズブの素人さ。棒小屋沢へ鉄砲撃ちに行くなんてタマじゃあないわ。何しろオラそばに住んでいても初耳だ」という。

また北の縄張りということについては「棒小屋沢や東谷なんてあんなところは大町や平《たいら》村の縄張りではない。あそこはだいたい富山県地籍で、縄張りということならむしろ越中愛本《あいもと》の縄張りだ。恨みを持たれるなら愛本衆の恨みだ。だから大町辺

りではあそこを昔から〈岳《だけ》の外〉といっており、アルプスの外、つまり他国という意味だ」という。

「しかし実際には越中の愛本衆だってあそこまではなかなか入れず、品右衛門が小屋場をもっていたくらいだった。つまりあそこはだれも恨むも恨まないもない。だれでも行ける自信のある者が行けばいいので、またそう言ってもだれでも足を踏みこめるというところではないワ」と林平はいう。

ここに入るというからには、だれでも命をかけてでないと出来ないところだ、この辺の猟師もだいぶここで死んでいる。西沢小沢の西沢も義十滝沢《ぎじだるざわ》の義十も大町の人だ、また品右衛門小屋のあるコヤウラ沢、そして明治に入ってからは前記源汲の猟師三人もここでナダレにやられている。そういうわけでその後は品右衛門以外はこんな危険なところにはほとんど入っていない。いないからこそ獲物の宝庫ということになる。その後を継いだのが喜作であるがこれもここでナダレにやられ、その後は林平が兵隊から帰って来て（大13）倉茂勝太郎や遠山兵三郎、遠山富士弥たちとときどき入っていたというのがその後の実情である。

「だいたい縄張りなんてものは」と林平はいう。「あってないような一種の既得権だでね。しいて縄張りというなら、喜作は北の大親分品右衛門の跡継ぎで前から棒小屋沢に入っている大先輩だ。きのうやきょうの棒小屋沢ではない。それをはじめて来た矢蔵や新米の小僧っ子に縄張りで恨みを受けたり、ましてや配分を要求されたりするはずがないじゃないか！」と林平は大笑いする。

シシ売り婆《ばば》さの恨み

大出《おおいで》（平村《たいら》・現大町）の品右衛門といえば北アルプス黎明期に活躍した三人の山男、上高地の嘉門次、槍ケ岳の喜作、黒部の品右衛門といわれた傑物であるが、その品右衛門に喜作は終始師としての礼をつくしていたという。

林平の話によると「喜作という人間はある面ではケチピンな強欲な面もあって人に嫌われたが、先輩をたてるということにおいてまず喜作にまさる人はなかった。それで黒部に入るにも鹿島槍、爺（岳）に登るにも、必ず品右衛門の家へ立ち寄って丁重な挨拶をし帰りにも寄った。その行き帰りが面白いだな、カモシカか熊の肉を一包み手みやげに持ってくることもハンで押したように決まっていた。

これはなかなかできないことで、何でも行きは南の常念か槍あたりで獲った肉、帰りは鹿島槍や黒部で獲ったまだ血のついた肉をほおの葉か何かに包んで持って来て山の話をして行った。

これがまた品右衛門にはばかにうれしかっただな。オレもこの年になってよくわかるが、喜作の話す山の話の一つ一つが老いた品右衛門には懐しい。肉は自分も苦労して獲った経験があるから、その肉の一包みがよけいにうれしい。これは山人《やまんど》でなくてはわからないが。それで品右衛門には作十、兵三郎、富士弥などの息子がいたが喜作をいつもその上に立てて、『お前たちも少しは喜作を見習え!!』なんてよく聞かされた」という。

しかし、北の山庄《やまじょう》屋《や》といわれた一代の名猟師遠山品右衛門も老後は淋《さび》しかった。頼りの長男作十は早死し、山歩きのできなくなった品右衛門は大出の大姥様（喜作の検視の行なわれた草庵）のそばに登山者相手の小さな店を持って、死ぬ（大九）まで酒や菓子を売ってささやかなたつきをたてていたが、そんな品右衛門にいつまでも変わらぬ態度で接したのは牧の喜作だけだったという。

「それを喜作の打算と見る者もあるだろうが、それがぜんぜん違うんだな。品右衛門がよぼよぼになってだれも寄りつかなくなっても、喜作だけははじめて挨拶に来た時と少しも変わらなかった。えらいもんだね。オレが心から喜作を尊敬しはじめたのはこのころからさ。だから品右衛門は自分の子にもオレ（林平は品右衛門の外孫）にも教えなかった棒小屋沢のことを喜作には教えていたらしい。

北の大親分がこれだけほれこんでいるものに品右衛門配下のわれわれが恨みも何もあるはずがない。それに喜作はしょっちゅうこちらへ来ていたからオラたちは喜作に対して南の人とか、北の人とかいう感じをもっていなかった、喜作は天下御免の人間だった」

また林平は「シシ売り婆さのことを話さないとよくわからないが」と前おきしてさらにこんな話をしてくれた。「あのころカモシカの皮は丸ズラ（肉のついたまま）で三円か五円くらいのものだった。黒毛の本当にいいものでナマでは五円くらいかな。ちょっと悪い赤毛のものならへえ（もう）肉づき三円くらいのものだった。昔からカモシカというものは妙な売り方をしていたな、足一本五十銭くらいだったかな。ツラヌイという冬山に入る足袋《たび》や手袋をつくるにはどうしてもこのカモシカの足の皮でなくてはならなかったので足は別に金になる仕組みになっていた。オラたちはそういう方法で、みんな大姥様のそばにあるシシ売り婆さの家に毛皮も肉も売っていた。シシ売り婆さはまたその肉を箱に入れて背中にしょい、大町や池田や松本あたりまでツボ売りして歩いていた。

喜作も初めはこのシシ売り婆さに毛皮も肉も売っていたが、そのうちに喜作は自分で毛皮をいい値に買い出して、それでこの辺の猟師たちは活気づいたわけだが。その喜作はどういう買い方をしたかというと、それはきわめて簡単なもので、何でも丸ズラで一貫匁（四キロ）二円というやり方さ。五貫匁のカモシカなら十円、七貫のものは十四円という計算さ。これで今までシシ売り婆さに売っていた倍か、ある時には三倍になるのだから、まさにこっちの衆は『喜作サマサマ』さ。いったい喜作はそんな高いものを買ってどうするかとオラたちのほうがかえってよけいな心配したくらいだが、これによってあわてたのはシシ売り婆さで、商売あがったりだもの。

それで婆さどっかへ調べに行ったらしいぞ。喜作はどこから金を持って来てどこへ毛皮を持っていくのか？――婆さ研究しただな。そしたら喜作は家へ持ち帰って解体し、毛皮は自分でナメシて上高地にくる金持ち登山者や外人に売りつけていたそうだ。それだでこっちの衆が喜作を恨むどころか、喜作サマサマと思っていた理由がこれでわかるだろう。

ただその毛皮のことで一度おかしなことがあったな。それは喜作が逆にシシ売り婆さに毛皮を売ったことがあったが、その時、喜作は赤毛の悪いやつはシシ売り婆さに売りつけておいて、いい黒毛のものは途中に隠して持って帰った。それをまずいことにここの婆さに見つかってしまったのさ。婆さかんかんに怒り出したことがあったが、これは怒ったって仕方がない。喜作はそういうコスイ（ずるい）ことはたしかにしたな。この辺の連中の考えつかないことをする。

しかしこれだってコスイといっても、それはコスイには相違ないが、今考えたら当然で、喜作の頭はこの辺の者よりそれだけ一歩も二歩も進んでいたってことよ。また欲の深いってことにしても、それは山でカモシカや熊を追うとき、暗くなっても獲れないときは喜作は帰らず山で寝て翌日またそこから追ったとか、ただそういうことですよ。だからこちらの衆は喜作を偉い人と受け取り、地元の牧の衆が喜作の悪口の材料にしていたのだからおかしな話さ。

今でも思い出すのは中房温泉にいた畠山善作なんてガイドは、行き会うたびに喜作のことをクソミソに悪口を言っていた（注―このことは『山と渓谷』＝5号、昭5＝に畠山善作が語っている「――喜作は友だちだからよく知っているが、しかしずいぶん山人としては有名ではあるが私は尊敬する気持はない」と語っているのと合致する）が、しかしオラに言わせるとあんなものはケチくさいねたみ根性じゃないか！　喜作の生まれた牧なんてところも昔はろくに米も食えない貧乏村だった。オラほうもそうだが。それを喜作が猟や毛皮でどんどん荒稼ぎするものだからそばで見ていた牧の人々のあれは嫉妬《しっと》さ。

しかしオラほうにはそういうことはなかったな――こっちの衆はみんな今でも喜作といえば品右衛門なき後の山庄屋ということでうやまっているよ。うそだと思ったら村中歩いて聞いてみろ！」

〈遠山仁―大出・品右衛門の孫〉

オラ爺《じい》さ（品右衛門）の死んだのは大正九年だが、しまいには体も弱って晩年は哀れだったが、それでも喜作だけは師としての礼を尽くし最後まで態度が変わらなかったじ。喜作というものはえらいもんせ。オラその時分まだ小さい子供だったが、いつもカモシカの肉を必ず持って来てくれるので、それが楽しみで喜作さのくるのを待っていたのを今でも忘れない。

〈西沢富次郎―大町・鉄砲鍛冶〉

喜作さみたいなあんないい人はねえんね。喜作さを悪く言う人があったらそれは言う人が悪い。あんなまっとうな人があらすかね。みんなねたみだんね。だからうちのおやじ（柘次郎）なんか鉄砲修理なんかしても金はとらなかったんね。あの人からは金がとれないといっていた。どうしてかというと喜作さという人は名前のとおり気前のいい人で、いろいろこちらがもらいすぎて、金を請求するどころではなかった。

北の衆に恨まれた？　バカ言っちゃいけねじ。この辺の鉄砲撃ちはみんな家に顔を出すからまあ知っているが、だいたい岳越《だけこ》して向こう（棒小屋沢）で小屋掛けして猟をするなんてものは昔だったら品右衛門、そのあとは喜作さくらいなもんせ。だれの縄張りでもないんね。あんなとこはそれだでこっちの衆は〈岳《だけ》の外〉といっておそれているくらいせ。恨むも恨まないもないことだわね。

〈近藤玉喜―大出・大町現猟友会長〉

喜作さはしょっちゅうこの辺には来ていてよく憶えているが、こっちの衆に憎まれていたなんてことはぜんぜんないんね。あの人はすねがよくってね。山でシシなんか夜がな夜中追いまくって獲ったなんて話もあるでね。偉いもんせ。あれはこっちでは鉄砲撃ちの神様せ。それでこの辺では山庄屋っていったんね。

＊

「こういう話は牧の連中には想像もできないことせ。だいたい牧の衆よりこっちの衆のほうがうんと人間がまるいわね。だからね喜作が北の衆に恨まれて殺されたなんてタワゴトはこういうことを知らない連中のデッチあげた妄想ですよ」

これは遠山林平の言葉である。

追跡・もう一人の人（第十一話）

野陣場小屋の謎

喜作たちの遭難した野陣場小屋がはたしてどんなものであったかは必ずしもはっきりしていない。

昭和五年の夏、前記冠松次郎がこの渓谷を溯行した紀行文には、

「――更に棒小屋沢を溯《さかのぼ》って、鹿島南槍（主峰）の頂からくる大きな谷、コヤウラ沢出合の下手につづく台地のような丘の上に露営した。――略――ここからコヤウラ沢の上流を仰ぐと、鹿島槍から牛首につづく尾根がすんなりと延びて、偃松《はいまつ》は青く、ガレは夕陽を受けて赭く光っている。

八月二十五日快晴――略――午前六時二十分出発、コヤウラ沢を上りはじめる。少し溯って右上を見ると、川から三十メートルくらいのところに粗末な小屋が見え

る。これが喜作の小屋だなと思った。棒小屋沢の本流とコヤウラ沢との間に下りている尾根先の僅かな平地にできているものであるが、本流を歩いている者には一寸気のつかないところにある。多分喜作は、対岸の中尾根から走って来たナダレに押されてここでやられたのであろう。地形がどうもそうらしく私には思える。棒小屋中尾根の側面はその辺ではかなり高く急なばかりでなく、大きなノマを押し出す悪い谷が、コヤウラ沢と向い合いにナギ込んでいるからである。初夏の五、六月頃ここへ来て見ると、驚くくらい大きな雪や崩土の押し出しは対岸にまで堆積して流れを塞《ふさ》いで雪の丘を築いているのを見た。――略――不慮の山の犠牲者をこの落口で出していると思うと、この付近の情景を眺めくらべて荒寥《こうりょう》とした感が強い。今小屋のあるところは、多少位置が違うらしいが、何にしてもこの近まの出来ごとであったことは確かである」と書いている。

棒小屋沢でその後実際に小屋掛けして狩猟を続けて来た、猟師田中昌夫（大町）、鬼窪善一郎（松川）などの話によると、小屋というものは九尺二間（約二・七メートル×三・六メートル）の三角小屋というのが常識だという。八、九月ごろネズコ（ヒノキによく似た植物）の皮をはいで屋根板の代わりにして、土間はヒラビリとする。食糧は十月のうちに米塩みそなどをあげ、大きな木の一番上につるしておいたというが、これは戦後の話。

五十年前の喜作たちの小屋はどんなものであったか？　牧から行った搬出隊の人々の見た遭難現場はまるで穴ぐら（雪洞）のようなところに二人は死んでいたといっている。

しかし槌市つる（源汲）の証言では「ジジたちは秋のうちに小屋をつくっておいて出かけた」という。もっともそうでなくてはとうてい猟師七人と犬十四匹も入れるはずもないし、また「シンマイの珍客三人組が先回りして待っている」こともできるはずもなかったであろう。

また遠山林平の話では、

「オレは喜作たちの死んだその次の年兵隊から帰って来てから線香もってわざわざ棒小屋沢へ行って来たが、あれは五月ごろ（大13・5）だな。ずっと雪が消えて沢との間の野陣場が全部出ていた。そしてそこには屋根板の切れ端とか、材木が少し、あれでも二、三本こんな短いものがそこらに散らばっていたかな。そのくらいのものだったぜ。それでオレは喜作がこれでやられたのかと思って、そこらに散っている木を集めて、それを山のところへ立てかけ、そこに線香をあげて帰って来たが、折れた木なんかなかった」と言っている。

ここで気づくことは野陣場小屋の「棟木《むなぎ》が折れてその下敷きになって死んだ」とするこの棟木が、林平は折れていなかったといい、同じ〈北の衆〉の大田実は「棟木が折れて二つにさけ、それで二人死んだ」としている。南の衆でも丸山貞一は「一本丸太が折れていた」といい、外の小林住治、同九一は否定している。これはどう判断したらいいのか？　こういう食違いは三百数十人の証言の到るところに見られた。

特にひどいのは、南から搬出に行った三人が、一致して「ナダレの形跡はなかった、もしあってもそれはきのうきょうの新しいものではない」（小林九一）と主張し、「死因はナダレではなくて謀殺である」と彼らは信じて疑わない。

これは現場に行った小林住治、小林九一、丸山貞一もまったく同意見で、彼らはその後に必ずこうつけ加える。「そうでも考えるより外にワシらもこれだけは何とも合点がいかない」

こういう疑問に対して源汲のある古老は、

「それはオレに言わせると、喜作は牢《ろう》名主のように一番いいところに寝ていたのでやられたと見る。外の者はみんなはじっこか、入口に寝ていた」

またあるものは「だいたい喜作が自分の小屋でもないのにそんないい場所に寝るというのがそもそもの間違いだが、そこが山庄屋喜作の威厳というもので、つまりその威厳が喜作の死因となった」というのである。

こういう説は平《たい》村《ら》では外でも耳にし、すでに村の定説になっていたが、指導的な者までこういうことを言い出すことは何とも理解に苦しむ。

というのは野陣場小屋は何といっても狭い九尺二間の小屋。荒くれ七人と犬十頭が入ったらそこに牢名主や山庄屋の席があるかどうか、それはともかく、はっきり言えることは、真中にいようがはじにいようが、そんな狭い小屋では中の者の運命は同じで、ナダレの前にはこれほどはっきりとした差の出るものとは考えられない。

つまりそんな中にいて喜作親子とおまけに喜作の犬までやられて、外の者は「クソ皮一つもむけていない」ということは何といっても異常なことで、それを牢名主や山庄屋の威厳が死因では決して人は納得すまい。

それに望月金次郎（塚原）は、

「喜作さという人はいつも生血を飲んでいたので、体がほてって困るといって、いっしょに小屋に泊まっても、決して火のそばや小屋の真中に寄らず、いつも隅に寝ていた」ということである。

これは喜作とは長年仕事をともにしていた人の証言だけに、きわめて重要な意味を持つ。すなわち喜作が小屋の真中に寝たということはそのまま肯定できないということである。

ところが最近『庄吉聞き書』のもとになっている、杉田の古ぼけた大学ノートを見せてもらって二七〇ページのようなこの夜の見取図を発見した。

これは杉田が庄吉から聞いてその場で書いたもので信頼できるものと思われる。それによると、この夜の就寝位置では、真中にいたのは喜作ではなく庄吉で、喜作と一男はむしろ入口に寝ていた。そして棟木は図のとおり入口に寝ている喜作と一男を襲っている。

つまり、牢名主や山庄屋の威厳が死因でなかったことは確実である。してみるとこれもおそらく後からくっつけた感情的反発かという気がしてくる。

つまり喜作の死因は偶然ということになる。それ以外にこの夜のことは説明のしようもないと北の衆はいうのである。

「山にはよくそういうことがありますよ」と地元松本の山岳遭難救助隊長・高山忠四朗は言う。

「あれは昭和三十九年千葉工大の学生がナダレで埋まった時のことだが——場所は上高地入口の釜トンネル付近。まず救援隊四人を送ったが、四人とも途中で埋まってしまった。それがわかったのがだいぶ後だったから、救出は時間が遅れてまったく絶望とみられていたが、掘ってみたら奇跡的に生きていた。その原因は、このくらい（三〇センチ）の石があってその横に埋まっていたためだった。ところが救援隊のほうは反対に四人全員死んでいた。山というものはそういう偶然に満ちていますよ。六十歳の老人が助かったのに、若者がかえって死ぬ。そういう偶然も当然起こるでしょう。何もおかしいことはありませんよ」

なるほど雪山には不可解な偶然ということが多いことはわかるが、しかしそれだけで喜作の死のナゾが納得できる人は少ないであろう。どうしても最後まで残るのは矢蔵にまつわる幾つかの疑問である。

疑惑を生んだ黒部谷の恐怖

①「矢蔵ははたしてナダレをナタで切って出られたか？」
②「源汲の三人組と矢蔵は共謀者《ぐる》ではないか？」
③「現場を直してから牧へ沙汰したのか？」

こういう矢蔵の不可解な行動が南の衆の疑惑を深めたことは確かである。このことは北の衆の中にも次のような形で現われていた。

〈―男―大出〉「正直言ってあの時オレもおかしいと感じただいね。ああいう時の雪はハガネより堅いでね。それでオレ一度矢蔵に言ってやったことがあるだ。おいお前《みやア》だけ何で出られたのだって、そしたら――略――」

またもう一人はこんなふうにいう。

〈―男―大町〉「あの時のナダレは雨が多いから当然地こすりですよ。そんならみんなもろにいってしまうものだ。そんな雪をナタで切って出てくるなんて素人は信じても、棒小屋沢で長く生きて来たオラたちは信じられない」

北の衆の故郷でも巷に吹くうわさの風はまちまちだった。

しかしこの時のナダレが初雪雪崩《ワボウ》であったか、地こすり雪崩《なだれ》であったかは必ずしもはっきりしないが、いずれにしても、いったんコヤウラ沢から棒小屋沢本沢につき当ててワックリ返って来たもの（前頁図参照）。こういう山を越してくるナダレの例は砂田二三雄（元クロヨン土木技師）の話によると、昭和二十九年黒部猫又の黒二発電所工事現場に大規模なものがあったという。

喜作遭難のナダレがこれとよく似たものだったと言われているが、これなら小屋を下へ押し流すこともなく猟小屋の屋根に雪が積み重なり、一気に小屋を押しつぶす結果になる。源汲の救出隊はそれを上から三間も掘ってようやく救出した。したがって牧の搬出隊には、雪を掘った穴ぐら、つまり雪洞のように見えたのも当然だったであろう。

この北アルプス黒部谷の泡雪崩を長年調査している、富山大学中川正之教授（結晶物理学）と北海道大学低温科学研究所の清水弘助教授らは、最近一平方メートル当たり実に百四十トンという驚くべきエネルギーを記録した。（昭46・9・30・朝日新聞）

これまで世界一といわれたナダレは、スイスで記録された同百八トンで、日本では黒部阿曾原谷で同百一トンの圧力が最高であった。

この黒部のナダレがどれほどの恐怖かは、かつて昭和十三年旧日本電力黒部第三発電所建設工事現場で、鉄筋コンクリート五階建ての作業員宿舎を一瞬のうちに空中六百メートルも吹き飛ばし、百十二人の命を奪ったことでもよくわかると思う。今度中川教授らが「圧力記録計」を配置したのも実はその宿舎跡であるが、この時の記録計は測量限界の百四十トンを越えてしまい、それ以上どれだけ圧力がかかったのか不明だという。またこのナダレ時期は、気象台の記録などから推定して、三月初旬の泡雪崩だといわれている。喜作遭難の棒小屋沢のナダレもおそらく同じものであろう。

同紙の報ずるところによると、この時期の泡雪崩はただ雪の塊が落下するだけのものと違って、ナダレの際に空気の渦《うず》を生じ、雪の粒の間の空気を異常なほど圧縮しながら落下し、それが障害物にぶつかると急激に膨張するので大爆発と同じ現象を起こし、この爆風は毎秒数百メートルにも達するといわれているが、その実態はまだはっきりとは解明されてはいない。

喜作救出に向かった牧の小林住治たちが「ひっきりなしにまるで大砲でも撃ったような音が聞こえた」というのは、このナダレの爆発音だったのである。

これを要するに、黒部のナダレは世界的なもので、その恐怖はまさに常識を越え、想像を絶するもので、喜作の死をめぐる幾多の疑惑を生むもととなったのである。

矢蔵と珍客三人組はグルか?

そういうナダレの前後における矢蔵の行動には幾つか不可解なものがあった。まず棒小屋沢出発前(二月七、八日)矢蔵はどこへ行っていたのか? そのナゾから明らかにする必要がある。

鉄砲カジ西沢富次郎の話では前記のとおり「矢蔵さは待ちくたびれて先に棒小屋沢に米をひとり背負いあげて来た」

またこれについて大町の山案内人・平林高吉はこんなふうに言う。「それはそうせ。喜作といっしょの仕事の時は、そういうことをすると喜作は必ず毛皮の一枚くらい余分にくれたからね。矢蔵さも、いつかそう言っていた」

しかし実際には棒小屋沢に米は上がっていなかったようである。というのは槌市つるの「オラ爺《じじ》たちは食うものがなくて骨のから汁うんぬん――」の証言が正しいものとすれば、この野陣場小屋には米は上がっていなかったことになり、いったい矢蔵は何をしていたのか？　北の三人組を棒小屋沢に案内したと推理するものもあるが、それは違うとしても、この日の矢蔵の行動は確かに不可解であった。

これについて大田実は「その源汲の二人と犬ノ窪の平沢美津男の三人は矢蔵さが誘っていっしょの仲間で行ったものだ」という。とすると矢蔵はこの北の三人組と何を約束していたのか？　それは喜作たちには秘密であった。それが証拠には『庄吉聞き書』も『一男の猟日記』も、東谷から棒小屋沢に移動した時、そこに源汲の三人組がいたことを「そこで思いもうけぬ珍客が待ちうけていた」と表現している。

だから矢蔵がナダレではい出して泣きながら家に駆け込んだ時、同じ村の平沢美津男の母マキが矢蔵の家の前で「オラ美津《みつ》男はもう生きちゃいめいワーワーワー」

と恨みがましく泣きわめく破目になったのも、「矢蔵さに誘われなければこんなことにならないものを」というマキの恨みがこもっていたわけである。二足のワラジというかあきらかに矢蔵の裏切り行為であろう。

ところがその矢蔵には、ナダレの少し前に妙なことがあった。

それは東谷でナダレの危険にさらされ、棒小屋沢に移動するかどうかと話し合った時（三月一日夜）、矢蔵と庄吉がいっしょに反対してもう帰ろうといい出した。「喜作は怒って一方的にみんなの意見をまとめて棒小屋沢に移動を強行させた」（庄吉聞き書）という一幕である。

もしこれが事実なら、これは当時の矢蔵の微妙な気持ちがよく出ていて興味ある、それは次のように解釈したい。

矢蔵という男は、図体は大きく、荒っぽくて、ケンカぱやい貧乏人であるが、内心はごく気の小さい人のよさをもっていたことは、多くの知人や村人の証言ではっきりしている。

そこでまずこんな場面が想像される。

お正月村の新年会か何かで酒でも飲んだ時、矢蔵が酒の勢いで景気よく見得を切ったと思えば間違いない。

「オラ今度牧の喜作たちと棒小屋沢へカモシカ撃ちに行く！」。それはまさに村では英雄でありカッコいい見本のようなものだったに違いない。したがってそこに居合わせた男たちは「オラも喜作の猟というのを一度見たいものだ、ぜひオレも連れて行ってくれ」というものが続出したに違いない。

それに矢蔵は「よしオレにまかしておけ」と新米たちの前でカッコいいところを見せてしまったものと思われる。

美津男が「オレはカモシカの肉を一度食べてみたい」とついて行くことになったというのも、おそらくその席に居合わせたからである。矢蔵が後で後悔してもすでにおそかった。

矢蔵とすれば、何の得になるでもないのに、とんだ厄介者をその場の座興で引き受けてしまったものである。そうかといって喜作にうちあけるだけの勇気もなかった。矢蔵は一人悶々《もんもん》としているうちに、「なあにかまうもんか、山で偶然あったようにすれば何とかなるさ」。彼はあまり深くものを考えることは不得手である。しまいにはそういう気持ちになっていた（？）。

面白いのはその矢蔵が、こともあろうに東谷から新米どもを棒小屋沢に置き去りにして帰ろうと言い出したことである。これでは何が何だかさっぱりわからなくなってしまうが、矢蔵にしてみればそれで結構つじつまは合っていたであろう。どういうことかというとこの時〈獲物が二十三頭も積みあげられていた〉というただそれだけのことで、ほかに深い意味はなかったと思う。いずれにしても二十三頭!!

この現実の前に矢蔵の気持ちは一変した。

それは、「棒小屋沢に移動するとそこに仲間が三人待っているはずだ、しかもおそらく獲物は獲ってはいまい、もしこの獲物を持っていったら分け前要求がある？　いやそういう《カッコいい話》で連れ出して来たものだ——そうなると自分の分け前が減る、悪くすると半分になるかもしれない」

こういう厳しい現実を前にして、矢蔵ははじめて三人の仲間を連れ出したきびしい現実に気づき、心変わりしたのではないか？　という推測である。背に腹はかえられぬ。話はあとで何とかなるだろう。ここはさっさと帰ったほうが得だ!!　ということだったにちがいない。

それはそのはずで、彼らは観念の遊戯やカスミを食って生きていられる人種ではない。貧しい、ぎりぎりに生きている専業猟師矢蔵の悩みがそこにあった。女房は厳寒の高瀬川でバラスふるいをしている。したがって矢蔵の奇怪な行動とみえたものも、つっこんで調べてみるとせいぜいこの程度のものだったであろう。

その点庄吉の場合もっと単純で、後で彼が多くの人に述懐しているように「あの時ほどそらおそろしいと思ったことはない、命のあるうちに早く帰りたいというのがいつわらぬ気持ちだった」という。

矢蔵と庄吉

もう一つ興味あるのは、この時矢蔵は庄吉に内実を打ちあけて、二人で喜作に対する共同作戦で棒小屋沢移動を食い止めようとしたのかということであるが、どうもそうではあるまい。源汲の三人組が棒小屋沢で待っていることを、庄吉がぜんぜん知らなかったことはたしかである。

とすれば矢蔵一人が両者の板ばさみになって苦しんだことになる。野陣場小屋にまき起こる険悪な空気は行かぬ前から矢蔵には目に見えていた。とみるべきで矢蔵には気の重い移動だったに違いない。予想どおり三人組は一頭も獲っていなかった。

ここで分け前要求（?）となる。喜作が激怒してこれを一蹴する、険悪な空気（?）のまま同宿する。ナダレの襲来という順序である。

分け前要求はあったか?

次はこの険悪さが本当にあったかどうか?　またそれはどの程度のものだったかということである。前記『一男の猟日記』には、いっさいその険悪なムードは出ていない。しかし庄吉が話したとすれば、分け前要求も、喜作の激怒ということもあったかも知れないが、確証はない。この時の情況は、信濃日報（大12・3・8）には槌市千馬吉が「急に腹痛をおこして下山出来なくなりこの小屋に泊まった」となっている。もし仮に分け前要求があったとしても、その程度は槌市つるの話にもあるとおり「骨のカラ汁しか飲ませてもらえなかった」というところや、林平の前述の話などから察しても、山庄屋喜作に堂々と対等で要求したものとは考えられない。もしあったとすればむしろおそるおそる、「オレたちもこうやって山へ来た以上、女房の手前も素手《すで》では帰れない。毛皮一枚と肉をすこしずつでもみやげにもらえないか」という程度のものだったのではあるまいか?　そして林平や金次郎から聞いている従来の喜作のやり口から想像すると、次の日帰りの荷物を棒小屋乗越に運んだが、それを源汲の三人組にも手伝わせて喜作はこんなことを言ったはずである。

「それじゃあお前《ワンダ》たちもあしたは仕事を手伝え、毛皮は一枚と肉も少しずつみやげにくれてやるから――」そんなことだったと思われる。

またそれには充分な理由がある。というのは喜作はこれまで絶対に守って来て一度も破ったことのない「鉄砲撃ちの信条」というものがあった。娘ひいめの話によると喜作は日ごろこう言っていたという。

「鉄砲撃ちの一番大事なことはどんなことがあっても山ではケンカしてはいけない。猟師は鉄砲をもっている、そして山にはだれもケンカをとめてくれる人がいない、それが守れない者は猟師になってはいけない」というもので、彼は死ぬまでついに一度も人とケンカしたことがなかったという。これだけは徹底していたらしい。牧のどこで聞いても喜作とケンカしたものはついに一人もいなかった。

喜作の娘いいとの話によると、ある年の夏、麦叩きしているところへ突然矢蔵さが訪ねて来て、酒をのみお父様《とつさま》と何か話していたが、そのうちに矢蔵さは急に怒り出してそこにあったナタで犬をたたき殺して帰ったことがあるという。後で聞いたら、矢蔵は喜作から犬を買っていながらまだ金を払わないので喜作に催促されて酒乱癖が出たのだという。

また一度は喜作の家でおそくまで酒を飲んだ後、村はずれまで喜作が送って行ったが、帰ってきた喜作の着物もシャツもびりびりに破かれていた。喜作は何をされても抵抗せず、なぐられ放し破かれ放しだったという。それを娘や女房の前でやられても、まあまあと止めるだけで決してこういう場合にさからわなかった。

「本気になったらうちのお父様《とつさま》に勝てる人はいないのに、それでもお父様はガマンしていた。私はあの時からうちのお父様という人は本当にエライ人だと思うようになりました」といとはいう。

こうして考えてくると野陣場小屋でも、その夜喜作は仮に相手が何をいっても激怒してケンカにおよぶようなことはなかったことはまず確実で、これはかなり重要な情況証拠になりそうである。

骨のカラ汁をめぐって

もう一つ気にかかるのは槌市つるの発言、「野陣場小屋で牧のヤロドモは骨のカラ汁しか飲ませなかった」という千馬吉爺さの不満についてである。しかしこれには林平が明快な判断をしてくれた。

「オラ喜作とは長年いっしょに山で暮らしていろいろの場合を見ているから、そんなカラ汁の話はぜんぜん信用しない。何しろ喜作という人間はケチピンでも、いっしょにいる人間の食べ物の分けへだてをするなどケチくさいことをする人間ではないワ。一つ屋根の下にいたら、喜作はおそらくそれが仇《かたき》でも罪人でも、食べ物の差別なんかしない。だいたい人間の性質《たち》が違う。何かの勘違いだろう」と指摘し、

「それにこの話にはじめからつじつまが合わないところがある」という。

「米がなくてカラ汁ばかり飲まされていたというが、オラに言わせると何もそんなところにうろうろしていることはないだろう。なぜさっさと帰らなかったのか？　おかしいじゃないか。天気が悪いといってもその間がぜんぜんなかったはずはな

ず最悪の時に八時間で帰ったじゃないか。それではもし喜作たちが東谷から移動して行かなかったら、彼ら三人組は餓死しなければならなかった。これでは喜作を恨む方がおかしい、反対に恩人だ。ますますつじつまが合わなくなってしまう」と林平は笑ったが、こういう言葉は荒井かねよの「葬式のあまり酒」や前記「牢名主死因説」と同じように、その後南から伝わってくるいまわしい風聞に対してあとから感情的反発として生まれたものとしか思えない。

それに考えてみるとこの時は、東谷でとったカモシカの骨は重くて移動できないので、当然骨は捨てて来る。とすると棒小屋沢の小屋に持ちこんだ骨と肉は、牛首尾根の途中でとったカモシカたった一頭、これが最後である。つまり小屋に持ちこんだのは脚三本しかなかった筈である。してみるとそれを七人で四日間も煮出していたのだから、それは空汁のようなものだったとしても少しも不思議はない。

偶然と不運の連続

しかし喜作の村から搬出作業に出動した人々は、全員がこの遭難現場から謀殺の疑いをもって帰り、あれから数十年、今では動かしがたい固定観念になっている。今この疑惑に対して、たしかな反証をもって答えられる者は一人もあるまい。

しかし筆者は長年調査を続けてきて、ここで一つだけはっきり言えることは「矢蔵も庄吉も源汲の珍客三人組もいっしょにナダレの下に埋まっていた」ことだけはまちがいない。この点だけは何人も疑う余地はないということである。しかしこの一つだけでも事実だとすると、今まで南の衆が長年抱いていた幾つかの不幸な疑惑は残念ながら影が薄くなってしまうのである。

これは結果的にはすべて源汲衆《げんゆうしゅう》の決死的救出作業を現実に見ていないところから生まれたものと思われる。

ここですぐ予想される南の衆の質問は、「北の衆が口うらを合わせている」という反論だと思うが、「そんなことは村で出来るはずがない」と源汲の大田実は言う。

ということは「遭難現場で掘り起こし作業をしたものは遭難者まで合わせると約十数人、これだけ多くの者の口を長年にわたって本当に押えておけると思うか――」というのである。

彼の意見を総合すると、「源汲の部落は五十戸のヘンピな村だ。ここでは各戸のどんな秘密もつつ抜けである。しかもこの部落の中にはどこも同じような愛憎がうず巻いている。また長年のうちには利害反してケンカもするし、またそんなに年月がたたなくても、その当座でもあれだけ村中あげて大騒ぎの中では、いくら現場で口うらを合わせたと思っても、必ず話にいくらかの食い違いが出てそこから割れ始める。またそういう悪い話は村では拡がりが早い。そんなこと押えておくことなんかできるほうのもんじゃねえ」というのである。もっともな話である。

だから今水直人（源汲）はこんなふうに言う。

「矢蔵さが雪を順に切って下へ踏みかためて、上へ抜け出て来たということだが、初めこの村の人たちもみんな疑っただいね。そんなことのできるもんじゃない。雪《な》崩《ぜ》が本当に上から来たものか？　矢蔵さが途中からつら切りしたものじゃないかとだいぶみんなはじめ疑ったもんだんね。しかしその疑いは救出された人たちの話を聞いて簡単に消えてしまったね。矢蔵さもいっしょに埋まっていたことは確かだし、しかもそれを切って出て輪カンジキも自分で作って報告したことがわかったからせ、よくやったもんせ。矢蔵さは体力があったからね」

　そういう角度からみると

　今まで南の人々のいう幾つかの疑惑と思われていたものも、また別な面がおのずから見えてくる。たとえば「ナダレもきのうきょうのもんじゃなかった」という小林住治の話にしても、毎日雨が続いたものらしいことを考えると、五、六日前のナダレ跡も自然風化が早く「きのうきょうのものでないように見える」ということはあり得るし、牧の衆が棒小屋沢へ二度目の搬出に行った時は山の様相がまったく一変していたという話をきいたがそれと同じであろう。

　またもう一つ「すでに現場はヤロドモがわからんように片づけてあった」という言葉にしても、これも源汲の救出隊が掘り出すには、そうするより外に救出の方法がなかったにきまっている。また幾つかの重要な証言に食い違いがあったが、たとえばハリが折れていたかどうか？　喜作の財布の置き場所にしても微妙に食い違っていたが、それはかえってくちウラを合わせていない証拠になる。

こうして矢蔵の報告によって半鐘を打って集まって来た源汲の救援隊によって、喜作たちは掘り出された。つまり新米三人と庄吉を掘り出したのは源汲の救援隊であることは、諸般の状況からまず間違いない。

このことは、源汲から行った救助隊の話もさることながら、当時の新聞でもこれははっきりしている。新聞というものは個々には間違いも多いが、幾つかの新聞を総合すると、ウソは自然に浮き彫りされて真実がでてくるものである。その中からはっきりしたことは「脱出して村に報告したのは矢蔵一人であること」「庄吉は源汲の救助隊が掘り出しもの」これだけはまちがいない。

『庄吉聞き書』と原ノートの食い違い

さらにこれらについて検討中前記『庄吉聞き書』の基になっている杉田の古い大学ノートを詳細に調べていて鉛筆書きの次の記述のあることを発見した。

「矢蔵は一人出てワッパをつくり棒小屋沢八合目で大雪崩にあい――」という記述と、もう一つは野陣場小屋に到着した時の記述中に「鹿島から出る小沢の出合に来て見ると、ここには前から猟人（矢蔵のこと）によって米も持って行ってあった。

大出のシンマイ猟師等三名がカモシカ肉をもらいに来て待っていた」とある。また矢蔵の脱出のところでは「矢蔵は一人出てワッパをつくり棒小屋沢八合目でまた大雪崩にあい――」とあり、やっと家が近くなって来て女房の顔をみたら「みんな殺したといって家に泣きこんだ」と書いてある。この原ノートの中ではじめて発見した『庄吉聞き書』との食い違いは次の諸点である。

①ナダレを抜け出て報告に帰ったのは矢蔵一人であったこと。

②この時矢蔵は「また扇沢でナダレに巻きこまれた」と『庄吉聞き書』で書いているが、本当は「棒小屋沢八合目」の間違いであること。

③矢蔵は大町の鉄砲カジの言ったとおり、先に米を野陣場小屋にあげてあったこと。ただし小屋の中ではなくてどこか別にかくしてあったものと推測される。

④新米猟師三人は聞き書に言う「毛皮の分け前要求」ではなくて「カモシカの肉をもらいに来て待っていた」こと。この四点がはっきりと杉田の原ノートに鉛筆書きで記されていた。

とすると杉田は庄吉から聞いたことを大分違った意味に受け取って『庄吉聞き書』なる一文を発表したものと思われる。その原因はメモ後十年もたってノートを整理して発表したということの外に、もう一つ雑誌に発表ということで故意に手を加えたという疑いを否定できない。これはかなり重要な分かれめとなった。また「みんな殺した」といった庄吉の言葉を誤解ないよう説明を加えると「殺した」とは大町地方の方言で「死なれてしまった」という程度の意味で殺人ではない。

なぜ通知が遅れたか？

もう一つ重要なポイントになっているのは「わからんように現場を片づけた後で牧へ沙汰した」といわれる牧への連絡の遅かったことは、なるほど牧の衆の怒る気持ちは当然だし、そもそも疑惑の始まりになったと思われるが、それにしてもあの日矢蔵がどんな状況にあって何をしていたか、静かに検討していかないと、とんだ見当違いを犯すことになりかねない。

ということはあの日矢蔵は「みんな殺してしまった」と泣きながらよろけるように犬ノ窪のわが家にたどりつき、女房《かかさ》の顔を見たら力がぬけて道端の雪の中にしゃがみ込んでしまった。精根つき果てたという感じである。それもそのはず前夜から一昼夜何も食べていない。全身凍傷で命からがら村にたどり着いたのに、またすぐその晩のうちに源汲の救援隊を連れて棒小屋沢に引き返さなくてはならなかった。もし矢蔵が牧の喜作の家へ報せるとしたら、このわずかの時間内である。それが不可能とすれば、後に残った者は高瀬川でバラス（砂利）をふるっているかねよだけであるが、彼女は気も転倒していた。

しかもその夜、彼女の心配は夫矢蔵が疲れはてて途中雪の中で死んでしまうんじゃないかということであった。それに救出隊がうまくゆくかどうか？――もしそれができないとしたらどういうことになるか？　それは先ほど村うちの平沢美津男の母マキが矢蔵の家の前で泣きわめいていたことではっきりしている。つまり美津男が死んでいたら矢蔵一家はこの村にはいられなくなることは確実だった。それを彼女は身にしみて感じていた、それが村の生活というものである。だから自分の亭主とまったく同じ死活問題として、かねよは美津男たちの安否を気づかっていたに違いない。牧への電報がその夜のうちに打てなかった理由は、何といってもこの矢蔵の女房かねよのうろたえ――もちろんそれもあるが、そればかりではなかった。大町郵便局へ行くには深夜の雪道を六キロも歩かなくてはならず、それにかねよにはもう一つ苦しい理由があった。電報を打つ金がなかったということである。こんなことは人によっては理由にならないが、貧乏人にとっては徹底的な理由であった。

こうして矢蔵の女房かねよが一睡もできない一夜を明かして、翌朝二ツ木のアササにまた金を借りて牧への電報を打ったのは七日の朝、それも普通電報である。これが喜作宅に着いたのが明八日の午後二時、大町と牧の距離二十四キロ、普通の道なら歩いて五、六時間のところを電報が二十八時間もかかった。矢蔵が報告した時刻からは四十六時間を要したことになる、これはいったいどういうことか？

穂高郵便局で電報配達をしていた平林積善（穂高）の話によると、牧は穂高局から四キロ以上の〈区域外別紙配達区〉で、普通電報は郵便といっしょに配達されていたという。その郵便配達の時間は夏なら昼ごろ、冬は午後二時か三時ごろだったという。

つまり喜作の家に電報が配達されたのはその八日の午後三時、しかもそれは「救出に向かった」という第一報と次の日の夕方打った「死す」の第二報が同時だったのである。

ちなみに当時の電報料金を調べてみると、十五字まで三十銭で、ウナ電は三倍の九十銭、区域外配達料二里まで三十二銭、計一円二十二銭。区域内・普通料金との差一円二銭（郵政省資料）。これはなかなか大金で、バラスふるい一日の日当では間に合わなかった。矢蔵の女房には、その一円がなかったか、あるいはそれだけケチしたのであろう。これはいったいだれを責めたらいいのか？

こうしてみてくると、すべてが不便と不運のきわめて不幸な連続だったと見るべきで、そこに悪意など入る余地があったとは思えない。それに考えてみると、矢蔵の報告とまったく同時に電話で牧へ連絡ができたと仮定しても、実際問題として、牧の人々がいったい何時間後に、何人出動できたかははなはだ疑わしいことは前述のとおりである。とうてい源汲衆のように半鐘をたたいて全村男役で総出動し、矢蔵が報せた時からたった十二時間で十名の決死隊を現場に到着させるなんて神業《かみわざ》ができるはずはなかった。それができずもう半日救出が遅れたらおそらく全員死亡していたことは確実である。

疑われた庄吉も矢蔵もひどいめに会ったものである。多くの人々から集めた資料（略）は確かにそう言っていた。その中の一人平林高吉（大町）はこんなことを言っていた。

「オラ矢蔵とはいろいろの仕事をいっしょにやって知っているが、矢蔵って男はそれはキップのいい、人のいい男で、むしろ人のよすぎるところがあった。オラ好きだったな」。多少酒乱の傾向はあったようだが、矢蔵を知る者が等しくいう言葉は「人がよすぎるところがあった」である。

そういえば、牧の衆大勢を泊めたときの費用もみんなかねよが河原のバラスふるいをした金でまかなったし、牧からそれに対する礼をもらったかどうかは聞いていないが、おそらく実質的には何もなかったであろう。

それでいながら牧の衆には恨まれ、疑いをかけられ、さすがの矢蔵もよほどこたえたらしく、それにさすがにばかばかしいと思ったに相違ない。未亡人かねよの話によるとあれほど好きだった殺生《せっしょう》（狩猟）もこの棒小屋沢遭難を機会にぴったりとやめてしまい、その後は土方仕事をしていたという。

こうなってくると、後に残るものはただ一つ〈喜作の財布《せえふ》盗難〉だけということになる。

芸者と逃げた美津男の行方

山岳作家春日俊吉の書いたものをみると、彼が東京で関東大震災に会い、焼野原となった東京をあとにしばらく上高地に遊んだことがでている。春日はここではじめて喜作遭難の話と、喜作の財布がなくなったうわさを耳にした。それによると、「当時上高地ではもっぱら庄吉がかっぱらったのだというい やな風評がたっていた。それで同君は地元豊科警察のきびしい尋問に会ったが、どうやらかっぱらいの嫌疑だけは晴れたようだった、うんぬん――（意訳）」と、当時上高地界隈でもこの喜作の財布のことがうわさにのぼっていたことがよくわかる。

この財布のことを追求していてまったく行きづまり状態にあったものが、突然面白い方向に動き始めたのは、源汲の村で雨宿りした家で何の気なしに聞いた話からである。

〈小林忠雄（源汲）の話〉「棒小屋沢へ行ったのでもう一人平沢美津男というのがいるがね、これはオレより二つ歳下だったが、この人は今いないんね。（どうして？）行方不明せ。（何か悪いことでも？）いいやえらい悪いことはしないが徴兵をのがれてかくれてしまったね。（徴兵をのがれ？——いつのことですそれ？）あの後すぐだと思ったいね。徴兵検査前に姿をくらましたもののせ。（それはまた勇ましい人だね）まあ勇ましいというか卑怯というか、とにかくついにあの人は逃げとおしてしまったね、——いや待てよ、そうじゃないわな、徴兵で現役だけは勤めて戦争になってから召集令状を逃げてしまったということかな……」

その美津男の追跡をはじめてちょうど二年になる。棒小屋沢のナゾは一にかかってただ一人の生き残りである美津男の掌中にあることはいうまでもないが、憲兵や警察さえもついにつかまえ得なかった者を追うことはまるで雲をつかむような時間と労力と金の空費に終わることはもとより覚悟の上だった。

そんなある日、大町の鉄砲鍛冶の西沢富次郎がふとこんなことをもらした。

「美津男さはあのじきあとに芸妓をつれてかけ落ちしたもんだんね」

彼の話を総合すると、芸妓の名は「松若」、大町市相生町の置屋『うれしの』のかかえ芸妓だった。しかしまずいことはこの置屋は当時大町の町会議員で有力者の神事《じんじ》守雄が経営する置屋で、「松若」はその置屋のドル箱芸妓だった。

それをこともあろうに犬ノ窪あたりの若僧にさらわれたのではことがただでおさまるはずはなかった。〈蛇《じゃ》の道は蛇《へび》〉当然その筋の厳しい追及を受けたことはいうまでもない。「いったいこの始末はどうつけてくれるんだ!!」という緊迫した風景も想像される。困り果てた美津男の家では、結局ある金を出しておさめたらしいが、さんざんなものだった。しかし全国に指名手配の女はまもなく捕まり、これは無事につれ戻したが、美津男はそれきり姿をくらましてしまったというのである。

ここでクローズアップされてきたことは、ナダレの後芸妓とかけ落ち――金がなくてはそんなことができるはずはない――その金をどこから持ってきたか？――美津男の家が地主で財産家といっても若僧の手のとどくところにそんな大金がおいてあるはずはあるまい、とすればその金が喜作のなくなった大金と関係がないか？という疑惑である。

まず村人の話はこうである。

〈大田実（源汲）の話〉「美津男という人間は機敏というか、頭はすごく働く、百姓仕事がきらいでうまく口先だけで生きていこうというタイプの人間せ。それで親戚も友人もみんな少しずつ倒して逃げてしまった。それはひどいもんさ。人が一億一心となって戦争をしている時代に逃げ回っているような人間だから話にならない」

戦争中召集令状をほったらかして逃げ回るということが、当時はどれほどとんでもない大罪かは平和な時代の人には想像もできないことである。その憲兵や警察の追及の窓口となっていたのは当時の平《たい》村《ら》役場（現大町市）である。

〈大日向重利・元平村兵事係の話〉「私のころはもう戦争末期ですから送られて来る〈簡閲点呼令状〉にただ〈所在不明の付箋《ふせん》〉と理由書をつけて出した程度ですが、憲兵や警察にひどいめにあったのは前任者の人たちです」

〈大谷七五三吉・平村兵事係前任者の話〉「戦時中は召集令状もそうですが〈簡閲点呼〉というものが毎年のようにあった。これは召集令状と全く同じで、これがくる度に私は、犬ノ窪の平沢美津男の家や村を調べて報告書を出していました。大分憲兵にこづき回されたというのは中村さんです」

その前任者中村梅吉を木崎（大町）に訪ねたがすでに死亡していた。

また神事守雄のオイに当たる神事留男（大町相生町）にそのかけ落ちした芸妓に

ついて聞いてみた。

「――松若はよく芸のできる美人の芸妓だったが、あの松若が男と逃げたのは憶えがありません。おそらくオレの兵隊へ征ったるすだったでしょう。あのころなら昭和の初めころだから不景気のどん底で、娘の人身売買なんか公然と行なわれていたでね、その代わり逃げることも多かったな。ああいう時の芸妓の心理というものはおかしいんだね、金のある男と逃げると思うでしょう、ところが案外そうではないね、かえって金のない貧乏書生やお坊ちゃんなんかに熱くなるケースが多い。松若を連れて逃げたその男もどうも聞いたところこの種の男らしいな、案外金は持っていなかったよ。それが証拠には女はまもなくつかまってつれもどされているもの。金がないから女はまたすぐ芸妓に出なければならない、出れば全国手配に引っかかるわけだ」

また〈神事しの・置屋『うれしの』の元経営者〉はすでに九十歳になっていた。

「たしかに松若という芸妓はいました。体の小さい芸のできる妓で美人でしたが、あの当時は逃げる妓が多かったからいちいち憶えてもいませんがそんなこともあったかも知れません」

憲兵も捕え得なかった美津男

これまで美津男の話となるとなるべく避けたがっていた村人の中にようやく具体的な話を聞いたのはだいぶたってからである。

「――実は美津男とはオラ同級生せ。徴兵検査も兵隊へ行く朝もオラいっしょだったんね」と今水直人（源汲）は話し出した。「部隊は違ったが、入営日はいっしょせ。オラたちは二人でいっしょに村を送られて行ったわね。あの朝のことは今でもよく憶えているんね。

犬ノ窪の大田耕隆さの家（矢蔵の隣家で葬式のあまり酒を借りた家）の前に雪を屋根くらいまで積みあげて雪台をつくり、その上にあがって二人が村人に挨拶をするというわけせ。その時タイショウは『粉骨砕身軍務に精励する』なんて堂々と一席やったわね、オラ聞いていてうまいことをいうもんだなと思って感心して聞いていたが、美津男は頭がいいでね」

これは大正十四年一月八日の朝、つまり棒小屋沢でナダレに会ってから二年後のことである。

ところが「粉骨砕身軍務に精励する」はずだった美津男がそれからまもなく衛戍病院（陸軍病院）に下ってしまったといううわさが村に伝わった。胸膜炎で現役免除ということだった、病院生活を含めてもせいぜい一年とはいないという。

「その後オレが彼に会った時の話では、何でも仮病《けびょう》をつかってうまく練兵休《れんぺいきゅう》（軍隊用語・病気で軍務を休む）をくり返してついにうまく逃げてしまったと美津男が話したが、うまく逃げたといっても軍隊には軍医もいることだから、仮病だけで現役免除なんてことは考えられないが、いくらかは病気もあったずらが、何しろタイショウはそういう機敏なところがあったでね。

しかし芸妓とかけ落ちの話はオレは軍隊にいた時のことで、後でそんな話を聞いた程度でくわしいことは知らない。何しろタイショウは入営前から女のうわさの絶えたことはなかったが、そのころは女をだましたのではなくて、みんな年上の女が寄ってきた話ばかりだった。芸妓買いしたこともあったかもしれないが芸妓と逃げたなんてことは入営前にはなかったたんね。

この辺では美津男みたいなものを〈お女郎なめし〉というが、それは甘い言葉でなめつくようにいうので、それでみんなだまされてしまう、主に金のことだったが、だますと彼はそれで後は居所もくらましてしまう。それでも一度この近所の親戚へ生魚《なまざかな》を大きな箱一箱も送って来たことがあって処分に困り、みんな近所の衆に買ってもらったことがある。これは戦後になってからだが、あれは北海道から送ったといっているが、入れた箱は富山あたりのものだったんね」

この今水直人の話の中で二つの大事なことがわかった。それは芸妓とかけ落ちが入営前の話でなく、現役から帰った大正十五年以後だと確認されたことである。しかし棒小屋沢の遭難は大正十二年三月、この間軍隊生活を含めて少なくも満三年以上たっている。したがって美津男は喜作の財布紛失嫌疑は一気に晴れたと見るべきだろう。ということは「大金を一時隠しておいてほとぼりのさめたころ出して使う」ほど美津男という人間は計画的なかいしょうある人間ではないことが村人の話ではっきりしたからである。

こうなると財布の問題はどうやらまた振り出しに戻りである。

しかも財布のことはよく考えてみると、遭難者自身よりもむしろ源汲の救助隊、牧の搬出隊にも同様の疑いの範囲を拡げなければ公平ではない状況下にあった。なぜなら掘り出しても外に出たら「ひとっきり（しばらく）立ちくらんで倒れてしまい、しっかりしろと背中をどやしつけて梅漬《うめづ》けの水をくれたらそれでやっと元気づいた」。これが第一番に救出された杉浦猪之松の真相であってみれば、こんな状態の中で何で人の財布をとるなんて余裕があるものか！　ましてやこの財布の疑いが一番後から救出された庄吉にかかったという風聞ほど理解に苦しむものはない。それをこれまでの庄吉周辺の調査（略）に基づいて推理すると次のようなことになる。

①まず牧への電報がおくれた——②源汲の決死的救出作業を牧の衆はだれも見ていない——③雨のため現地で雪の風化がはなはだしい——④庄吉が凍傷で寝ていて牧の搬出隊に起きて挨拶しなかった等々が重なって——⑤その結果牧の人々は謀殺の疑いを村に持ち帰った——⑥庄吉は喜作宅に泊まって出発した親しい仲のはずなのに穂高を通っても寄らない（もっともそんな疑いをかけられていては気の小さいものには寄りたくも寄れないムードである）ますます怪しく見える——⑦この分では桜餅にも毒が入っているかも知れない——⑧そして果ては財布も庄吉ではないか？　警察に訴える——⑨警察は庄吉を取り調べた。もちろん疑いは消えたという経過である。

ここで大事なことは南の搬出隊が疑いをもって帰ったということは当時の状況か

ら察してやむをえなかったとしても、しかし疑われたものはこれほど迷惑をこうむりながら、もしそうでないなら黙っているとは何事か？――

つまりここで両者はしっかり確かめ合わねばならなかったのにそれをおこたり、反対にやってはならない〈果てしもない感情的ピンポンゲーム〉別名「売り言葉に買い言葉」を数十年続けてしまったのである。「北のヤロドモに謀殺《てぐまれ》て――」「牧のヤロドモはカラ汁ばかり飲ませた」「喜作たちを小屋の奥に寝かしておいて寝ついたところを屋根をおとした」「葬式の余り酒でも酒は酒だ！　牧のヤロどもはそういうことをこいたんね、それであんなめにあぅ」「ロー名主と山庄屋の威厳が死因だ」どれ一つとっても黙ってすごせる問題ではないはずである。

そういえば棒小屋乗越にあげてあった二十九頭の獲物の行方もまったく不明朗である。

北で聞いても南で聞いても両者はまったく食い違っていた。（略）

しかし問題の財布の中身のことは、その後多くの人々の意見や諸般の事情を総合して、これはそれほど確認されたものではないとの結論に達した。つまり二十九頭を全部喜作が買い取ったとしてもせいぜい二百円程度のもの、そのうち半分以上は喜作親子の分け前である。してみると数百円もの大金を喜作が山へ持っていく必要があったとは考えられない。喜作の必要な金は結局庄吉と矢蔵の二人の分け前を買い取る金である。それは、矢蔵たちは帰った当座の米代と若干の酒が買えれば満足する貧乏人で、その彼ら二人に渡す手金としては、現に財布にあった二十六円あれば一人平均十三円になり、一升(一・五キログラム)三十銭の米と一升七十銭の酒を買うには充分な金額であるという推測に基づいている。

もう一つ今水直人(源汲)の話の中でわかった大事なことは北陸富山県辺りの魚関係仕事場に美津男の唯一の手がかりを得たことである。

これはいずれも戦後のもので、美津男がまだ生きていることは確実となった。

喜作の財布についての嫌疑は晴れたが、それでも彼こそは棒小屋沢の謎を知る唯一の生き残り人物であることに変わりはなかった。詳細ははぶくが――かくして現在までにわかった彼の居住足跡は次のとおりである。これらはいずれも付近の住民の話によってたしかに住んでいたと証言を得たものである。カッコ内は居住の年月日を示す。ただ番地の一部は×印で秘す。

①昭和二十一年九月頃――鹿児島県薩摩町永野三×五×
②昭和二十八年三月頃――富山市神通町（旧町）一〇×三
③昭和二十九年十一月頃――富山市総曲輪四×七
④昭和三十二年三月頃――東京都荒川区南千住×－六〇
⑤昭和三十四年九月頃――東京都荒川区南千住七－×六
⑥昭和三十五年五月頃――東京都荒川区三河島町八－二四五×
⑦昭和三十七年八月頃――東京都荒川区南千住×－一四
⑧昭和四十年九月頃――東京都荒川区南千住六－二×－一二
⑨昭和四十三年八月頃――東京都荒川区南千住五－一×－四

つまり美津男が突然姿を現わしたのは昭和二十九年三月六日である。富山市役所市民課に平沢美津男本人が転籍願いを出し、富山市役所から長野県北安曇郡平村役場に通報、同人の戸籍を請求し、三十年ぶりに美津男の戸籍が富山市役所に再生した。

その理由を調べてみると、前年昭和二十八年十一月二十九日長女が生まれているのに次の年三月まで約四か月間もこの赤ちゃんは無籍のままになっていたことがわかった。つまり美津男が富山市役所に現われた日にはじめて入籍された。

ところがこの赤ちゃんを生んだ母、つまり美津男の妻はそれより七年前（昭21・9・10）に鹿児島県薩摩郡薩摩町で女の子を生み、子は私生児として入籍されていた。おそらく戸籍の関係で、結婚届出も出生届もできなかったものと思われる。

またこの時鹿児島において来た私生児もその後美津男の養女として入籍された。それはこの少女が小学校に入学する直前で鹿児島の里親からようやく親元に引き取られたものである。それから三年後に東京に移っているがこの母親はまもなく荒川区三河島で死亡（昭32・3）している。

平沢美津男というこの逃亡者の妻となったこの女は、哀れにも子供が入籍できた日が同時に自分の正式結婚の日だったわけであるが、戸籍面に私生児の抹消《まっしょう》されたのを確かめ、ほっとして死んでいった哀しい一人の女だったような気がしてならない。

かくして東京に移ってからの美津男は、前記のとおり三十二年から四十三年まで約十年間に六か所も住居を移転していた。それでようやく現住所をつきとめたのが昭和四十五年の暮れ迫る十二月、ここは東京でも一番ごみごみした南千住の密集地帯、いったん逃げこんだら警察といえどもみつけ出せない魔窟と表現したものもある。その中でももっとも薄汚ない密集地の改造アパートの奥の四畳半、これが美津男たち親娘の最後にたどりついた隠れ家であった。

さすがに胸おどらして門口に立ったが、そのドアは堅く鍵に閉ざされていた。

第二回訪問——るす。第三回訪問——美津男の娘買物より帰り、日曜日に面会することを約束して帰る。第四回——約束の日、るす。第五回訪問——すでにこの家族はいずれかに移転していた。

しかしこれで時間切れ！ 追跡はうち切った。

それにしても第三回訪問の時買物から帰って来た美津男の娘が、

「どうしてここがわかりましたか？」

「用件はどういうことでしょうか？」何かおびえたように幾度も聞いた。やせた青白い娘の声がいつまでも筆者の耳元に残ってはなれなかった。彼女たち親娘が最後にたどりついたこの小さな平和を乱した心ない闖入者《ちんにゅうしゃ》——それはまさに深追いし過ぎた何とも後味の悪い結末であった。

牧の悲歌（第十二話）

女房と野菜物《せんぜもの》は盗まれるほどいい

あの辺で歌われている安曇節に

〽牧の娘の器量にほれて
大根忘れてただ戻り

というのがある。牧は牧美人と牧大根の名産地として松本界隈にちょっと知られている。

水がきれいだという人もあるが、とにかく牧には美人が多い。娘ばかりではなくて嫁に来た人まで美人がそろっていた。それでよくこの辺では〈富田男《とみたおとこ》と牧女《まきおんな》〉といわれ、美人で働き者で性《しょう》がいいといわれたものである。富田は現穂高町有明の一地名であるが、ここの男が粋《いき》だったらしい。

丸山ちよ乃の話によると「ワシはよくなかったが、オラ姉っこ、本家のキクさ、西のひろさ、中村へ行ったおはつさ、茂一とこへ行った伯母《おば》っこだってよかったし、西のひろさなんか特に美人でござんしたんね」

牧大根もこの牧の娘と同じで肌が白くて器量がいい、漬《つ》けると黄色が鮮かに浮きでてたくあん漬けになってからも歯ぎれがいいと、その道の通《つう》は遠くからこの牧の大根を買いに行ったもので、大根は牧の大事な財源で、秋から冬にかけて盛んに出荷された。

ところがまぬけた男もあったもので、その大根を牧までわざわざ買いに来たのに娘の顔に見とれて肝腎の大根を忘れて帰ったというから大変なものである。

ただここで面白いのは今挙げた牧美人の中に「西のひろさ」といわれた人は、実は喜作の妻ひろだったということである。

喜作は猿っ子そっくりだったというから、女房が牧美人と騒がれていたのとはいい対象だった。しかしそれがまた喜作の死後、女ばかりになった遺族たちを悲しませる原因ともなった。

喜作の葬儀もやっと終わって、遭難にまつわるうわさも少しおさまりかけると、反対に今度はこのひろのうわさがもっと面白おかしくささやかれ始めて、とどまるところを知らなかった。

牧では夫に先立たれた後家は、夫の名をつけて呼ぶ習慣になっていた。たとえば喜作の後家ひろは喜作後家それを略してキサゴケと呼んで、その一挙一動がいちいちうわさの種となった。またそのうわさの相手を兼二といった。かつて棒小屋沢で決死的搬出作業が行なわれた際、喜作の猟犬に餌を持って近づいたものがあったがこの人が当時三十歳の兼二であった。

なぜ兼二にそれが出来たかというと、喜作新道をつくっている留守中、兼二は同家に家族同様に出入りして、喜作の家の三頭の馬を飼い、馬草を刈り、田んぼの仕事をする作男をしており、犬も自然彼になついていたからである。

「喜作はいいわ山にいてもいい若い衆が家をやっていてくれるで」とよく人に言われた。

この兼二がキサゴケとあやしいというのである。しかし彼は無口できまじめで、出する時は背広とステッキをもって出掛ける、村一番の伊達《だて》男でもあった。(二一五ページの記念写真の中央後方に背広姿で立っているのが兼二)

喜作はこの兼二を最も信頼していたが、うわさは興味本位に無責任に拡がっていた。

「兼二なんかあんなものは働いているといってもろくな仕事もせず、馬も食わねえような馬草を二束も刈ってくるくらいで、人よりいい銭とっていた。それで家の者はみんな気に入らない。オカババさなんかいつも〝まあいいわね、あれはひろのこれだでね(親指を人さし指と中指の間に出す卑猥な暗号)、そっちで埋め合わせつけているずらわね〟なんていっていた」

「けさ早くキサゴケが丸まげなんか結ってえらいメカシ込んで出かけたが、あれはきっと兼二とどっかへ行ったにちげえねえ」

「きょう穂高駅でキサゴケを見かけたが、巻きたばこなんかふかして、あれもきっと――」

「オレは一度こんなことがあった。兼二の家に用があって大雪の朝早く起きぬけに行ったら、そこに赤い娘のはくような下駄があるじゃねえかい。おやだれかもう来ているかやと思ってぐっと戸を開けたら、そこにキサゴケがモジモジしていた。あの時分のひろは兼二にいれていた。あれはきっと一晩中寝ていられなんで、暗いうちに兼二のところへ行ったもんせ」

「硫黄島で戦死した利喜蔵（喜作の三男）が、兼二の子だということは、あの当時村ではもう当たり前になっていたね」

「喜作さの末子の利喜蔵とワシは小学校同級生でいっしょによく遊び回ったが。それが面白いだでね。この利喜蔵のことを兼二さはオレを見るたびに必ずつかまえて、根掘り葉掘り聞くんだな、オラあのころは子供心にもこのおじさん変な人だな、自分の家の子でもないのに——と思ったのを今でも憶えている」

これは牧の周辺で拾ったものだが、どこまで本当かウソかわからない。

何しろそのうわさの利喜蔵がこともあろうにどのきょうだいよりも喜作によく似ていた。顔かたちはもちろんのこと、体つき、声、それに豪勇無双の体力気力、それはまさに喜作の生まれ変わり——というのだから人のうわさというものもおかしなものである。その利喜蔵は人のうわさにさんざんに傷つけられたまま硫黄島で戦死したのである。

しかしそれにしても、喜作がそのうわさに気づかぬはずはない。また気づいていたなら喜作は何を考えていたのであろうか？——娘のひめの話によると、

「お父様《とつさま》という人は夏でも冬でもほとんど家になんかいなかったで、たまに家へ帰っても、馴れない人でかえって気がねだったんね。また女房子供を怒ったり叱ったりということは一度もないし、おとなしい人だったが、ただせかせかした忙しい人でね。それでも五月の田植えのときだけは山から下って来たが、そんな時何言うかと思えば『さあ、オラ何するかな』なんてまるで人ごとみたいなことを言っていたいね。そしてそれがすむとまたさっさと山へ登っていってしまったんね」

またお隣のばあさんに言わせると「あの喜作《きさ》さという人は家へ帰るというより山へ帰るという人で、家へ来ても三日とはいずまたすぐ山へ行ってしまう。あれはおいとさ（喜作の娘）の生まれたばかの時だったがカアちゃん（ひろ）が病気して、おばあ様のおっぱいを飲んでいたことがあったが、そんな時だって少しは家にいたらよさそうなものだに、さっさと山へ行ってしまうんだでね。

いつかオカばばさがうんと怒って話したことがあったんね。喜作さがどっかから

リンゴの木をもらって来て庭へ植えたが、それに毛虫がたかった。昔のことで消毒なんかしなかったからその毛虫をオカばばさ一つ一つ手でつぶしていた。そしてワレも少し取れというに、喜作さはそばに腰をおろしてたばこを吸いながら、まるで子供か孫でもあやすように『ああいまいくんね、はいはい、いますぐ行くでね』そう言ってばばさをおだてたりすかしたりして、ついに手伝わずに山へ行ってしまったと、オカばばさ怒って家へ来て話したことがござんしたが、リンゴの虫の出るころは山も忙しいずらでね、道をつくっていたのはそのころじゃござんしねかね」

山へ行ったら一月でも二月でも家へ帰らなかったらしいが、いくら山がよくても仕事が忙しくても、かあちゃんが恋しくはないものか？　どうもその点がよくわからない。このことを幾人かの猟師たちに聞いてみると――

「カアちゃんのことなんか考えているような甘っちょろいことでは山では一日も生きちゃいられないんね。喜作だって同じせ」（小林福太・上高地）

しかしそんなに長く家をほっておいては女房が浮気しても亭主には怒る資格はないだろうと聞いてみたら、福太爺さが面白いことを言った。

「都会の衆は妙なことを言うね、空いている時に使う分にはそんなものお互い様じゃねえかい」女房も道具と同じで、空いている時ならだれがつかってもかまわないというのである。

また大町の遠山林平に言わせると、

「喜作の気持ちはオレもわかる。山男というものはみんなそうだ。オレも結婚して一月たたないうちに六月黒部に入って九月までは帰らなかった。オラ子供の頃から猟師というものはそういうもんだと思って育ったで別にふしぎはなかった。品右衛門爺っさだってみんなそうだった。山というものはいくら馴れていても一歩あやまれば命がないから、女房は自然に神信心をもつようになった」という。

また牧の夏雄さも同じようなことを言った。

「それがふしぎだというけれども、山に入る者は実際問題として女のことなんか考えている余裕なんかないんね。夜になっても今追っている獲物のことで頭はいっぱいだでね」

その点は嘉門次も喜作も品右衛門たちも同じだったようである。山というものが人間の生理をかえてしまうのであろうか。

そういえばある晩、穂高町の赤ぢょうちんで一杯のんでいた時、隣り合わせた老人から面白い話を聞いた。それによると喜作は幾日も幾日も熊を追っていて、いよいよ追いつめ村田銃をズドン――と一発撃ち込む時の快感と興奮は大変なもので、後で気付いてみると、知らぬ間にフンドシが濡れていたことがあるという。それがもし事実なら、猟の興奮は性的快感とも一脈通じるものなのであろうか――

また牧にはこんな言葉もある。

「女房とセンゼもの（野菜）は盗まれりゃ盗まれるほどいい――」裏の畑の菜葉《なつぱ》や大根は、それが出来の悪いものならだれも盗まない。女房も同じでいい女だから盗まれるので、盗まれるようないい女房を持った幸せな男――というのである。

そういう発想法からすると喜作もその幸せな男の一人だったということになる。もっともこれはその反対に「芋《いも》だね盗んでも人だね盗むな」ということわざも牧には残っているが――

はたしてこの頃喜作は何を考えていたか？――彼はもっと事務的に割り切っていたのではないか？　と思われる節も多分にある。

そうでなくては、二か月も三か月も美人の女房をほっておいて、帰って耳に入るうわさを平気で聞き、しかもそのうわさの主を一番信頼して、金のこともまかしていたなんてことは理解できない。

つまり喜作新道完成前後の約数年間の留守番としての兼二をめぐって、喜作夫婦の間にはある種の了解がついていたのではないかといううがった推測である。

この頃はひろは三十歳－三十五歳の女盛りである。また兼二は二十歳－二十五歳、そして喜作が死んだ時は兼二は三十歳になっていた。しかも仕事だけに熱中している喜作の留守中ということになると、なるほど村人のうわさの生まれる条件はそろっている。

しかしこのころの喜作の夫婦仲について小林九一は「喜作たち夫婦は仲良かったんね。これはまちがいない。キサゴケに男のうわさが立ったことは本当だが、まああれだけ美人で若ければ、人が少しくらいうわさするのはある程度仕方ない。人の口に戸は立てられないからね。ただ実際問題としてあれだけの大百姓を女手だけで背負ってやっていくことは、そんなに甘いもんじゃないんね」

大正二年頃、ひろは舅《しゅうと》の玉蔵（六八）とオカばばさ（六一）の二人の老人と一男（一一）ひめ（一〇）、みつの（六）、いと（四）、繁喜（一）等の乳のみ子を何人もかかえたころで、喜作は毎年田んぼを買って当時は山崎木戸（字）で一番の大百姓になっていた。ひろはその経営者である。しかも老人と女子供だけで働ける者がいなかった。

こういう当時のひろをめぐる立場を考え合わせると、ひろが兼二に頼っていたということはよくわかるし、二人が親密だったことも容易に想像できる、というより、そうでもしなかったら一日も暮らせないことを、喜作が一番よく知っていたはずである。

粟の強飯、久保田の祭

そのころの牧の暮らしを調べてみると、田んぼが少なく明治以来養蚕に頼って来たことは前にも書いたとおりであるが、この養蚕というものは相場の変動が激しい、いい年も悪い年もあるが、全体としてはそれほど頼れる収入《もの》ではなかった。

また少しばかりある田んぼも今のような肥料が思うようになく、山から草木を刈って来て、足で踏みこむカリシキが唯一の肥料では、足を傷だらけにして踏み込んでも今の田の半分もとれなかった。
そのまた半分以上も地主に年貢にとられてしまう。それが払えない者は地主に証文を書かされたが、五円の年貢の不足はあくる年には利息がついて倍の十円になっていたという。（藤原夏雄）

それを補うために牧の貧乏人たちはいろいろの稼ぎをした。土方、出稼ぎ、村に残る者は竹切り（蚕籠）、炭焼き、官林の盗伐等々であるがいずれもそれは零細なものだった。

だから娘は義務教育を終えるとすぐ糸ひきにやる。そして村にはいつも高利貸の嵐が吹きすさんでいた。当時コサ隠居から金を借りると年一割五分の利息を複利でとられた。

「それはひどいもんでござんしたんね」と宮島つるへ（牧）はいう。「ワシらは三十五円の金で家中全部差し押さえられて、味噌桶《みそおけ》まで紙をベタベタ張られたこともござんしたが、そういう中で八人の子供を育ててきました。そのころの牧は主に粟《あわ》飯《めし》でそれでもよく見ると米もいくらかは混じっているというもので、子供たちは〈アワの徳島、米が十兵衛《とうべえ》〉なんて大きな声で歌ったもんでござんすンね」つまり粟ばかりで米は十粒ばかりじゃないかという抗議の意味だという。

またこんな唄も残っている。

〽粟《あわ》の強飯《こわめし》　久保田の祭
ささらほうさら　出塚《でづか》の祭

久保田も出塚（塚原）も牧付近の地名だが、その意味は百瀬次彦（久保田）の説明によると、「久保田の祭は粟の赤飯だとみんなバカにするが、出塚（塚原）の祭はもっとひどいものでこれはぜんぜん話にならない、つまりその粟の強飯も出ない」というのである。（もっともこれには異論もある）

またその頃の牧では、魚屋といえばほとんど越後のゴサク隠居が天びんでかついで来たものだったが、魚を買って食べるなんてことは普通の家ではなかなかできなかった。田植えと稲上げ（収穫祝）お正月とお祭くらいのものだった。だから稲上げに食うサンマの味なんてものはそれは格別で飲みこんでしまうのが惜しいくらいのものだった。宮島つるへの話によると、サンマという魚はいつも二つに切ってくれたので、『サンマは尾と頭と別々に泳いでいるのか?』とガキに聞かれて、おかしいやら情けないやらの思い出だという。いかにも信州の山村らしいエピソードである。

またゴサク隠居は魚の貸売りをして歩いたが、金を払わない猟師から魚のカタに鉄砲をとっていた。夏雄さの持っている村田銃はそのゴサク隠居から三円で買ったものだという。この村田銃が夏雄さの鉄砲撃ちになったきっかけだというのも面白い。

しかし三円の魚代が払えなくて商売道具の村田銃を持っていかれた牧の猟師や、たった三十五円の金で家から味噌桶まで高利貸に差し押さえられた人々、その家には八人の子供がいた当時の牧の貧しい生活が目に浮かぶようである。

「今から四、五十年前までの農村の生活なんてものは、どこの村もだいたい同じようなものだけれども、まあ野蛮といったらいいか何といったらいいか説明できない。オラそれがいやで村を出てしまったが、何しろそれは想像以上上せ」と(小川栄次郎・松本)いう。

それによると、この農村の貧しさにはアブラ酒のいやらしさがつきまとうというのである。アブラ酒とは信州の方言で、ただで飲む酒のことであるが、貧しく自分の金では酒が飲めない男たちは、どうしてもただ酒にありつこうとする、したがってその酒は飲みもうけのようにあおる結果になり悪酔する。ここで必然的に起こる現象は日ごろの貧しさその他もろもろのうっぷんが爆発することである。これを村の方言でドジルという。

山の神だ、庚申《こうしん》だ、葬式だ、婚礼だ、等々飲む機会は多い。祭りなんか必ず四斗樽《だる》（八〇リットル）のカガミ（ふた）を抜いて飲む。多いものは二升、三升（四－六リットル）も飲む。そして飲むとドジル、だれかれなしに突っかかって必ずケンカが始まる。そのケンカのひどいこと、なぐるける、それは人間とは思えない。「それが恐ろしくてワシらは村を出る決心をした」というのである。

またもう一人の古老山田亮（東京）はこんな話をしてくれた。「――私の育った村も牧の近所だが、あそこでは弱い者とねたまれた者はひどい目にあったね」と。彼の話を総合すると葬式だ婚礼だという人寄りごとの時には、例えば飯をたくさん炊いて余らして捨てさせるとか、なるべく施主に金を使わせて困らせる。また病人が出たらなるべく役に立たない生菓子のようなものを村じゅうでいっしょに持って行って困らせる。もらった者はそんな生菓子折箱をいっぺんに三十箱五十箱も病人には何の役にも立たないのに、返礼には改めて大金がいる。大変な災難が二つ重なることになる。そのため村では病人が出ると家族はいかにしてそれをかくすか腐心する。つまり見舞いとは裏腹に不幸な家をもっと困らせてやろうとする残酷さが見舞包みの内部に秘められているというのである。

これは極端な例かもしれないが程度の差だけでよく似た話はどの村にもある。

喜作の生まれた牧村だってその例外ではなかった。

「牧だってそうだんね」とある古老はいう。「喜作さの葬式の時なんか酒をこうやってどんどん捨てて、まだ酒もっと持ってこい持ってこいとやっているのをオラ見たじ、飯もどんどん炊いて余らし捨てるとか、それはひどいものせ、何でも相手に被害をあたえればいいわけせ。棒小屋沢の搬出を強行させたことだってそうせ。あれは警察か村の衆かどっちが無理押しさせたか知らないが、あれはキサゴケを困らせるためだとか、アブラ酒飲みたいためだとか言った人もあるんね。『死んだ者が生き返るわけじゃないから、どうかそんな危いことはもうやめてくれ』とキサゴケが泣いて頼んでいるに『バカこけ山に仏《ぶっちゃ》を捨っておけるか！　この薄情女め、こ

ん な時に使わない金なんにする、ワレ（お前）はそんなに銭が惜しいか！』なんて身内衆が言っておどしつけていたが、あれはキサゴケのいうとおりせ。もし搬出隊の中に犠牲者でも出たらどうするつもりなのか――そうでなくても働く男二人を同時に失って女ばかりになったキサゴケがこれからどうやって生きていくかと頭がいっぱいでいるのにひんどいもんせ」（男―穂高）

憂愁の老女

〽マーキノ（牧の）シャゴロさ
牛《うしよ》を三匹　飲んじゃった

これは昔、牧の子供をからかうわらべ唄のようなものである、三人五人が口をそろえて歌う。

何のことか、言っているほうも言われたほうも今ではよくわからないが、牧の子供は自分の悪口をいわれていることだけ理解して石を投げて仕返しをした。しかし意味をよく聞いてみると〈シャーゴロさ〉は〈百五郎さ〉だというものと、また牧の五郎さは田舎力士でシャーという掛け声で相手を投げ飛ばした、それでシャー五郎さと言ったというものがあった。その「シャーゴロさ」が牛を三匹のんでしまった、つまり売りに行って帰りにはみんな酒を飲んでしまい帰りの財布は空っぽだったということらしいが、そんなことなら別にどうということもないと思うのだが。

それがなぜ牧の悪口になるのか、吉井しげの（草深）、召田《めすだ》つね子（草深）たちの話を聞いてみると「ワシらは何のことかわからんけれどもそれを学校で言われると小さくなっていた」またあるものは「くやしがっていただけだった」という。これはいったいどういうことなのであろう？――

牧付近でとれた繭《まゆ》は昔は繭買いというものが来てそれに売った。これが大正時代になると株式会社穂高繭糸《けんし》市場ができて競《せ》り市がたった。牧からは鉄砲籠《てっぽかご》（竹で荒編みした籠）に繭を入れ、馬に積んで繭糸市場へ出荷したものだがこれはその場で現金になった。

これでまた無数の現代版の〈牧のシャーゴロさ〉が生まれた。その頃穂高町のキツネ小路の奥には土足で踏みこんで飲む居酒屋が何軒もあって、中には怪しげな店もならんでいた。そこで一杯飲むほどに貧しさやそのもろもろからくる日ごろのウップンは爆発してしまう。気づいてみたら財布は空っぽ、家族が一夏働いて蚕を飼った金は一夜で消えている。こんな話は牧にはよくあった。泣きながらかあちゃんがわらじばきで穂高の町を見つけて歩くが、すでに財布はからっぽになっていたなんて話はよくあった。

「バカ、バカ、バカおとっ様、これからどうやって食っていくだい‼」

店先で泣きくずれる女房――、それでも酔っぱらったとうちゃんを馬に乗せ、夜ふけの道を提灯《ちょうちん》さげて烏川の土手を帰って行く女の歎きを知らないものに牧がわかるはずはなかった。

これは明らかに「一種の狂気」である。牧にはこういう人を狂気にかりたてる何かがある。それが何であるかは即断しがたいが――それは決して喜作新道の開鑿《かいさく》とも無縁であったとは思えない。

第一次世界大戦の勃発（大3）によって空前絶後の大躍進を続けた日本経済も、その戦争が終わって大正九年になると、戦争間の経済膨張の反動と、それに加えて何の成果も生みださなかったシベリア出兵の軍事費なども国民の肩に重くのしかかり、たちまちその反動は根の浅い日本経済を恐慌状態に陥れ、農民は右往左往していた。喜作が東鎌尾根に必死に道を作っていたころである。

しかしこの不況は関東大震災を経て慢性化し、これが昭和に入って糸価が大暴落して一時は一梱《ひとこおり》四千三百円にもなった生糸がたった五百円台を現出、牧の養蚕家たちは一年蚕を飼っても肥料代もない惨憺《さんたん》たる時代を迎えた。糸ひきに出していた娘を引き取って身売りする者さえ現われたのもそのころのことである。三十五円で差し押さえられた一家を救う道はそれより他にあろうはずがなかった。

「ぱーっと景気が出る一戦争こないかな、これではもうやりきれない――」という熱病のようなものが牧の山麓台地まで蔓延《まんえん》しだしたのはそのころからである。日清、日露、欧州大戦と戦争のたびに景気が確実に出た。それがまさか人を殺して得たものであることに気づかず、何かこの息づまるような重苦しさに庶民たちは活路が欲しかった――。

ところがこういう場合、人はそれが苦しければ苦しいほど、それにまともにとっ組んでいこうというふうには人の頭は働かず、――つまり安い竹切りの不満も官林の盗伐も、養蚕の不安定や地主のダンナや不当な高利貸への怒りも――働く民衆のエネルギーとしては結晶せず、キサゴケのうわさ話や、『あんなものが』といううたわいない喜作の陰口という形で消耗され、結果的には体制内の矛盾を糊塗《こと》するかっこうな緩和剤としていつも作用してきたということである。

そして村では一人でも恵まれたものがあると、恐ろしい村人のねたみで引きずりおとし、その反面で弱者をもっと不幸におとしいれることによって「まだ自分のほうがましだ」という気持ちが本能的に働いて村には不思議なエネルギーが渦巻《うずま》くのである。喜作謀殺のうわさもおそらくこういう中から生まれたような気がしてならない。かくして無数の犠牲者を生んだ。

「——あのころのことは思い出しただけでも私どもはぞっとします、何もかもがそらおそろしいことばかりでございました」と喜作の娘いいと（松本・加藤いと）は回想する。

「あの時も何だかだといって村の人が集まって酒を飲む、飲むとすぐ荒声が出てケンカが始まる。母（ひろ）が何か一言いうとすぐどなる。一度なんか『それじゃ腕と足をバラに切って出すか』なんておどかす人もいました。特に忘れられないのは遺体が到着した晩なんか仏様のおいてある前で身の毛のよだつようなケンカでした。私は幼な心にもその恐ろしさが心に強く植えつけられて消えません。

村では暮らしが貧しければそれで別に何でもなく過ぎたでしょうに、父（喜作）は人の休んでいる冬でも苦労を重ねて猟をし、少しずつ金を貯めてきたのですが、その金が人のねたみを買ってしまったのです。恐ろしいことだと思います。それで私たち親子はもう何もいらないから貧しくとも静かに暮らしたいとなるべく村人や親戚との付き合いもお断わりして、親子だけで身を寄せ集めて今日までそっと生きて来たものでございます。母は可哀想な人でした」

小川大系はかつて喜作のレリーフ（現喜作新道の岩に打ちこまれたもの）をつくった高名な彫刻家である。彼はこれをつくるために何度かキサゴケとあったが、喜作のことについてはほとんど聞くことができなかったという。

「あの方にして見れば、もう当時のことは思い出したくもない、触れたくもないという気持ちだったたじゃないですか？　決して自分からは言わなかったね、ワシもそれ以上は聞きませんでしたが、ただ忘れられないのは、レリーフができた時、ここに呼んで覆いをとって見せたら、今までいつも冷静だったひろさんが突然『お父《とっ》様《さま》！』と泣き出してレリーフを抱きしめてしまってね――

私はこの予想もしなかった事態に感動というか、気の毒というか、あれだけ思い出したくない人にこれは罪なことをしてしまったと後悔した――そこでワシは『このレリーフは山へ持っていくが（喜作新道の岩にはめこんだ）原型はここに置いてあるからいつでもここへ寄って下さいよ』といって慰め、やっとひろさんは手を離したが、レリーフは涙でぬれてしまいました」。これは昭和三十一年のことで、キサゴケ七十七歳の年で、それは死ぬ五年前のことになるが、この時のキサゴケの『お父様！』と泣きくずれた涙が、はたしてどういう意味のものであったかはかなり興味深いものがある。それがキサゴケの本心だったという見方と、今まで兼二との罪深さを詫びたものだと見る者もあったが、あるいはそのいずれでもあったかも知れない。

「そうするより生きる道はなかったのです」とキサゴケは泣き伏し、「お父様《とつさま》という人はひどい人だ。自分が山が好きなのはいいが、嫌《きら》いだという一男まで連れ出して殺してしまい、妻子をこんなおそろしいところに置きざりにして、お父様はそれで平気なのか？――早く私をお父様のもとへお引き取り下さい。私も早く静かになりたい。早くお引き取り下さい――」

それがレリーフに泣き伏したキサゴケの涙だったのではなかったろうか。――いずれにしても「私がキサゴケに会ったのがちょうどそのころです」と山口健(東京)はいう。

「お寺参りに行くという途中で道端に休んでいるところでしたが、まるで能面のような美しい老女の表情に、私はうっとりと見入ったことを憶えています。私は今まであれほど憂愁の老女を見たことがありません。ああいう表情はおそらく長い忍従と諦観の中にじっとつつましく耐えて来た女だけのものだという気がしました」

心静かに待つ人

栗尾の満願寺へ行く途中の杉林の奥に、いつのころからか変な小屋が出来て、そこに孤独な老人が一人ぽつねんと暮らしていた。道路からは少し入っているからよくわからないが、そのわら小屋の前に立てかけてある小さな板切れ看板に曰く、

〈乞食暮らしのあばら屋〉

なるほどこの小屋は看板いつわりなしで、表から見てもわらとムシロだけ。中をのぞいても汚いふとんと古びた鍋釜《なべかま》茶わんくらいはあっても家財道具らしいものはない。せいぜいみかん箱かりんご箱を重ねた程度である。

しかしよく見ると、その中には乞食小屋にふさわしからぬものが二、三あった。四書五経や満願寺の歴史を調べたノートや、明治以来の古新聞の切り抜き、それにまだある、黒の背広にステッキである。

いったいこの乞食小屋の住人は何者なのか？——もっとも背広にしてもステッキにしても、くたびれたものだったが、それでもかつての面影はまだいくらかは残っていた。この乞食小屋の住人こそキサゴケとあらぬうわさにほんろうされて、ついにだれとも結婚しなかった兼二の変わりはてた姿であった。

そのころ牧は敗戦の苦渋にあえいでいた。

苦しまぎれに景気回復を願って、一戦争を待望した人々にもたらされたものはいうまでもなくおびただしい戦死者と荒廃した人情だけだった。

そして兼二の子だとうわさされた利喜蔵は前記のように硫黄島に戦死して、遺骨も帰ってはこなかった。

そればかりではない。キサゴケも喜作の死後はどうしたものか、まもなく兼二を側に近づけなくなっていた。子供が大きくなったということもあるだろうが、それにしても何とも解せないものの一つであった。

村人の中には、こんどはキサゴケの薄情論までとび出した。「働き手ができたら兼二に用はないのか、キサゴケはひどい」という意味である。しかしいろいろうわさも立ったが極端に無口なこの二人の真意を知る者はなかった。

——やがて兼二の乞食生活（?）が始まった。

初めのころはキサゴケが米を前掛けの下にかくして届ける姿を見かけたものもあるが、子供が大きくなってからはもうそんなことも不可能だったにちがいない。兼二は毎日山で薪を取り、炭焼をしてわずかな糧を稼ぎ、山崎木戸の杉林の奥にひっそりと暮らしていた。読書や俳句が彼の唯一の楽しみであった。人間ここまで生活をおとすと気楽なものだった。ただわずかな米代と味噌代だけあればそれで生活は充分だった。

望月金次郎（塚原）の話によると、塚原（穂高町）に長崎という兼二の親戚があったが、この家に昭和三十二、三年ごろ、葬式があったが、その時なんか兼二は颯《さっ》爽《そう》とした洋服でステッキをもってあらわれたという。

「オラどこの紳士かとびっくりしちゃったね。それはそうさ。山へ行く時はあのボロを着ているのに、こういう時はちゃんとしてしまうからね」

また夏雄さの話では、その頃兼二の家でお茶を御馳走になったことがあるが、そのお茶がぜんぜん色がなくてまるで白湯《さゆ》と変わらなかったという。おそらく何十回もお湯をさしたものであろう。それでもよくみるとお茶の葉が入っていることはいたというのも面白い。

指折り数えてみると終戦の年、兼二は五十二歳。超然とした静かなくり返しが続いていたらしいが、しかし乞食小屋が火事になったのは三十五年（前にも一度火事あり）、兼二はすでに六十七歳になっていたはずである。

もうこのころになると再度の火事に小屋をつくる気力もなく、ふとんも燃えてしまって焼け跡のわらの中にもぐってムシロを着ていた。近所の人や親戚の人が心配して、衣類やふとんを持ち寄り、小屋をつくってやろうとしたが、二反田幸子（牧）の話によると、

「ご親切ありがとうございます、孟子《もうし》の教えに曰く——どうぞお引き取り下さい」

いつも同じ調子のばかていねいな言葉であくまでも断わり、焼け跡に手もつけさせなかったばかりでなく、持ってきてくれたふとんも受けとらず食物もついにひと口も手をつけず、村人のとりつく島はなかったという。それはあたかもいかなることがあってもこの村人のお恵みは受けないと心に誓いでも立てているように、兼二はかたくなに拒み続けた。こうして四日たち五日たったが兼二の気持ちは変わらなかった。

そのうちに雪が降り出した。兼二はきっとこの雪の下で死ぬつもりだと村人たちは予感してにわかにあわて出し、穂高町役場、民生委員、婦人会等があわただしく出入りした。兼二が穂高町老人ホーム安曇寮に入ったのはそれから三日後のことだという。

老人ホームの話

「役場の人が兼二さんをこの安曇寮にかつぎ込んで来た時、村一番の学者じいさんだと聞いていましたが、私たちが本当にそうだと思ったのはだいぶたってからです。変人というか少し城西（精神病院の名）のほうへ近いのではないかと正直初め

は思いました」（小林安子・老人ホーム安曇寮職員）

「あのおじいさん（兼二）は入所当時体が悪く、というより栄養不良で、入所がもう二、三日遅れていたら生きていられたかどうかわかりませんね。村の人が無理にかつぎ込んだのです。だから初めはポーとしてまったく無口で、人と口を利《き》くようになったのは大分たってからです」

（扱いにくい老人ということか？）「――いいえその反対です。だってあの人は体が回復してきたら人が言ってても言わなくてもオムツの洗濯《せんたく》物を集める、みんなの出したゴミを焼いてくれる、ふろの世話をする、内職の原料配給、庭の掃除などは自分の仕事だとしてちゃんと毎日やってくれました。そのほかどんな仕事を頼んでもいやな顔をしたことがありません」（小林安子・老人ホーム安曇寮職員）

「――ただあの人は外に出ることはいやがりましたね、稲刈りだの薪割りに頼みに来ても、私は中の仕事は一生懸命何でもするから外の仕事はかんべんしてくれといつも言っていました」

（会田ふみ・入寮者）

「それは牧から来た仕事だけですよ。外のほうの仕事は行きましたよ。牧には絶対に行きませんでしたね。身内の人が死んだと通知が来ても行かなかったもの。ワラビ取りなんかで牧を通ることがあっても寄らなかったんね」（飯島あき・入寮者）

「それでも一度だれかが死んだと通知があった時、二、三日へやに閉じこもったきり出てこなかったことがありましたね」（それはキサゴケの死〈昭36・4・14〉だったかも知れない）

「――私の家では毎年薪割りは老人ホームの兼二さから来てもらうことにしていたが、この人が仕事をするとぜんぜん外の人と違うんだナ。まず前の晩に道具の目立てをして準備してくる、普通の者ならこちらへ来てやり、それも日当に入れる。また薪は家のふろ場に合わせて寸法を切って割る。それはていねいな仕事をしたね。それでこっちへあがってお茶でも飲んでくれといっても、あれが昔気質というものか、男衆の習慣か、はいはいというだけでそれはジッテイなものせ。人に仕えるということに徹していたという感じだったね。草むしりでも稲刈りでもこれをやってくれといっておけばそれは確実なものせ。それで家では毎年老人ホームに頼んで指名で来てもらったが、たまにほかの人が来ることがあって、この時はぜんぜんだめだった。あそこは四時に夕食、それで時間がくると早々に中途で帰ってしまう。しかし兼二さは仕事が終わるまで帰らない。その後夕食を食べていってくれといっても、いいえ私は――と言って決して甘えて寄ることはしない。それでいつも弁当をつくってお酒をもたしてやったが、そうすればもっていった――

キサゴケと色恋があったかどうか知らないが、あの人のことならもしあったとしてもそんな浮いた調子のものではなかったと思うね」（平林泰茂・穂高）

「いいえお酒は好きでよく飲みましたんね。でもその金は日雇いに行ってもらった礼金とか、この中の人のお使いをしてやったお礼の金で、そのほかの金には手をつけなかったね」（会田ふみ・入寮者）

「それは〈人のお恵みを受けたくない〉ということだと思います、老人ホームで食べさしてもらう代償以上に実際に働いていました。だからそれ以外に月々もらう金や見舞金はいっさい手もつけず、だいいちいくらもらったか知らなかったんじゃないでしょうか。それは徹底していましたね。

おつりをもらってきてもそこにつっこんだままあったし、自分のお金をいくらもっているか、おそらく知らなかったと思います」（鈴木まさえ・入寮者）

「あの人は金銭に淡泊というよりもすでにそういう銭勘定というものを忘れてしまった人でした」（東山久作・入寮者）

「今になって考えてみると兼二さは自分から人に世話やかせるということのなかった人でしたね。おそらく放っておいたらどんなに病気で苦しんでも人も呼ばず一人で苦しんで黙って死んでいったでしょうね。あの人はそういう人です」（飯島あき・入寮者）

「でも一度お酒に酔って来て暗い廊下で私に行き合ったら、後ろから私の肩に手を回して『アネ様どっかへ行きましょうや』と耳元でささやかれてびっくりしましたが、まだ色気はあることはあったでしょうね。そういうことはあの時一回だけですが」（小林たけよ・入寮者）

「ふしぎなことはあのじいちゃんの身上話を聞いた人が一人もいないことですね。私のへやへはお茶を飲みたい時とタバコが切れた時には入ってきましたね。そんな時はいつも漢詩を読んでくれました。私が『おじさんはよく働くね』というといつも口癖のように『人事を尽くして天命を待つ』といい、いつ死んでもいいようにできるだけのことをして心静かに待つのだといっていました。そしてあのおじいさん

はその言葉どおりに生きた人でしたね」（小林たけよ・入寮者）

「それでだんだん病気が重くなって顔色も悪く仕事ができなくなり、自分のこともおぼつかなくなっても自分のオムツの箱だけは自分で運んで洗い、動けるだけ動いてやっていましたね。三月でしたかもうあのころは死相がただよっているのに、それでもまだ自分でオムツを洗っていました。『私やってやるから寝ていなさい』というに『いいえまだ出来ます』はっきり断わって自分でやっていましたよ。あれが悟りというものでしょうかね。私は何ともいいいとおしくてそのたびに涙がこぼれました」（飯島あき・入寮者）

「それでも最後の三日ばかりは様子が変でしたね。本当は自分で死水を汲んできて飲みたかったようですが、それがいよいよ動けなくなって、私が小さなヤカンに汲んでいって口に入れてやったら喜んで飲んで、それが最期でした」（西沢みはる・入寮者）

「あの晩私は当直で、すぐとんでいったのですが、もう兼二さんはこと切れていました。苦しみも見せず、静かな最期だったとのことです。ただあとで聞くと何かよくわからないが、人の名前のようなものを二度ばかりつぶやいていたということ

です。その意味は私どもにはわかりません。病名は食道ガンでございました」（小林安子・老人ホーム職員）

しかし「あの兼二のヤロウが若い時分ニセ警官で食い逃げなんかやって捕まったことがあるから面白いじゃないか」と牧のある古老はいう。「あれは十八、九のころだったが、兄の兼一が篠ノ井（現長野市）で巡査をしている時せ。やつは家で百姓していたが、その時何を思ったか兄の払い下げの巡査服の古着で松本の料理屋に上がり込み、酒もってこい、肴《さかな》もってこいで景気よく飲んでいたが、さあ金を持っていない、そこで『オレは巡査だゾ！』と言ったがぜんぜん効きめがなくて怪しまれ、すぐ警察に知らされてその場で捕まってぶちこまれてしまった。篠ノ井の兄がとびつけて来て未成年ということでもらい下げにしたらしいが太え野郎せ。

兼二が喜作の家の作男になったのはその直後（大二）だと思ったが、あれはひろ（キサゴケ）と親しくなってから人間がぜんぜん変わってしまったね」

そして最後に老人ホーム安曇寮寮長牧田正彦はこう証言した。

「小林さんの死後職員立ち合いで遺品整理をしましたら、今まで支給された衣類には一つも手を通してありませんでした。これは前から知っていましたが、驚いたのは毎月支給される〈小遣銭〉の包みはもちろんのこと、赤い羽根募金や役場からもらう見舞金、報奨金が一つも封も切らず、ふとんの下や手箱の中からこんな厚味に出てきてびっくりしました。このほか十三万円の郵便貯金通帳が一通と、ときどき日雇いに頼まれて行った礼金がお酒を飲んだ後、まだ少し残っていました」

そして穂高町役場にある兼二の戸籍謄本は次のように記されていた。

〈小林兼二郎・明治弐拾七年九月弐拾日長野県南安曇郡西穂高村大字牧四百四拾五番地ニ小林善蔵、同とくノ五男トシテ出生、父小林善蔵届出。昭和四拾五年壱月弐拾壱日午前四時南安曇郡穂高町大字穂高四千七百九拾番地デ死亡、牧田正彦届出〉

つまりこの戸籍は〈出生〉と〈死亡届〉の二つきり記入事項は何もなかった。これが兼二のこの世に残した公式記録のすべてであった。

猟犬ペス東鎌に消ゆ（第十三話）

猛犬ペスの生いたち

猟師というものはどうしてこうも犬の話が好きなのか、これは門外漢にはちょっと理解できないことである。日ごろ無口なやつでも犬の話ならまず人が変わったようにしゃべり出すから妙である。それも自分の犬の自慢ならまだしも、他人の犬なんか仕方がないと思うのだが、それでも熱をおびてくるのだからますますわからない。

「何しろ喜作の猟犬というものはあれは類例がなかったからな——」と林平はいう。「オラあんまり利巧だから喜作に頼んで小犬を一匹もらってジョンと名づけたが、オレきょうまで百匹も犬を飼ったけれども、この犬ほど利巧な犬を飼ったことがない。今でも忘れられないのは秋モミを庭に干していたときだ、ジョンが袖《そで》を引っぱるんだナ、いそがしかったが鉄砲もってついていったら、この上（爺ヶ岳）の滝つぼのそばの柘植《つげ》の木に猿を九匹も追いあげてあり、もう一匹の犬にその下で番をさせて迎えに来た。ジョンはいつも猿をみつけるとひそかに近寄って、ここだと思う適当な木のところまで行った時、ワ、ワ、ワ、ワーと一気に追う。それで猿はみんな一本の木へ上ってしまう。それはうまいもので、この時はいっぺんに猿九匹をとって最高だった。

また面白いのは山へ行ってオレが何か忘れてくると、それを番していて帰ってこない。おかしいなと思って戻ってみると、ジョンは案の定忘れものの番をしている。弁当箱やナタくらいの小さなものならくわえてくるが、大きなものは番をしていつまでも待っている。

この奥（高瀬川）に発電所工事が始まり、セメント運びをやったときだったが、オレが焼酎《しょうちゅう》を飲みすぎて酔っぱらい、真冬の道端に朝まで寝てしまったことがある。普通なら当然凍死しかねないのに、ジョンはぐるぐる回ってオレを起こしたが、それでもオレが起きないものだからジョンのやつ、もう一匹の犬をオレの背中に寝かせ、自分はオレの腹を朝まで暖めていた。おかげでオレは命拾いした。

喜作が棒小屋沢で遭難した時、喜作と一男の上に乗っていて他人を近づけなかったという猟犬の話が新聞に報じられた時、みんなびっくりしたが、喜作の犬ならそのくらいなことは当たり前さ、オラその新聞は軍隊で読んだが、その時の犬の行動の一つ一つが目に見えるようで、こんな風だったじゃないか、あんなふうだったろうと想像して泣けて困ったじ」

また殺生小屋をつくった牧の文治《ぶんじ》大工《でえく》（寺島文治という大工）が家族に語ったという話によると、

「うちのオヤジが殺生小屋の大工をしていた時、喜作さはときどき手紙を家へ出したそうだが、その手紙は必ず山から犬に持たせてよこした。しかし喜作さという人は字が書けない、それでどういう手紙を書いたかというと、何でも紙の上へ山の絵を書いてその横へ人間の形を書き、山のほうへ矢印をつけてあった。これを犬が山からくわえてきて家の者に渡した。一男はこれをみるとすぐ山へすっとんで行った。これは『山へすぐ来い』という意味だったという」（モタイ武・塩尻市崖の湯雲上閣主）

この喜作の名犬について幾人かの人の話を総合すると、喜作の家に一匹日本犬のいいメス犬があって、これがたまたま上高地に来ていた外人の連れてきたオス犬と交配して生まれたのが、のちに喜作の名犬といわれ、北アルプス狭しと縦横に走り回ったペス、メス、チン、アカ等々と呼ばれた一代雑種だったということである。

また喜作の長女ひめの話によると、このメス犬ははじめ穂高のボロ買い爺さんが飼っていた犬で、喜作は早くからこれに目をつけていた。このボロ買いのおじさんはまるで乞食《こじき》のような人で、この犬に車を引かせて商売をしていた。喜作はこの犬を買い取り、特別訓練をしたという。前記林平のところへ行ったジョンもおそらくその系統だったと思われる。

望月金次郎は喜作とともに猟をした数少ない生き残り者であるが、彼の話によると、

「道をつくっている時なんかも、喜作さはいつも山にならすのだといって小犬を連れて来ていたが、中には殺生の岩小屋で生まれた子もあったんね。どれもいい犬だったが、これが一度槍沢の雪渓を横切っている時に、足をすべらしてずっと下へ

落ちてしまったことがあってせ。この時はものすごい霧で、一寸先が見えなくなり、それでオレに見つけに行ってくれということで出かけたが、あの時、小犬はずっと下の岩と雪渓の間に首をはさんで死にかかっていた。オレやっと見つけ出したが、小犬は腰を打って立ちあがれない。むりもないさ、まだ生まれて幾日もたっていなかったもの。それでオラ犬を抱いて岩小屋に帰ろうとしたが、今度はオレが霧にまかれて道がわからなくなってしまい、槍の裏側（西の方）へ回ってしまった。そのうちに暗くなってくるし、これは弱ったナと思っているうちに、喜作さがコロコロコロという笛を吹いて迎えに来てくれてやっとオラ助かった」という。

この小犬が、後に喜作が遭難した時、あのおそろしい棒小屋沢のナダレの中を脱出して二日も食べずに走りに走り続け、家族に危急を報せた名犬ペスの幼い日の姿だったたという。

この忠実な猟犬も主人二人を同時に失ってはどうしようもなく、いずれも数奇な運命をたどったようである。つまり忠犬ぶりが新聞紙上に報じられると、たちまち全国からこの猟犬についての問い合わせがきて、それぞれに新しい主人に引き取られて行った。

ペスは東京五反田の人に。またアカは隣村堀金村田多井の猿田庄三郎方に引き取られたという。

猿田義盛（庄三郎長男）の話によると、喜作遭難の後、喜作の名犬が生き残ったと聞き、庄三郎はその犬をぜひ手に入れたいと思ったが、直接交渉すると高いこといわれると思って、喜作の家とも猿田とも両方に懇意な讃岐《さぬき》の薬屋（当時牧付近に来ていた行商人）に頼んでわたりをつけてもらい、うまく買えたが当時の金で三十円もしたという。

赤毛の中くらいの犬で、目は茶色、純粋ではなかったが立耳のすばらしい日本犬だったという。この「アカ」はいうまでもなく棒小屋沢で喜作親子の亡骸《なきがら》に乗っていて、だれにも手をつけさせなかったという猛犬である。

まもなくアカは庄三郎につれられ鍋冠、萌沢、三ッ又（いずれも烏川渓谷付近）と狩猟を続けた。

猿田の語るところによるとこのアカは、人には吠えなかったが、獣にはめっぽう強い犬で、さすがに喜作にみっちり仕込まれただけあってあんな性の強い犬は後に殺しただちに噛み顔を噛みつかれたが、それでも離さず噛まれたまま穴から引き出してただちに噛み殺したという。

この「アカ」は庄三郎の家で二年飼い、その後要望されて同じ村の猿田捨市にゆずったが、ここでも大切に長く飼われて、しまいには年をとって病気になり、医者をあげて注射をしてもらったりしてあたたかく家族に看とられながら死んだという。

しかし東京五反田に引き取られていった「ペス」はどこへ行ってしまったのか？その直後、鎖をかみ切って主家をとび出したまま行方不明となっていた。

「そちらへ帰っていないか？」と幾度も牧の小林家に問い合わせがあり、そのうちにわざわざ本人が牧へ訪れて来たが、いくらペスでも東京から牧まで戻れるはずもない。

喜作の娘ひめ（石原ひめ）の話では、「しかたなし草深の丸山宗吉さのところへ行っている同じ親の仔をもらってやり、帰ってもらった」という。

「ペスはどこへいってしまったずら――」喜作なきあとの家族をいたく悲しませ

ていた。

　ちょうどその頃、この小林家にはもっとやっかいな問題が起っていた。

馬上のクイン登場

　月日のたつのは早いもので、あんな騒ぎだった喜作親子の葬儀が終わってもう一月もたち、遅い山麓牧の桜もちらほら咲き始めるころ、キサゴケの家のイロリに見なれぬ一人の紳士がすわっていた。その前に玉隠居（喜作の父玉蔵）、キサゴケ（喜作未亡人ひろ）、長女ひめの三人がこの紳士の話をかしこまって聞いていた。庄吉のもって来た桜餅をひめが裏の畑へ埋めたころのことである。

　この紳士は二ッ木義雄（仮）といい、千田大蔵（仮）の執事で、元小学校校長の経歴があった。それでキサゴケたちは、この男を執事先生と呼んでいた。用件は殺生小屋の今後についてだった。

　以下喜作の遺族、その他牧の古老たちの話を総合すると次のようなことになる。

ここで家族は驚くべきことを聞かされた。殺生小屋は喜作と千田大蔵の共同経営だとばかり思っていたら、千田大蔵の個人所有で喜作に貸しつけてあったというのである。

「それが今度のご不幸で私どもも困っているわけだが、お宅でも何しろ子供さんがもう少し大きくならんことには仕方がないと思い、それまでほかの人にやらせることにしたからご承知いただきたい。その代わり子供さんが大きくなったら、またやってもらいますから」とつけ加えた。そのことはそれでもよかったが、所有権がぜんぜんないという話はさすがに喜作一家を仰天させるに充分だった。

しかし、一家の大黒柱の二人を同時に失って、虚脱状態にあった家族は、それでもすぐ諦める気になったのは「もう山のことはしばらく考えたくない」という一時的な気持ちもあってのことと想像される。キサゴケも玉隠居もそれでは繁喜（後継者、当時十二歳）がもう少し大きくなったらという気持ちになっていたらしい。

しかしこの女子供と年寄りたちがそう思うようになったのは相手が千田大蔵の執事ではなく、あくまで天長節に白い手袋でうやうやしく教育勅語を読む二ッ木校長先生を連想したからであった。

「もし殺生小屋が都合悪ければ西岳小屋でもやってもらいますから」という二ッ木執事の言葉に不満でも、この校長先生にしたがっておくにこしたことはないと、心おだやかでない玉隠居までいつの間にか「何分よろしくお頼《た》の申します」と変わっていた。

死んだ時より、しばらくたっての方が悲しみが実感となっていた家族たちにとってやむを得ないいきさつだったであろう。しかし現実はそんな悲しみだけに沈んでいられる状勢ではなかったのである。

しかしそのことが本当にわかるのには数年の時間を要した。つまり昭和に入ってひめ二十四歳、みつの二十歳、いと十八歳、繁喜十五歳、利喜蔵十二歳を迎えた年の正月、ひめが「みんな大きくなったからそれでは殺生小屋をお頼み申します」と千田大蔵の自宅に挨拶に行ったら、

「おや！　そんな話は聞いていない。もうそのことならすんだはずじゃないか」

と一笑に付されて帰った。

呆然自失する小林一家。「せっかくお父様《とつさま》が骨折ってつくった小屋や道がこれじゃ申しわけない」とあわて出し、『子供が大きくなったら』というまことに頼りな

い元校長執事先生二ッ木義雄の口約束だけを唯一の頼りに、ひめは昭和四年に結婚するまで約三年間に繰り返し関係者の自宅を訪ねて談判し、交渉し、哀願し続けたが何の効果もなかった。

つまり「殺生小屋はこちらが金を出してつくらせたもので、喜作はただ当方の雇人で何の権利もない。したがって当方はそんな約束をするはずがない」というのである。

喜作一家がこの当面する現実にやっと気付き、身ぶるいするような恐怖を感じたのはこの時である。それで今まではあまり口出ししていなかったキサゴケまでが「それじゃあんまりお父様《とつさま》が可哀想だ」と、千田大蔵の自宅へ直接話しに行って「殺生小屋がいけなければ西岳小屋でも――」と頼んだが、そのたびほとんど相手にされずに引き返した。

そして昭和四年に、ひめが嫁に行ってこの話は立ち消えになったかに見えたが、その秋名古屋で洋裁師になっていた次女みつの（当時二十二歳）が突然五年ぶりに帰って来た。目的は「お父様のつくった殺生小屋をとられたと聞いていてもたってもいられず」というのである。

このみつのがどえらい話題を村へもちこんで村人をあっといわせた。それはまさに牧の村はじまって以来の壮観だったらしい。みつのとはかつて喜作遭難の時家出して話題をよんだ娘である。これがいつの間にか洋裁師として成長し、すでに名古屋のデパートで働いていた。頭がよくて何をやらしてもすぐ出来ることは喜作そっくりだったが、美人なところは母親のキサゴケによく似ていた。

「それは見ものせ、外国映画に出てくる女王様のような長いドレスを着て、大きなひさしの帽子をかぶり、それで馬に乗ってしずしずと歩くのではなく、一ムチくれてあの広い有明演習場（牧村に続く山麓一帯は松本連隊の演習地になっていた）をとばすのだから、それは勇壮なものせ。帽子についている長いリボンが風に舞う、洋服のスソも舞う、それはまるでサーカスか西部劇を見ているようせ」（小林住治）

弟繁喜の話によると「蛇づかいの前にいくとどんな毒蛇も動けんと聞くが、オラとこのみつのさにかかるとどんなあばれ馬もみんなおとなしくなってしまった」という。この美女が〈殺生小屋奪還の闘志〉を秘めて名古屋から乗り込んで来たというのだから、これだけで道具立ては充分そろった。さてこれから何が始まるか？

美女みつの登場!!　が、村でどれほど話題をよんだかは想像以上のものがあったようである。それもそのはず、自動車が牧に入ったのが戦後も戦後、ずっとあとである。こんな山の中で昭和初めに都会モードの最先端の女が突如として現われたのだからむりはない。

またある者はこんなふうに言う。「みつのさがいつも乗った馬は、あれはまっ黒なよく手入れの行きとどいた馬で、白い犬がいつもそれについて歩いていました。それに水色の服と帽子のつり合いがすてきだったことを私は今も忘れられません」（丸山千代・牧）

また夏雄さに言わせると「あの馬はアラシという名で、喜作さの生きているころ家で生まれたものせ、それにあの馬は子馬のころからだいたいみつのさが育てたものだんね、みつのさは馬が好きだったからね。アオ毛のメス馬だったが、それは精悍な馬せ」

もう一人はその有明演習場にいた兵隊の話である。

「私はあの頃松本五十連隊の現役兵でよくあそこで演習したが、その頃毎日一回くらい現われる〈馬上のクイン〉――私たちはそう呼んでいたが、松本連隊では当時有名なもんせ。もうそろそろ現われるころだなんて言っていた。それでクインが現われると、一時演習は中止せ、だって兵隊もよそみをしているが、『こら貴様たちどこみている！』と叱る教官殿だって見ているのだから、これはぜんぜん話にならなかった。それであのころ彼女に熱をあげた将校は大分いましたよ」（上田八郎・小諸出身・東京日拓ＫＫ）

こういう話を聞いていると、まるで都会帰りのみつのがトップモードで、牧や有明辺をはでに毎日遊び回っていたように村人には見えたが、みつのの腹のうちはそれとは大分遠いものだった。

名古屋から談判に駆けつけるにあたって彼女はまず千田大蔵と対決する方法を考えた。それは、喜作が千田大蔵を常日頃「ダンナ様」と呼び、二歩も三歩もさがってものを言っていたことを考えて、これを一気に克服しなければ千田大蔵と一対一で対等の談判はできないという、いかにも彼女らしいテクニックだったというのである。

「その娘ならオレも知っている」と地元のある古老はいう。

「あれは喜作が死んでから四、五年たってじゃなかったかなー、オラもその娘はときどき見かけた。ぴりっとしまったいい女だったから、オラ初めあれが喜作の娘だとはちょっと信じられなかった。何でも喜作の娘は『私たちは父からしょっちゅう殺生小屋はオレの小屋だと聞いていた、すぐ返してくれ！』の一本槍だったらしいな。またそれよりほかに何もないんだから——。これに対して千田のほうは『金はオレが出した』とつっぱねて、『裁判したらオレのほうが勝つ』と娘をおどかしていた」というわけで、なかなかこの交渉は進展しなかった。つまり馬上のクインの歎きを知る者はなかったのである。

殺生小屋所有権の行方

この間の事情にくわしい地元の古老たちの意見は次のようなものであった。

大和由松（有明・元山案内人）「あの頃喜作さは殺生の岩小屋とババの平の小屋を自分の小屋として客も少し泊めていたが、そのうちにどういう話になったのか知らないが、千田ダンナから資金を出してもらっているうちに、いつのまにか千田のものになってしまったという話を聞きました。しかしあんな仕事は喜作さでなくてはいくら金をくれてもできることじゃないでね、あれで寿命を縮めていると思います。それを喜作さに何の権利もないはずがありません。あれは無理です」

浅川峰司（牧・元山案内人）「オラも殺生小屋の材木上げを十日ばかりやったが、兵隊にいく前の春せ（大正十一年春）。日当は喜作さからもらったんね。共同でやるということを何回も聞いたおぼえがある」

寺島野子次郎《のこじろう》（牧・元常念小屋雇人）「喜作はオラ共同でやっているといったのはよく聞いたが、あんなことはいくら金を出したって喜作でなくてはだれもできることじゃないでね、まあ死人に口なし、千田にうまくやられたというもんだろうと、あの時分みんな村のものは言っていた」

林与一郎（有明・元殺生小屋雇人）「私が殺生小屋で働いたのは喜作さの死んだ後だから、前のことはよく知らないが、当時だって小屋をつくるというには営林署の許可をとらなくては土地も借りられないし、材木の払い下げも受けられない。それで千田が借主になり、金も千田が出して実際の仕事は喜作さがやっていたのだと思います。しかし喜作さにぜんぜん権利がないとは思えませんね」

松井憲三（上宝・元山案内人）「くわしいことは知らないが、喜作さが死んで千田にうまくやられたという感じですね。何しろあの時分あれだけのことは喜作さでなくてはできない仕事せ」

以上は現存（昭45現在）する北アルプスの住人中の最古参の人々の意見であるが、喜作の生まれた牧の人々はどう見ているか？　十数人の古老の意見を求めてみたが、これがことごとく同じで略すが、喜作にいい感情をもっていない人でも、こと殺生小屋のことになると口をそろえて「あれはだまされたものせ。あれでは喜作さがいかにも可哀想だ」とつけ加えたものである。しかしこれらの人々は、当事者でもない、どちらかというと傍観者の言葉である。

しかしこの間の事情にくわしい地元のある古老（特に名を秘す）の意見は少し違っていた。

「――あれはそもそも喜作が千田隠居をくどいていっしょにやることにしたもので、その時に千田が言ったことは『おおそうか、よしそれじゃいっしょにやろう、しかしあくまでお前が責任をもってやるんだぞ、お前の小屋なんだぞ』という言葉があるわけだ。それで喜作は全部自分のものとして受け取って、自分の金も出し、一生懸命やったわけだ。これは一応無理もないこともあった。私は知っているが、金は喜作も少し出したせ。しかし大部分は千田が出したこともまちがいない。だから喜作がやったといってもオレの金を使ってやったのだという千田の言い分ですよ。（金を出したというが山小屋建設なんかはほとんど喜作親子の手間だと人はいうが？）しかし喜作親子の手間というけれども、あれだけの材木は親子だけでは運べないし、道も出来ませんよ。（牧の村人はそればかの金喜作の家で出せないことはないといっているが？）そうかも知れないがあの時分のことを考えると喜作は千田家の使用人だからね。喜作の手間賃も千田が払っていますよ。古い主従関係でダンナ様といっていた仲ですよ。今の人の考えるよりももっと強い拘束があるでね。つまり金があるからといって出してもらわないとはいえない。

それだからあの時喜作の娘が馬で何回も乗り込んで『投資額全部千田さんが出したのではない、また私どものもらった金も賃金ではなくて、喜作新道が出来た恩恵に対する報酬金だ』と言ったという話をその頃聞いた。ワシも同感だが、あの娘は美人も美人だったが頭もよかったし度胸もよかったね。

さすがの千田隠居もたじたじして、それで立場が悪くなると、裁判やればオレが必ず勝つ!!　なんていっていた」

いま喜作新道を歩くと大きな岩に喜作のレリーフがとりつけられている。その建設当時碑文として書かれた下書文が残っているが、その中に次のような一節がある。
「――喜作氏のアルプス登山者に対して残した大きな業績のうち、殺生小屋および喜作新道がある。殺生小屋は猟の根拠地となすべく同氏が一人で建設したるものにして、のち経営を××××に委ねたものである云云……」と。

しかしこの碑文はどういういきさつからかとりやめとなり、現在は「喜作新道開道者・小林喜作」とだけ記されている。

こういう周囲の情況に対して千田大蔵の後継者千田平蔵（仮名）の意見はもちろん違っていた。

「喜作のものをとったといいふらしたのは、これはもちろん当時の商売ガタキの策動ですよ」と前置きして次のように言う。

「喜作新道ができた時に営林署へ出す申請書に〈喜作新道〉がいいだろうと言ったら、営林署では個人の名はいけない、大天井岳と槍ヶ岳を結ぶ道だから〈大槍新道〉にしろと言って来た。

ところがこれには実は背後関係があった。信濃山の会の人々が槍沢小屋を持っていたが、この人たちが殺生小屋に対抗して〈大槍小屋〉を作った。そして営林署を背後からつきあげて〈大槍新道〉にしろと言い出したのはこの連中だ。

また殺生小屋をつくる時なんか払い下げ材のことでついに両者は裁判沙汰にまでなったが、彼らのやったこの大槍小屋は何回もナダレにやられてうまくいかないので、その腹いせに私どもが喜作から殺生小屋を取ったなんて世間に言いふらしたとしか思えない」つまりこれはかつての槍ヶ岳合戦の名残りだというのである。

そして彼は最後に力を入れて「だいたい所有権のことなんか最初に営林署の申請がだれの名義で出されたか？　固定資産税はだれのところに来ていたか？　それだけですべてははっきりするじゃないか！？」という。

なるほどそのとおりで、それは一点非の打ちどころもないが、古老の話を総合すると書類のほうは旦那が『オレにまかしておけ、そっちはオレがうまくやっておいてやる』と言い、喜作は字を書けないから『よろしくお頼み申します』となった。ところが後になってみたらそうなっていなかった。……つまり所有権以前の話である。

また喜作は有明の老ガイド大和由松たち幾人かが言っているように、道をつくる前から、すでに自分の猟小屋である〈殺生の岩小屋〉と〈ババの平の岩室〉にシーズンには人を泊めていた。してみるとたとえ殺生小屋の建築資金全額を千田が出したと仮定しても、喜作は第一権利者であることに変わりない。それを喜作の権利はゼロということでは、古い諺《ことわざ》にいう「ひさし貸して母屋《おもや》取られた」ということにならないであろうか？　これを牧の二反田春雄さはもっと別の面から説明してくれた。

「営林署の借地というものは、書替え時期があって、その時に書替えに行かないと権利は自然消滅してしまうものなせ。それが大正ごろは五年ごとだったが、今は三年ですよ。初めどういう申請だったか知らないが、仮に千田と喜作さ二人の名義で申請したものでも、次の書替えに出す時に千田一人でしたらそれで喜作さには何の権限もなくなる。

もう一つは建物の登記のことだが、この辺では登記されている民家は半分くらいで、金を借りる時以外はしていない。ましてや山小屋なんか——従って今となっては喜作さの痕跡は何もない、つまり法的にゼロですね。本当ならこの場合、小林家としては兼二さ（前記老人ホームで亡くなった人）がやらなければならないが、あの人は利巧な人だが、そういうことはからきし駄目な人だし、結局身内にもそれだけの見通しをもった親身になる人がいなかったということだろうね」

すでに抵当（？）に入っていた殺生小屋

それにしても殺生小屋をつくっている時なんか、雨でジクぬれになって一日働いてまた夕飯を食ってから中房までトタンをしょいに下り、次の朝みんなが起きる時分にはもうトタンをしょってぽくぽく殺生小屋へ上って来たという話（望月金次郎）や、また殺生小屋にお客が殺到して米がなくなったら、喜作は夕飯を客に出しておいてすぐ山を下り、上高地から米一俵しょい上げて、早朝たつ客の朝飯を間に合わせてしまった話（杉本為四郎）等は有名であるが、普通登山者ならどうしても往復二、三日はかかる距離である。それを喜作はトタンや米をしょっていたのである。

「――こんなことをただの雇われ仕事でできることかね？」と望月金次郎は言う、「オラ一番よく知っているが、あれは死人に口なしでそういうことになってしまったかも知れないが、喜作さのいうには何でも『オラ旦那と仲間でやるで、オメも手伝ってくりょ』と何回も聞いているわね、それだけは間違いないいんね」

喜作の遺族小林繁喜宅に次のような一通の書類がある。これは同家に残る唯一の殺生小屋の名残りであるが、それによると、

〈殺生小屋物品調〉―大正十二年七月五日現在―

毛布（大）十五枚。毛布（小）二枚。蒲蓙《がまござ》廿枚。大釜一。飯茶碗一一九。小皿四九。大皿九。丼（大）五。丼（小）五。外三十品目略―。

前に長女ひめが、「お父様《とつさま》が死んだ年の夏、ワシたち姉妹みんなでお父様のつくった道を歩いて殺生小屋に泊まって来たことがありましたが、その時殺生小屋の後をやっている人（中畑重次郎―仮―）がとても親切に迎えてくれて、帰りには三十円もらって来ました」と話したことがある。千田ならともかく何の関係もない借家人がなぜ金を出したのか意味がわからなかったが、この一通の書類によってやっと理解した。これは「喜作のものはこれだけだからもっていけ」という意味である。

つまり、手切金ではなくて物品代であった。

しかしこの書類の面白さは「たとえわずかでも殺生小屋の中に喜作の物品が備品

としてあったことを千田大蔵も認めていた」ということである。これは決して無視できないものである。なぜならまだほかにもなかったとはいえないからである。

「それであの頃（大9）おじっさま（喜作の父・小林玉蔵）がいつも怒っていただいね」とひめは言う。「それはそうせ、千田大蔵といっしょにやると言って、ワシたちみんなでお蚕飼ってもその金をみんな山へもっていってしまったでね。おじっさまなんかかんかんに怒ってしまって、あんな千田なんかと組んでやったらみんなだまされて財産《しんしょ》なくしてしまう、すぐやめろ!!　そう言って一時怒ってえらかったわね。それをお父様《とつさま》は『そんなことは大丈夫だ、今に山で金《きん》の玉を当てて見せるから見てろ、そしたらワンダ（お前たち）に何買ってくれずな』そんな冗談を言って蚕の金《かね》をみんなもってでて行きましたんね」

——その殺生小屋を喜作の死後、千田大蔵から賃借りしたのは松本の中畑重次郎（仮名）であった。家賃は一年千円。彼は山小屋にはズブの素人《しろうと》であったが、前年喜作が大もうけしたこの山小屋には、この年（大12）もお客は殺到した。

中畑の後継者重雄《しげお》の打ち明け話によると、初年度の特別経費を差し引いてもなおこの年（喜作の死んだ年）は純益七百円。第二年目（大13）、この年八月秩父宮が初めて槍ヶ岳登山され、殺生小屋に泊まりこの槍ヶ岳ブームに拍車をかけて、この年の純益は千二百円、第三年目（大14）二千五百円、第四年目（大15）五千円の純益。――これが当時の夏山シーズンはたった一か月そこそこの仕事――、笑いがとまらんという有様で、まさに殺生小屋全盛時代というところである。それもそのはず槍ヶ岳肩の小屋もまだなく、殺生小屋に対抗策としてつくった大槍小屋も再度のナダレにやられてライバルはまったくなかった。

「今だから話せるけれども」と中畑は前置きして、「正直な話をすると、殺生小屋というものは支出はわずかで、入るものがみんな儲けになった。今考えてみるとうそみたいな話せ。何しろ宿泊料は二円六十銭、昼食五十銭、弁当三十銭、収容人員二百人、当時の最盛期は短かったが、一日五、六百円入るのに、従業員の日当は食事つきで二十銭－三十銭でも平地が不況のためいくらでも人が集まって来た。このころは従業員といっても、紺ももひきにハッピを着て素足にワラジをはいた、まるで雲助みたいな連中五、六人だけで支出らしいものは米代と味噌代くらい。家賃一年千円は二日でとれた」と、いうから何とも豪勢な話である。

大正十三年八月当時の鉄道省が発行した『北アルプス登山案内』によると、この年殺生小屋の定を見ると「宿泊料一泊二円六十銭・弁当一食五十銭・草鞋《わらじ》一足十七銭・白米一升一円五銭・味噌百匁三十銭」とあり前記中畑の話を裏付けている。

平地では糸価（生糸価）は大暴落し、農村は不況のどん底にあえいでおり、牧では三十五円の借金のために家も味噌桶までも差し押さえられ、娘は三十円－五十円で身売りされた時代の金である。喜作は地下で地団太を踏んでいたことであろう。

ところがこの殺生小屋に妙なことが起こっているのを交渉にあたっているキサゴケもみつのもまったく知らなかった。

それは殺生小屋で大もうけしたこの中畑重次郎のところへ、持ち主である千田大蔵が五千円の借金を申し込み「もし期限までに支払出来ない場合は殺生小屋と西岳小屋の所有権を引き渡す」という一札がすでに入っていた。これがその後の事件になって両者は長年民事裁判で争うもととなるが——

この年代がいつだったかまだ書類上では確認されてはいないが、中畑重雄の話によると、経済恐慌といわれた不景気のどん底だったというから、おそらく昭和五、六年と推定される。とするとみつのが闘志満々名古屋から乗り込んで来た時期とほぼ合致する。

しかしその殺生小屋はご覧のとおりであった。またその代案である「殺生小屋がいけなければ、西岳小屋でもやってもらいます」と喜作の家で約束した執事先生のお言葉もとんでもないもので、西岳小屋も殺生小屋と同時に債権者中畑に借金の担保として入っており、すでにこれも万事休していた。

また最近古い営林署書類を調べてわかったことは、このころすでに中畑重次郎名義に変わっていることを確認した。

これではさすがのみつのがいくら捨身でかかっても、手の打ちようがなかったはずである。

したがって「殺生小屋は中畑のドル箱でも私どものドル箱ではなかった」と言った千田平蔵の言葉は事実に反し、殺生小屋は旦那のピンチを救う大変なドル箱だったということになる。

「何しろ当時の不景気なんてものは話にもならない、財産処分なんかにしても二束三文で、五千門の大金を集めるなど容易なことではなかった」（小沢行一・松本）からである。

事態が中畑のいうとおりそれほど千田が切迫していたとすればみつのにいくら追

いつめられても実際問題としてこれでは手も足も出なかったわけである。

その後信州と飛騨側の共同出資による槍ヶ岳肩の小屋（現槍山荘）が完成して、久しく続いた殺生小屋の独占体制が崩れ始めたことも関係して（？）殺生小屋の持主や経営者は次々と変わり、太平洋戦争など幾変遷を経て、結局現在のような株式会社××の資本系列に、その経営権が移ったものといわれている。

というわけですでにその頃殺生小屋は、キサゴケやみつのたち女子供の太刀打ちできる世界ではなかったのである。

＊

こうしてみつのが何も知らず千田と必死に交渉を続けていたそんなある日、とある山宿の一室でみつのがてごめにされそうになったのを目撃した者がある。目撃者は大出の遠山林平。彼の話によると、

「オレはその宿へはイワナを入れる話（売り込み）で行っていたが、その時ばかにハイカラな娘が来ていた。それでオレどこの娘だと聞いてみたら喜作の娘だとい

う。それはなつかしいなと思ったが、何かこみ入った話らしく見なれない男と話し合っていた。そのうちオレも呼ばれていっしょに酒を飲み、喜作や一男の思い出話をしたが、なかなかしっかりしたいい娘だった。

　事件が起きたのはその夜ふけさ。オレの寝ている隣のへやで何か激しい音がして目をさましたら、そのうちに喜作の娘の声が聞こえてきた。板戸のすき間からのぞいて見たら、先ほど喜作の娘と話し合っていた男が娘の前にオックベ（静座）して両手をひざに娘の説教をかしこまって聞いているじゃないか。これには驚いたね、てごめにしようとして逆に娘にねじ伏せられたわけさ。あの娘は美人も美人だったが、力もあっただな――。

　またこの説教がさすがにりっぱなもので、『女をてごめとはこの卑怯者め、警察へつき出してくれる!!』娘はしまいにはたしかにそう言った。男はこの一言にふるえあがってしまった。

　いい年をしてそれはぜんぜん見られたザマじゃあなかった。オラ本当は娘を助けに入ろうと思ってとび起きたのに、もうこうなっては男が気の毒で入ってはいけないよ。息をころして娘の説教を聞いているしかなかった。

娘は言うだけ言ってしまうとまだ暗いのにさっさと支度をして宿を出てしまった。オラすぐ後を追ったが、いくら夏の夜明けは早いといってもまだ時間は二時か三時ごろだったずらい、どこも見つけようがなかった。おそらくあの闇では道は歩けず、そこらにしゃがみこんで泣いていたじゃないか？——気丈なようでも若い娘だでな」

この娘がはたしてみつのであったか、ひめであったかは林平にもわからないらしいが、話していた男（没）はわかっている。用件は何か？　故人になった男からは聞くすべもない。また喜作の娘たちにこのことをただしても知らぬ存ぜぬの一点張りで返事はもらえなかった。しかし必ずしも彼女たちが否定したとは思えないフシもあった。

結局問題はこのてごめ男が単なる痴漢か？　それとも何か外に意味があってのことか？　ということであろう。いずれにしてもそんなことがあってから日ならずして〈馬上のクイン〉は牧の台地から姿を消した。

乗り込んできたあの気負ったみつのとは思えない沈んだ姿で人目につかないように暗くなってからトランク一つもって家を出た。父と兄の墓にもう一回お参りして村を下って行った。

「狂っている、みんな狂っている、何もかも狂っている——」

みつのは烏川の土手まで来るとなつかしい牧のほうをふり返ってはじめて声をたてて泣いた。

「お互いに食い合い傷つけあうことしかできないのか！　ああかわいそうな人たち。わたしはこんなところはつくづくいやになった——」

眼前には夜目にもくっきりと北アルプス連山がそびえたち、それらを結ぶ〈天上の道、喜作新道〉あそこにお父様《とつさま》たちは生きている。みつのが新天地に雄飛の決意をかためたのはこの時だったという。


——それからどれだけの日がたったのか——

昭和七年五月十七日、神戸港の岸壁から静かに故国の土を離れて行った一隻の移民船があった。〈第一七九次拓務省補助家族移民—一三二家族八七四人—行先、ブラジル国サンパウロ—斡旋団体・海外興業株式会社〉を乗せた大阪商船のモンテ・ビデオ丸の中に加藤千治と結婚して新天地に向かうみつのが乗っていた（外務省移住課調べ）が、彼女は二度と再び日本には帰っては来なかった。

＊

そして筆者は最近そのブラジルから次のような手紙を受け取った。発信人はみつの夫加藤千治からのものである。著者が送った質問状入りの手紙が着いた日、みつのは急死したという。一九七〇年（昭45）五月三十日午前二時、サンパウロ市クルスアズール病院にて——病名は脳溢血。享年六十四歳、二男二女の母だったという。住所はブラジル国サンパウロ州タボダセーラ郵便局気付——加藤千治とあった。

喜作の残党東鎌に消ゆ

そのころ北アルプスの登山者の中に妙なうわさが拡がっていた。

「喜作の猟犬が野犬となって殺生小屋付近を荒しまくっている」

またある者は黒部棒小屋沢で喜作の猟犬ペスを見かけたものがあるというのであ

る。そしてしまいには「殺生小屋に喜作の幽霊が出る」という話までまことしやかにささやかれていた。

「私もその話を聞いたことがあります」と山口健（東京）は言う。彼の話によると、子供のころ生家の隣に小沢滋（旧制松本第二中学三期生）という山好きの学生がいたが、彼はこの学生から山の楽しさやおそろしさ、さては山の怪談等を聞くのが楽しみだった。そんな中でも特に印象に残っているのは主《あるじ》を失った喜作の猟犬が、いまだに殺生小屋周辺から東鎌尾根一帯を悲しげな声をあげて、主人を探し歩いている話や、時には狼《おおかみ》のようになってわが主人から殺生小屋を奪ったものに復讐《ふくしゅう》しようとしている犬の話で、それは少年の血を湧かせるに充分なものであった。

「オラその犬がかわいそうでどうしても一度行ってみたいから殺生小屋へつれていっておくれ」と頼んでその目的を達したのが昭和五年の七月だったという。しかし実際に行ってみたら殺生小屋には幽霊も出なければ喜作の忠犬にもめぐり会えなくてがっかりして帰った。しかしあの雄大な喜作新道から槍に向かう大自然に触れて、それ以来彼も山狂いの一人になったというのである。

また林平は棒小屋沢の幽霊についてこんな話をした。

「あれは鬼窪善一郎《おにくぼぜんいちろう》（松川の猟師）や倉繁勝太郎《くらしげかつたろう》（広津の猟師）と三人で棒小屋沢で猟をしていた時さ、外は吹雪がものすごく荒れている黒部の谷は真っ暗な無気味な底なしの闇だったが、その吹雪の音に混じって、オーイ、オーイと呼ぶ声が聞こえて来て、連れて行っている犬がいっせいにその声のほうに吠えたてた。その時倉繁がその呼び声にオーイと返事をしてしまった。

『バカ！　倉繁、化物《ばけもの》だぞオ！』と止めたがもう遅かった。山の化物の呼び声に答えたらもう必ず引き込まれてしまう、倉繁はオーイ、オーイとくり返しながらどんどん暗い谷にすいい込まれて行った。雪は深くその先は断崖である。もちろんだれもいるはずはない。オレと鬼窪でやっと倉繁を小屋へ引き戻したが、本人は魂を吸いとられるように、その闇に引きこまれるものらしい。あれは危なかったさ――オレもあの時変だと思ってあとで考えてみたら、あの日は三月五日で喜作たちの命日だったじゃないか――オレはどうも棒小屋沢へ行くたびに喜作の幽霊に引きこまれそうで困る」

またある者はこんな話をした。「オレも自分で見たわけではないが、あの時分確かに仲間から聞いたことがある。それによると、殺生小屋の幽霊は雑魚寝《ざこね》しているみんなの頬《ほお》をスーっとなでて通りすぎ、便所に起きるとそこに喜作が犬を連れて立っていた……」というようなものである。

しかし常識で考えてあり得べからざることばかりである。また東鎌尾根を荒し回っているという猛犬のことにしてもそうだが、ペスとアカの二匹は喜作の死後新しい飼主に引き取られて行った。アカは前記のとおり、堀金の猿田庄三郎に引き取られて大事にされ、厳重に鎖でつながれていた。したがってアカが殺生小屋に現われるなど考えられない。この外喜作宅にはもう一匹老犬がいたが、これはペスやメスの母犬チンで熊撃ちにも活躍した功労犬だが喜作の生前にすでに東鎌尾根で兎取りのワナに足を折ってチンバになっていたから、これはそんなことをするはずはなかった。とするとあとに残るのはペスだけである。これは前記のとおり東京の飼主から逃げたまま行方不明である。しかしいくら名犬でも東京から信州まで二百キロ近いところを帰るなんてことは考えられない。

しかし喜作の犬をよく知る遠山林平は「喜作の犬だけはそういう常識は当てはまらない」として「ヤツはきっと行く道々鉄道線路の匂いでもかいでいったに相違ない。あるいは貨車の上にでも乗ってしまったのかもしれないよ。それにしてもどこで何を食って生き、どう走り続けたか知らないが、とにかく何年もかかって殺生小屋にたどりつき、喜作を探し歩いているなんて……どうだねいじらしいことをするじゃないかね。これじゃ人間が犬に恥ずかしい――」

またペスが小犬のころ槍の雪渓で助けた望月金次郎は「ペスが殺生小屋を荒し回っているという話を聞いて一度みつけに登ってみたが、オレはついに見かけなかった。見た人の話から察すると、どうもペスのような気もする。ペスならそのくらいのことは――」といって、さらに、「しかしおかしいな、もし帰るとしたら牧の家へ帰りそうなものなのに殺生小屋に現われたのはどうも納得できない」という。しかし「あとでよく考えてみたらあのペスは喜作さがまだ道をつくっている時分に、東鎌尾根の岩小屋で生まれた仔だわね、それで喜作新道や殺生小屋をつくっているじゅうほとんど山で育った犬だで、あそこ（殺生岩小屋）が家だと思ったかもしれないね。そこへ帰ってみたら喜作さ以外のものが入っているので狂い出したとしか思えない。いくら畜生でもそんな話を聞くと不憫《ふびん》でね」

——そうだ、犬にだって故郷はあっていいはずだ!!

喜作の猟犬ペスやアカによく似た話は昔からいくらでもある。伊東哲（豊橋市）の話によると、いつも買物籠に財布を入れて犬を使いに出していた東京のある主婦が、関東大震災で神戸に疎開してからもまたそれをやろうとして近所の肉屋へ使いに出したら、そのまま犬は行方不明になってしまった。ところが二か月後犬は買物籠をくわえて帰って来たが、その姿は見る影もなくやつれはてて主人に籠を渡すと同時に倒れて死んだという。籠の中を見たら腐った肉が一包みとつり銭が入っていた。この犬は東京―神戸間約五百キロを往復したのだという。

また平岩米吉著『犬の話』によると、ヨーロッパではナポレオンのロシア遠征に加わったイタリア兵士が飼犬モフィーを渡河戦中に見失ったが、この犬も一年後にミラノの家にたどりついた。その距離は実に二千八百キロ。またアメリカの例では、オレゴン州の喫茶店某の飼犬ポピーは主人夫妻とインディアナ州に旅行中、野犬にとりかこまれ見失ったが、半年後に帰った。その距離は直線にしても三千三百キロだったという（世界最高記録）。つまりペスの二百キロなど問題ではなかったわけである。

このほか喜作親子の遺体を守っていた「アカ」によく似た話では、『日本書紀』の崇峻天皇の条に捕鳥部萬《ととりべのよろず》の白犬が、討死した主《あるじ》「萬《よろず》」の死体を守ってどうしても人を寄せつけず、その側でこの白犬はついに餓死してはてたという。天皇はいたく感動し有真香《ありまか》の丘（現岸和田市）に墓をつくったという話が出ている。

喜作の猟犬ペスやアカの話は決して奇異な例外ではなかったわけである。

＊

こんな犬の話題がささやかれている頃、安曇野《あずみの》一帯は田植えの盛りであった。

まだ残雪の多い常念岳がその田植の水に美しく映えた六月のある日、黄色いタンポポの咲き乱れた牧への坂道を、引手綱《ひきたづな》をつけた人力車が一台勢いよく上って行くのを、田植えをしていた牧の人々でみかけた者がある。車の中には洋装の小柄な美女が一人乗っていた。人力車はいったん牧の喜作の家の前で止まったが、田植え盛りでみんな留守、やむなくその付近に遊んでいた子供に案内してもらい、ほど近い喜作の墓にお参りした。案内した子供たちの話によると、女は喜作の墓の前にひざまずいてしばらく一人で泣いていたが、たくさんの供物をお墓においてだれにも名もつげず、田植えで猫の手も借りたいくらいに忙しがっている牧の村に、ほのかな香りを残してたち去ったという。

「オラその話、中房のガイド仲間から聞いた」と林平はいう。「何でもあのころみんな面白がって話していたぞ、オレそんなもん黒田米子（注―婦人山岳家）だろうと言ったら、あん大女ではねえ体の小柄なもっと美人で女優のような女だといっていたのを憶えている」

この美女が何者であったかは村人も喜作家の人々ももちろん想像もできなかったが、これが東鎌尾根で喜作に救助された〈槍ヶ岳の天女〉だったことをだれも知るはずはなかった。

その東鎌尾根の一角に続けざまに数発の銃声を聞いたのはちょうどそのころである。

猟期はずれの時ならぬこの銃声はその付近に居合わせた登山者や山男を驚かせた

が、それよりもっと人々を驚かせたのはその銃声の直後に聞いた狼のようなすさまじい野犬の咆哮《ほうこう》であったという。よく見るとすでにこの犬は鮮血でべっとりと下半身をぬらし、左前足と肩はくだかれているのに、まだ岩小屋の奥深くたて籠って、らんらんと輝く憎悪の目でにらみつけながら、相手の喉笛《のどぶえ》に食いつき、いっきに息の根をとめる機会をねらっていた。

しばらくして濃霧が東鎌尾根を覆い始めたころ、ようやく岩小屋をはい出したこの猛犬は高い岩の上によじのぼり、上からいっきに相手にとびかかった刹那《せつな》、二発の銃声が突然火を吹き、「ウォー」という雄叫《おたけ》びと同時に銃弾は犬の眉間《みけん》を貫き、腹部を砕いて肉片は岩室《いわむろ》とハイ松の上にとび散って消えた。

この猛犬こそ殺生小屋奪還をあくまで諦めず、悲壮にひたむきにたたかい続けた〈喜作の残党〉猟犬ペスの壮絶な最期であった。

――と書いたらこれはウソになる。この時の野犬が実はペスであったかどうかは確証はない、ないけれども――仕事なかばに無念の最期をとげた喜作親子を思い、人々はそうらわさし合った。

いやそうせずにはいられなかったのであろう。

＊

平地では満州事変が始まって、また若者たちが次々と村から送り出されて行った。村人が「パッと景気の出る一戦争こないかな」と待望した戦争であったが、どうしたものか今度ばかりは苦しくなるばかりで、いっこうに景気も出ず、村から送り出されていった若者たちも再び帰ってはこなかった。

——付記——

山の話

吉田博画伯（一八七六―一九五〇。山岳画家・元文展・日展審査員）の木版画に〈山の話〉という有名な作品がある。これは長年山を歩き山の生活を知った画家のみに描ける傑作であるといわれているが、これについて〈日本山書の会〉の内堀有は次のように書いている。

「山男小林喜作がモデルであるといわれるこの作品——

その画面は、夜のせまい山小屋の中央に自在鉤《かぎ》が吊ってある炉辺である。後の板壁には村田銃、ワカン、蓑《みの》がかけてある。その板壁にもたれるように坐し、煙管《きせる》をにぎるのは眉《まゆ》太く髭《ひげ》濃い山男、野良着の喜作。燃えあがる赤い榾火《ほたび》を見つめている夜の山小屋の内にしじまがある。

この作品を最初に見たとき、わたしはその画題〈山の話〉は夜の山小屋でつれづれに人の語る山の話の意味にとった。しかし幾度も見ているうちに、それは間違いではないかと思うようになった。それはあの不思議な夜の山が迫り、語りかけているという意味での〈山の話〉なのである。とくにこの赤い炎の色は秀逸で、明るくなく暗くもない、燃えおこった榾火の色である。

この作品はかつて喜作に一枚贈り、いまは夫人の手許に一枚残っているだけである。

欧米の旅にもっていって好評を博したこの〈山の話〉をみるたびに、吉田博は旅立ちの年の春、黒部棒小屋沢で遭難した喜作のことをしのんでいたにちがいない。喜作の死後は山行にも一時ほどの熱を失い、やむなく代りに雇った案内人をもつい喜作とくらべていた」と。

しかしよく見るとこの顔は喜作の顔ではなくてむしろ庄吉に近い、それでも吉田画伯は家族には何度も「喜作をモデルにした」と語っている、とすればこれは喜作なき後吉田は北アルプスで庄吉を雇っているので、庄吉をとおして、燃える榾火に今は亡き喜作と二人だけで続けた長い山旅を想い、山のしじまに吉田はいつまでも語りかけていたのかも知れない――

吉田博「猟師の話」

あとがき

〈喜作新道〉をつくった牧の喜作がカモシカを獲りすぎて、「ねたまれて殺された」といううわさは、地元でも東京の登山家たちの間でもそれはかなり有名な話で、すでにある点、動かしがたい定説になっていた。

私がはじめてこの話を聞いたのはまだ子供のころで、お隣に住んでいた山好きの学生からである。

しかし考えてみると一人の猟師の死がナダレであろうと、また世間でいうように他殺であろうと、それで天下国家がどうなるものでもない、そんなことははじめからどっちだってよさそうなものであるが、どうしたものか私はこの山男の死が妙に気になってならなかった。それは私にとっては宿命のようにいつまでも尾をひいていた。

理由はよくわからないが今になって考えてみると、「ガメツクって強欲で、エゴイストで」という喜作の話を聞けば聞くほど「何だかオレにそっくりじゃないか!」という親近感だったかも知れない。

いずれにしても私はこの喜作の死について長年関心を抱いてきたことになる。その後私はこの「喜作の死の周辺」を洗わざるを得ないハメになり、予想もしなかった幾つかのことに出くわしてとまどい、ある時は驚喜した。

このことを私がはじめて発表したのは昭和三十七年で、雑誌『地上』八月号（家の光協会）並びにその翌年の日本交通公社の『旅』八月号である。以来今日まで私は根気よくその資料集めを続けて来たが、それによると喜作は決して殺されたのではなかった。これは私が納得するまで時間をかけて得た私流の結論である。

しかるに——それならばなぜそんなうわさが流れたのか？——

このことを執拗に追っていくうちに意外な方面に発展して、結局ごらんのような本が生まれたというイキサツである。

＊

この前私が『あゝ野麦峠』を取材中によく耳にした言葉に「工女が哀史だというならオラたち百姓は何といったらいいのか？」というのがある。これは〈まずいものの食わして長時間こきつかうのが女工哀史〉というが、工女よりもっとまずいものを食い、もっとひどい条件で重労働をしても工女の半分も三分の一も収入のない当時の農民たちに言わせると、「それじゃ、いったい全体オラたちは何だ？——人間ではないのか？——」ということになるのである。

これが江戸時代から引き継がれた哀れな水飲み百姓の姿であった。

この底知れない日本農民の貧しさと低賃金こそ日本近代化と軍国主義に不可欠な条件であったことはだれでも知る常識であるが、そういう農村の中に〈鉄砲撃ち〉と呼ばれる人々がいる。つまり猟師たちの一群でこれが当時は村で一番貧乏人であった。

彼らは農民でありながらも耕す土地もない。そうかといってそこに住んでいれば村を捨てるわけにもいかない事情もあって、山にカモシカや熊を追い、夏から秋にかけてはワラビ、ゼンマイ、茸《きのこ》などを採るいわゆる〈青物取りのヤロドモ〉がそれである。

ところがここに面白いことが起こった。その一番貧しいはずの〈鉄砲撃ち、牧の喜作〉が北アルプスでシシ（カモシカ）二千頭、猿《エンコ》一千頭、熊三百頭を獲り、しかも毛皮商人までかねて荒稼ぎ、たちまち村一番の金持ちになった時に村人の中にどんな反応が起こったか？

それは村人にとって決して快いものではないばかりか、あきらかに不快な〈目の上のたんこぶ〉であり、つまり村人に不安の種をまき起こした。

だいたい彼らの幸福とは〈お隣の壁のくずれかかったのをながめながら晩酌を一ぱいやること〉だといわれているが、そういう村人の中に起こった幾つかの不可解な現象といわれるものはすべて「あんなものが何だ！」というデリケートな屈折であった。

喜作をめぐるうわさはいつもこの辺から出ていたようである。

そんな村人の不安を救ったものは皮肉にも喜作親子の遭難であった。つまり喜作の死は悲しみではなくて村人にとってはほっとした一種の救いであったことを否定できない。

そうして村人にとって政治や地主へのもろもろの不満も、高利貸への怒りも、ここではまともな民衆のエネルギーとしては結晶せず、幾多屈折して結果的には喜作のうわさは村では体制内の矛盾を糊塗《こと》するかっこうな緩和剤として作用し、無数の犠牲者を生んだ。

そして彼らは生活が苦しくなればなるほどバカの一つ覚えのように、

「――パッと景気の出る一戦争こないかな！」という戦争待望の危険思想につなが

るより外に生きる道を知らなかった。それはあたかもモヒ中患者のそれに似ていた。ただこういう中で私が面白いと思ったことがある。村人というつかみどころのない民衆にとって喜作やキサゴケのうわさははたして何であったか？　と考えてみると、なるほど結果的には矛盾を糊塗する膏薬《こうやく》のように見えるが、それだけか？　というに否である。

特に殺生小屋の話なんかになると、だれもが目をかがやかして「あれではいかにも喜作さがかわいそうだ！」といい、「あんなことをしていい芽はふかないさ」と、その話にはいつも熱をおびていた。

あれからすでに数十年もたった今もどこかで燃え続ける、このふしぎな青白い炎のすさまじさに私は幾度もはっとした。

村人とはいってもどの人も殺生小屋とは何の利害関係もない人々である。そしてしまいには「喜作の残党ペスが殺生小屋の周辺を荒し回っている」というような物語さえたちまち創作してしまうたくましい人々である。この民衆というもののふしぎなエネルギーを私はここでも肌に感じる。

だからこういうことは裁判で法的に勝つことはい、、、、いとやすいことであっても、「人の口に戸は立てられない」このすさまじい民衆のエネルギーに勝つことはまずだれも不可能であることを私はここで教えられた。

民衆は愚劣で何でも長いものにまかれているかと思うと必ずしもそうでもないし、またある時はデタラメのようでなかなかどうして純情で大変な正義漢でさえあった。つまり彼らは生きているのである。

私はここでも巨大な大地そのもののような、民衆と呼ぶこの得体の知れない巨人の前に脱帽せねばならなかった。

この底辺にうごめく生きた民衆、切れば血の出る庶民たちの生態くらい私にとって興味ある対象はなかった。いくら汲んでも汲みつくせないものがある。

下世話によくいう「事実は小説よりも奇なり」というのがあるが、まさにそのとおりで、もし私がこれをナマでそのまま発表できたらと思うが、しかし残念ながら取り扱った内容が〈殺人?〉〈所有権?〉〈不義密通?〉〈山小屋をめぐるライバル?〉というあまりにも現実的でなまなましい問題のため、私の取材の間に一部の利害関係者が動き出した。人々はおびえ、「私の話したことは取り消してもらいたい」と申し出る者が続出する「人間ナダレ」を起こし、あわやこの作品もナダレで喜作の二の舞かと心配されたが、それでも何とか息を吹き返した。もちろんしばらく事態が風化するまではいかにそれが真実でも、否真実であればあるほどとうていその全貌《ぜんぼう》をここに発表することが不可能であり、不本意ながら仮名を使い、はなはだしきは明らかに事実を曲げて無理に当たりさわりのないフィクションにしなくてはならない場合も生まれた。

これでは私が長年苦労してきたことは無意味になるが、真実でも現実に迷惑をこうむる人がいるのではガマンせざるを得なかった。

こういうことは私も今まで経験しないことではないが、それにしてもノンフィクションの限界をしみじみと感じさせた一幕となった。

またもう一つつけ加えておきたいことは、この作品が古老の聞き取りをもとに成り立っていることはいうまでもないが、だからといって私は古老たちの話がそのまま真実とは思っていない。

なぜなら、人間の記憶というものは時間がたつと、なまなましいいやなことはみんな忘れてしまい、いいことだけ憶えている人や、その反対のこともある。またあることだけが誇張されて残っている場合も少なくない、いずれにしても誠に頼りないものである。

ところがそのたどたどしい頼りない人間の記憶という虚像も、何百何千と数がそろえばそこにはおのずからなる実像のようなものが浮き彫りされてくるから不思議である。

虚像の積み重ねによって最大公約数的な実像が生まれたようなものである。要するに無数のたどたどしい虚像の集積によって成り立っている。したがって私が山男喜作の真実だと思っているものも、何のことはない実は民衆のつくった虚像だったということもあり得るだろう。ノンフィクションと称するフィクションということになるのかもしれない。

昭和四十六年八月十五日　東京・小平の自宅にて

山本茂実

（この稿は朝日新聞社刊の『喜作新道』に掲載されたあとがきを一部改稿の上転載したものである。）

＊本書は一九七八年刊行の『喜作新道 ある北アルプスの哀史』（角川文庫）を底本としました。

＊本文中に不適切と思われる語句や表現がありますが、本著作の時代背景とその価値に鑑み、そのまま掲載してあります。

＊本文中に記載された内容は執筆当時のものです。史実とは異なる可能性があることをあらかじめご了承ください。